大周互娱
DA ZHOU HU YU
次元文库
SUB LIBRARY

天蚕土豆
TIANCANTUDOU

知名作家，中国作家协会小说委员会委员
2017年福布斯中国30岁以下精英榜唯一上榜作家

其作品《斗破苍穹》《大主宰》改编的游戏、漫画本都取得了惊人的成绩
同名改编电视剧《大主宰》即将上映

代表作品：**《魔兽剑圣异界纵横》《斗破苍穹》《武动乾坤》**
《大主宰》《元尊》《苍穹榜之圣灵纪》

斗破苍穹之大主宰 15

天蚕土豆◎作品

CNS 湖南人民出版社

目录
CONTENTS

第1章
吞魔之法

当林冥缓步自天邪王身后迈出时，这片天地无数惊疑忌惮的目光瞬间都投注在了他身上。

一个月之前，知道林冥这个名字的人恐怕还不多，然而如今，他的凶名却足以与在场的诸多顶尖强者媲美。

因为那些在战场与他交手的战意天才，除了澹台琉璃之外，其余人全都再没了操控战意的天赋，并且从此变成了废人。

有此前车之鉴，如今的陨落战场中，各方势力的那些战意天才，最为惧怕的恐怕便是这幽冥宫的林冥了。众人心中都明白，一旦被废掉了战意天赋，那他们在各自势力中的地位将会一落千丈。

所以，当这些不同的势力在见到林冥现身时，眼皮都忍不住微微一跳。

而在那无数道仇恨而忌惮的目光的注视下，林冥站在了天邪王身侧，他望向修罗王，淡笑道："修罗王，在这种场合说狠话的后果，你承受得起吗？"

修罗王闻言眼中掠过一抹冷色，他淡漠地注视着林冥，没有说话。

"今日的局面，你们倒也算是有些手段，竟然能够拉上万圣山与妖门，看来要围剿你大罗天域是不可能了。"林冥微侧着头，阴冷如毒蛇般的目光看向了修罗王身后的牧尘，旋即他袖袍一挥，只见后方幽冥宫那大军内，冲天战意猛然冲起，一道道战意化为战意锁链，而在那锁链的中央，牢牢地捆缚着一道人影，赫然便是那陷入昏迷状态的冰河王。

“你们若是想要救人，就得看看究竟有没那种能耐了！”

修罗王眼神森寒地盯着那林冥，道：“想要开战，我大罗天域奉陪到底！”

林冥眼皮微垂，淡淡道：“我要杀这冰河王易如反掌，何须你们用开战来威胁我。等我杀了他，再与你们大罗天域斗斗，看谁笑到最后！”

这林冥倒也不笨，知道在这种场合，双方开战都需要付出巨大的代价，而为了一个冰河王，大罗天域恐怕还没那么讲义气。

修罗王眼中杀意弥漫，他盯着林冥，仿佛要将对方生吞了一般，七品至尊的恐怖灵力，从他身上缓缓弥漫开来。

就在修罗王的怒意濒临爆发的边缘，牧尘伸手搭在了修罗王的肩膀上，与修罗王视线交汇后，示意他不要轻举妄动。修罗王深吸一口气，压抑下心中的怒意，牧尘则上前一步，站了出来。

随着牧尘上前，那天地间的众多目光随之投注在他身上，当即一些窃窃私语声便响起。

“那是大罗天域的新王牧尘？五品至尊的实力，在诸王里面也仅仅只是末座而已。”

“可笑，你不知道前些时候，在那死亡遗迹之内，牧尘率领大罗天域的人马成为最大的赢家，不仅玄天殿那战意天才萧天被其废掉一臂，就连如今声名极盛的澹台琉璃都在他手中吃了亏。”

“据说这牧尘也是一位战阵师，不知道他与林冥比起来如何。”

众多声音在天地间传开，听得玄天殿的柳炎与其身后的萧天面色瞬间变得铁青起来，特别是萧天，盯着牧尘的眼光充满了恨意，恨不得将他碎尸万段。

而澹台琉璃则是俏脸平静，她美目凝视着牧尘，隐隐间感觉到，此时的牧尘比起前一次相见，更为厉害了。

显然这一个月时间，牧尘的实力也获得了极大的精进。

“那林冥也获得了战阵师传承，而且他所修炼的意念之法，似乎格外诡异。这段时间他的意念在不断成长，与我和牧尘不相上下，不知眼下，牧尘该如何破局。”澹台琉璃目光闪烁，她曾经与林冥交过手，所以非常清楚与这林冥缠斗有多棘手，当初如果不是她获得了天阵皇完整的传承，恐怕也难以与这林冥斗得不分高低。

而且关键是，这段时间林冥不断在寻找那些战意天才作为目标，他的意念也越来越强，这一点，让澹台琉璃尤为忌惮。

在那漫天的窃窃私语中，那林冥双眼微眯，盯着牧尘的身影，他似笑非笑道：“你便是大罗天域那位所谓的战意天才——牧尘吧？”

看着对方那阴冷的眼神，牧尘平静一笑，道：“说说你们究竟想要做什么吧，虽然全面开战我们大罗天域的确有所忌惮，但同样的，你或者天邪王，有能力承担与我大罗天域开战的后果吗？”

林冥闻言微微一笑道：“你倒是个明白人。我听说在那死亡遗迹中，你抓了神阁的军队，并且让神阁用陨落源丹来将军队给赎回去？”

牧尘闻言，黑色眸子中掠过一抹寒意。这林冥倒也心思狠毒，竟然打算让他们大罗天域当着各大顶尖势力的面以陨落源丹来赎人，这般做法，显然是要当着群雄折辱他们大罗天域。

那神阁方向，方毅听得此言，颇有些痛快地吐了一口气，冷笑道：“牧尘，你也有今天……”

“这冰河王好歹也是六品至尊的强者，我看，你们大罗天域就用二十万陨落源丹来赎回吧。”林冥笑眯眯道。

“你找死！”后方的裂山王等人登时怒目圆瞪，暴喝道。

修罗王也是面色铁青，眼神阴沉地盯着林冥，若非在那林冥身后还有一个实力同样强横的天邪王，恐怕此时他早已雷霆出手，将其斩杀了。

此时这片天地，其余各方选择观战的势力，也暗暗咂舌，幽冥宫狮子大开口，这二十万陨落源丹若是拿出来，恐怕大罗天域这段时间辛苦搜罗而来的陨落源丹也就损失得差不多了。

“这幽冥宫怕是根本就没有想要交人的想法，他们只是想要借此羞辱大罗天域而已，如此一来，倒正好可以帮神阁将在那死亡遗迹中受到的羞辱讨回来，这样的话，既可以打压大罗天域，又能与神阁交好，倒还一举两得。”一些势力之主暗暗感叹道。

天地间，那妖门与万圣山并未在此时说话，他们毕竟与大罗天域算不上什么同生共死的盟友，如今会出面支持大罗天域，也仅仅只是因为彼此间有共同利益而已。

所以，在不用付出太大代价的情况下，他们乐意帮一下大罗天域，但超出所能的话，那就只能冷眼旁观了。

“呵呵，你们觉得这个赎金如何？如果不想付的话，那就尽管离去，不过这冰河王，恐怕就得魂归幽冥了。”林冥笑吟吟地望着牧尘，那薄薄的嘴唇，掀起森然的笑容。

的确如同一些势力之主所料，他根本就没指望大罗天域会付如此昂贵的赎金，而如果大罗天域真的转身而去，那林冥便会将大罗天域的名声搞得臭不可闻。

牧尘黑色眸子噙着冰冷之色，他看了林冥一眼，然后便收回了目光，嘴唇微微嚅动，以灵力传话，传进身后诸王耳中。

从他们一来到这骨骸山脉的时候，他们就已经入了局，如果他们现在转身而去，必然会对他们大罗天域声望造成极大的打击，如此一来，就正如了幽冥宫的愿。

他们吃亏在冰河王率先被对方所擒失了先机，想要扳回，自然不那么容易。

在牧尘后方，裂山王和九幽等人听到牧尘的传音，愤怒的情绪渐渐平复下来，但依旧还是有点犹豫，因为牧尘的打算，实在是要冒一些风险。

但眼下这般局面，不论进退，他们都在对方算计之中。

修罗王目光闪烁，片刻后陡然点头，沉声道：“牧尘，你若有信心，那就交给你了！”

牧尘闻言，也悄然松了一口气，他冲修罗王抱拳道：“必当竭尽全力。”说着他转过头来，那锋锐如刀般的目光，再度看向林冥。见到他那如刀子般的目光后，林冥眉头微挑，冷笑道：“怎么？商量出来了？那现在是不是就可以告诉我，你们是打算赎人还是离开？”

牧尘盯着林冥，俊逸的脸上有一抹笑容浮现出来，他说道：“二十万陨落源丹是吧？好，我大罗天域给了！”

哗！

此言一出，在场所有的势力都为之震惊，神阁、妖门、玄天殿等顶尖势力都有些目瞪口呆，想来没料到牧尘竟然真的会用二十万陨落源丹去换取冰河王，难道他们不知道陨落源丹有多重要吗？到时候地至尊秘藏开启，而他们又没有足够的陨落源丹破解封印，那大罗域主岂能饶过他们？

不仅他们，就连林冥也眼瞳微缩，片刻后，才森然一笑，道：“真是好大的魄力，那就麻烦你们先交陨落源丹吧！”

“陨落源丹自然会交……”牧尘盯着林冥说着，嘴角却缓缓弯了起来，他轻声道，“不过你们既然想玩，那为什么不玩得大一些？难道你幽冥宫只懂得像老鼠一般在背后使些小手段？还是……根本没那胆魄？!”

牧尘这话看似轻描淡写，却字字掷地有声，惊雷一般将那幽冥宫众多强者气得暴怒起来，那林冥更是面色扭曲。此人平生最忌讳外人说他籍籍无名，只因在此之前，他已屈居人下多年，一朝得以扬名天下，是再也无法忍受被人拉下神坛的。

林冥望着牧尘，面色渐渐狰狞起来，眼底仿佛风暴来袭：“不管今日你想要怎么玩，我幽冥宫都奉陪到底！”

牧尘听到林冥此言，眼神瞬间锐利起来，他抬起头来，手指猛地指向林冥，威严而满是杀气的声音，在每一个人耳边炸响。

“你我今日一战，败者，输四十万陨落源丹！”

此言一出，无数强者猛地倒吸一口凉气。

这个牧尘，倒真是好狠的心计，这是要把双方都往死路上逼啊！

四十万陨落源丹?!

当听到这个庞大数字那一刻，林冥脸色陡然僵硬起来，在其身后，那天邪王面色也是猛地一沉，显然都被这个数字给吓到了。

四十万陨落源丹，几乎是他们的全部所有了……谁都没料到，牧尘所谓的玩大一点，竟然会大到这种程度！

这片天地的各方势力目瞪口呆地望着那面色平静，眼神却始终冰寒的少年，心头忍不住涌上一种心悸的感觉。

这幽冥宫原本是想挖坑把大罗天域给埋了的，这前前后后的所有谋划都想到了，却没想到牧尘竟然会如此疯狂，置之死地而后生，把挖坑的幽冥宫也狠狠地拖了下去。

如此一来，被坑的，反而是幽冥宫了。如果今日他们不敢答应牧尘的要求，那么难免会沦为笑柄，必会导致幽冥宫颜面大损，而在这北界，各大顶尖势力最在乎的便是名声，因为这是招纳各方群雄的必要条件，这下，幽冥宫想要反悔也不行了。

"牧尘，你疯了不成?!"林冥咬牙切齿道，虽然他自信不会输给牧尘，可四十万陨落源丹的赌注太大了，万一真的输了，恐怕暴怒的幽冥宫宫主一掌就能让他灰飞烟灭。

牧尘眼睛微垂，淡淡的声音中含着一丝嘲讽："怎么？之前不是挺有自信的吗？现在让你们玩次大的，怎么又没这个胆量了？"

林冥面色铁青，那盯着牧尘的目光，犹如要将其生吞一般。

神阁和万圣山等顶尖势力也有些吃惊，特别是当他们见到牧尘小小年纪却老练狠辣的心计时，心头更是忍不住一跳，这个小子，绝非池中之物。

"若是不敢应战，那就放人，赶紧滚蛋。"牧尘望着幽冥宫那群面色铁青的老大们，冷笑道，"区区幽冥宫，尽是些无能之辈。"

说着，他又瞥了一眼林冥，淡淡道："妄想一飞冲天，也得有那个命才行，否则便是自取其辱！"

林冥几乎是瞬间就被牧尘这句话激得血冲眼底，他死死地盯着牧尘，而后嘴角渐渐有狰狞的笑容浮现，他森然道："臭小子，看来你还真是一心寻死！

"既然如此，那我今日就成全你！"

林冥猛地上前一步，声音中满是凛然杀意。

那幽冥宫众多老大们见林冥竟然真的应下了牧尘的约战，面色纷纷忍不住一变，虽然这段时间林冥势如破竹，无一败绩，但毕竟事关重大，稍有差池，他们谁都负不起那个责任！

天邪王与幽冥皇子眼神一阵闪烁，他们自然也被牧尘气得心中震怒，但是这事情是他们惹出的，如果现在面对大罗天域的反击畏首畏尾，一旦传扬出去，他们幽冥宫脸面何在。

到时候宫主震怒，追究起来，他们一个都跑不掉，所以，眼下他们唯有迎战才可化解眼前的尴尬局面。

而且，此战对大罗天域来说同样有极大的风险，万一牧尘棋差一着输了，那大罗天域就会被他彻底毁掉，此次大狩猎战，他们也将会空手而回，那时候，整个大罗天域都将会面临覆灭之灾。

此战，虽说风险巨大，但利益也极为诱人。

他们唯一需要考虑的，便是牧尘与林冥之间，究竟谁胜算更高。

“那牧尘虽说在死亡遗迹中击败了萧天，但那萧天根本不是战阵师，根本没有可比性……”

“至于那澹台琉璃，牧尘可以攻击到她是因为当时澹台琉璃根本还没成为战阵师，现在林冥的实力与澹台琉璃不相上下，再加上，林冥获得的传承，可是属于那位在远古时期颇有凶名的大能所留……”

幽冥皇子与天邪王对视一眼，最后两人的眼神陡然变得凶狠起来，有了这么多的因素，林冥取胜的概率，绝对会高于牧尘！

这个牧尘，自以为在龙凤天内捡了个便宜，就小觑这天下群雄，眼下就要让他明白，什么叫人外有人！

心中有了定计，天邪王与幽冥皇子也就不再说话，而其余的幽冥宫强者见到两人未曾反对，情绪也渐渐平息下来，反正到时候就算失败了，至少还有天邪王与幽冥皇子撑着……

而且他们未尝就和天邪王等不是一般的想法，如果林冥真的能够打败牧尘，那么大罗天域就将会受到重创，到时候，必然是天大的功劳，宫主大喜之下，各种珍稀的神术、神器以及大量的至尊灵液和灵丹等，怕都会尽数赏下来。

就搏上一搏吧！

立于幽冥宫最前方的林冥，自然也察觉到了后方渐渐平息的反对声，当即他眼中血丝更为浓郁，他面目狰狞地望向牧尘，森然道："待我将你击败后，看你大罗天域如何收拾你这个搅局的废物!

"你会死在你的自以为是上！"

"那也得你有那个机会看见才是。"牧尘微微一笑道。

"是吗?!"

林冥眼神阴森，旋即他狰狞一笑，脚掌猛地凌空一跺，双手瞬间结印，暴喝之声，轰然响起："幽冥军！"

轰!

就在林冥暴喝之声响彻天际时，只见在那后方，重重黑云之中，浩瀚的战意犹如海洋一般呼啸而出，强悍无匹的战意威压，直接笼罩了这片天地。

林冥凌空而立，在其后方，则是幽黑如墨海般的磅礴战意，那战意呼啸间，直接碾压得这片空间都扭曲起来。

面对如此强悍的战意，就算是九幽他们这种六品至尊强者，都微微色变。

在那后方，黑云波动间，隐隐露出其中如云般的军队，粗略看去，怕是超过了五万人的数量，而且在那更后方，还有幽冥宫的其他军队。

众多势力面色凝重地望着这一幕，难怪这林冥最近凶名大盛，凭借这等战意，就算是六品至尊都难以制服他。

这林冥，必然已是真正的战阵师了，眼下不知那大罗天域的牧尘是否与他实力相当，不然的话，凭借牧尘这五品至尊的实力，根本就不可能抗衡此时的林冥!

"给我死来！"

林冥眼神阴冷，他森然一笑，率先出手，一声暴喝，只见其后方战意海洋便呼啸而起，磅礴战意凝聚间，竟是化为一把约莫千丈大小的巨刀，在那巨刀之上，布满了战纹，那澎湃而出的战意，撕裂了虚空。

咻!

战意巨刀，陡然向牧尘暴斩而下。

林冥一出手，就让一些六品至尊面色都凝重起来，他们都察觉到了这等攻势的厉害，这种攻势就连他们都要全力以赴才可应对，眼下不知道那牧尘又该如何应对。

那漫天目光不约而同地看向了大罗天域大军前方那道凌空而立的年轻身影。

呼。

一团白气顺着牧尘的嘴中缓缓喷出，而他的神色也在此时渐渐变得冷冽起来，他双手轻合，凌厉喝声随之响起：“诸军随我一战！”

“战！”

震耳欲聋般的喝声整齐如一地回响在这天地间，在那等喝声下，仿佛天地都在颤抖，再接着，只见那大罗天域众多军队之中，五支军队冲天而起，浩浩荡荡的阵营，遮天蔽日，显得格外壮观。

五支军队悬浮在牧尘的后方，磅礴战意也在此时犹如风暴一般席卷而起，浩荡的战意海洋汇聚在牧尘的身后，引得空间一阵震荡。

牧尘面色冰寒，脚掌猛地一跺，顿时空间荡漾起肉眼可见的涟漪，在其后方，磅礴战意也凝聚成形，化为一道巨大无比的战意之枪，在那战枪之上，战纹弥漫。

嗡！

战枪嗡鸣出声，下一刻，猛地震碎空间，洞穿而出，在那无数道凝重目光的注视下，直接与那战纹巨刀，爆轰在了一起。

轰隆！

狂暴得犹如风暴一般的冲击波肆虐开来，空间震荡中，那片空间裂开了一道道裂纹。

天地间各方势力都望着空中的凶悍对碰，半晌后，待到风暴散去，他们便见到，那两道身影，各自屹立在天际，皆犹如磐石一般，纹丝不动。

嘶。

一些强者轻轻地吸了一口冰凉的空气，心中有些震动，牧尘展现出来的实力，让他们彻底明白：

不仅那林冥是一位战阵师。

他牧尘，同样也已成为战阵师！

这将会是一场战阵师之间的对决！

狂暴的战意，犹如龙卷风暴一般自这片天地肆虐而开，周围的山峰直接在这种战意的波及下震颤着，巨石不断滚落下来，将下方的大地砸得千疮百孔。

天际，两道人影凌空而立，彼此对峙着，在他们身后，两片浩瀚的战意海洋涌动着，释放着足以令六品至尊都忌惮的强大压迫感。

各方势力都在此时面色凝重地望着天空上的对峙，这种战阵师之间的对决，即便在北界之中也极为罕见，毕竟北界之中，战阵师的数量，太过稀少了。

虽说以往的北界也曾经出现过战阵师，但这些战阵师最终都离开了北界，前往天罗大陆那些更为强大的界域，因为在那些地方，他们才能够获得更好的资源。

北界虽然在很多强者看来庞大无比，可这对于这片位列大千世界十大超级大陆之一的天罗大陆而言，只是一隅而已。

“这个家伙，竟然还真的成为战阵师！”神阁方向，方毅面色微沉地望着牧尘身后的磅礴战意。想当初在龙凤天初见牧尘时，要不是靠炎帝之女相助侥幸成为龙凤天最大获利者，这个人根本连让他多看一眼的资格都没有。

但他哪里能够想到，待得再次见面时，这个曾经不被他重视的人，竟然已经与他实力相当，而且眼下更是成为一名战阵师，他早已被这个少年远远地甩在了后面。

澹台琉璃俏脸倒是显得颇为平静，牧尘虽说并未获得天阵皇的传承，但却得到了更为厉害的“九劫战帝”之传承，虽说那种传承并不完整，但至少在短时间内来说，它的弊端还不会出现。

“这牧尘，倒的确是青年才俊，看来此次倒是有场龙争虎斗了，不过如此也好，两虎相争，必有一伤。对我们神阁而言，会是一个不错的消息。”天龙主则是淡淡地望着眼前这一幕，对于大罗天域与幽冥宫之间的争斗，他自然乐见其成，在这陨落战场中，利益才是最主要的，虽说他们与大罗天域有恩怨，但与幽冥宫之间，也不见得一片和谐。

"现在就先让我们来看一看，这场战阵师之间的决战，究竟谁能够笑到最后吧。"

"你果然也已经成为战阵师了。"

林冥凌空而立，他眼神阴寒地望着远处的牧尘，旋即狰狞一笑，道："也罢，不知道等会儿吞食一位战阵师的意念，会不会让我的意念获得更大的精进！"

话音一落，他脚掌猛地一跺虚空，顿时空间荡漾，在其后方，浩瀚的战意海洋呼啸而起，一股更为强横的压迫感，迅速自那翻滚的战意海洋之中弥漫而出。

战意海洋中仿佛有浪潮滚滚席卷，而在那最中央处，一个巨大的漩涡成形，紧接着漩涡之内，一颗巨大无比的黑色骷髅头，缓缓升起。

那黑色骷髅头上，布满密密麻麻的战纹，幽黑的光芒闪烁着，远远看去，仿佛从地狱爬出来的恶魔一般，散发着令人心悸的波动。

当那黑色骷髅头出现时，在场的各方面色都微微一变，想来都察觉到了那黑色骷髅头的危险。

"这就是林冥凝炼出来的战意之灵吗？"一些强者面色凝重，他们自然能察觉出来，林冥凝炼出来的这道战意之灵，比起其他军队的战意之灵，不知道强悍了多少倍。

这就是战阵师的力量，狂暴的战意在他们手中，将会展现出极为可怖的力量。

"死亡战光！"

林冥满脸狞笑，旋即他双手结印，那黑色骷髅头顿时张开巨嘴，只见一道约莫百丈的幽黑光束顿时暴射而出，那光束经过之处，空间直接被撕裂，那悄无声息之中，却隐含着可怕的破坏力。

这战意之灵一旦被凝炼出来，威力显然提升了不止一个档次，这看似简单的一道光束，其威力比起之前更为凶猛的战刀还要来得惊人。

光束在牧尘的眼瞳急速放大，旋即他的双手，也猛然结印。

轰隆！

黑色光束瞬息而至，最后狠狠地在牧尘的前方爆裂开来，黑色光芒席卷，将牧尘的身形都给吞噬了进去。

那片空间，被震荡得扭曲不堪。

无数强者紧紧地望着这一幕，那牧尘难道是被林冥如奔雷般的攻势击中了吗？

林冥双眼微眯地望着远处的黑光弥漫，下一刻，他的瞳孔突然一缩，只见狂风大作，那席卷牧尘的黑光直接被震散了。

而在那黑光散去之后，只见牧尘依旧平静而立，只是在他的面前，一道巨大无比的战意巨掌犹如盾牌一般横挡着，在那巨掌之上，布满着密密麻麻的战纹。

先前林冥那强悍的一击，显然是被这战意巨掌所阻挡了。

“那道战意巨手难道便是牧尘借助这五支军队凝炼而出的战意之灵吗？那上面的战纹数量，似乎也极为惊人。”众多强者望着这一幕，心中微微一惊。

牧尘黑色眸子遥遥锁定林冥，旋即其眼中寒芒一闪，只见其身前那约莫千丈大小的战意巨手猛地暴射而出，一闪之下就已出现在了林冥上空，然后毫不留情地重重一掌拍下。

这一掌并没有任何花哨，只是那巨手上，万道战纹闪烁，恐怖的战意席卷开来，仿佛一座山岳从天而降，其威力足以震碎虚空。

这等攻势，就算是六品至尊，都得倾尽全力应付。

“哼！”

不过林冥对于这般攻势，却是一声冷哼，他脚掌一跺，只见后方那黑色的骷髅头竟张开狰狞大嘴，而后发出了尖锐刺耳的尖啸声。

呜呜！

肉眼可见的黑色音波席卷开来，每一道音波都蕴含着可怕的力量，当其冲撞在那向下压的战意巨手上时，引起狂暴的爆炸之声，进而在那一道道音波前仆后继的爆炸下，令那战意巨手无法拍下去。

攻势被阻，牧尘眼芒闪烁，双手闪电般结印，只见其身后的战意海洋中，无数道战意光柱冲天而起，最后直接铺天盖地地呼啸掠过天际，将林冥以及其后方的军队，全部都笼罩了进去。

如此攻势，堪称磅礴至极。

“比拼战意，还当我怕了你不成？”面对牧尘如此磅礴的大场面攻势，那林冥却是丝毫不见惧色，反而一声冷笑，手掌猛然挥下，只见其后方那战意海洋中，战意涛浪迅速席卷而起，然后化为万丈巨浪，自虚空碾压而过，最后与那铺天盖地而来的战意光束硬抗在一起。

砰！砰！砰！

天空中，两股可怕的战意形成对冲之势，仿佛要将这浩瀚天际一分为二一般，在那交集处，天空被撕裂开了一道巨大的裂痕。

各方势力都惊讶地望着眼前这种狂暴的对轰，如此声势的战斗，就算是六品至尊倾力而为都难以达到，这不由令一些强者感叹，成为战阵师，果然能令人实力大增。

这战意之玄妙，的确令人赞叹不已。

“琉璃，你看他们谁能获胜？”在那神阁方向，天龙主望着那被狂暴战意弥漫的天空，向身侧的澹台琉璃询问道。

虽说这天龙主乃是七品至尊的强者，凭他的实力，即便牧尘与林冥借助战意的力量，在他眼中也不足为虑。不过对于战意这种玄妙的力量，他毕竟是外行，所以此时也无法看出牧尘与林冥之间究竟谁是占据上风的那一个。

澹台琉璃沉吟道：“光从战纹的数量上来看，林冥所凝炼的那道战意之灵，一共有一万一千道战纹，而牧尘那边，则是一万零五百道战纹，差距极小，所以光是纯粹比拼战意，眼下胜负难分，不过这两人都不是寻常之辈，他们必然都留有手段，至于胜负，就得看他们各自都有些什么样的底牌了。”

天龙主闻言，轻轻点头，不再多言，抬头继续注视天空上那狂暴的战意对冲。

轰隆！

在天地间无数道惊叹的目光下，天空上的战意对冲，在持续了数分钟后，逐渐消退，显然牧尘与林冥都察觉到了，凭借这种程度的攻势，谁都无法取得胜利。

“倒是有些手段，不过你越是强横，那你的意念就越美味，所以，你的意念，今天我可是要定了……”

林冥伸出猩红的舌头舔了舔嘴唇，眼中满是贪婪与垂涎，下一刻，他狞笑一声，道：“不过热身也该到此结束了，我已经迫不及待地想要吸收你的意念了！”

随着林冥声音的落下，他的眼神瞬间阴冷下来，旋即他的双手变幻，结出了一道略显诡异的印法。

当其印法结成的同时，阴冷的声音，也从林冥的嘴中缓缓传出。

“吞魔之法，吞魔战印！”

阴冷的声音在这片天地传开，只见其后方，那巨大无比的黑暗骷髅巨嘴缓缓张开，黑色的战意在其中疯狂凝聚着，而巨嘴周围的空间，则因为过于狂暴的战意而悄然裂开一道道裂纹。

牧尘望着那黑暗骷髅头巨嘴中凝聚的战意，眼神微微一凝，面对林冥的倾力而为，他自然不会坐以待毙。

他轻吐了一口气，双手缓缓合拢。

轰隆！

黑暗骷髅头之上，上万道战纹闪烁着夺目的光芒，那战意轰鸣声也愈发狂暴，最后只见一团浓郁到极致的黑光，缓缓自那骷髅头嘴中升起。

那团黑光，浓郁得犹如黑洞一般，令人看不清楚其中之物，但那自其中弥漫出来的波动，却让天地间众多强者微微心惊。

黑光之内，仿佛有什么东西在吞噬着，很快黑光开始内缩，片刻之后，黑光尽数散去，无数强者凝目望去，只见在那天空上，一道约莫百丈的黑色光印正凭空悬浮着。

那道黑印之上，布满着幽黑的战纹，战纹闪烁间，就犹如是恶魔的嘴一般，令人感到阵阵寒意。

那颗黑色光印静静地悬浮在天空中，然而其中散发出来的波动，却直接令那片空间渐渐扭曲起来。

“去。”

林冥冲牧尘森然一笑，手掌缓缓伸出，顿时那颗黑色光印也陡然飞射而出，一闪之下就出现在了牧尘的上空，黑印在此时迎风暴涨，转眼间便已涨至数千丈大小，声势骇人地往下压去，连空间都发出不堪重负的破碎之声。

轰。

虽说那犹如山岳般的黑印距离地面尚还有很远的距离，可那种可怕的威压，令下方的地面崩塌出一个巨大的深坑。

这林冥一旦使出全力，就连六品至尊都心有余悸。

黑暗从上空笼罩了下来，但牧尘却未曾抬头，只是那变幻的手印越发加快，一道道残影在其手下成形。

咚！

犹如山岳般的黑印突然一震，空间颤抖间，一股可怕的压迫力散发出来，竟令牧尘身躯一震，而后从那高空被生生压下了数百米。

这一幕看得大罗天域内诸王面色微变，想来是都察觉到了那林冥攻势之霸道。

“哈哈！”

林冥则在此时森然大笑，只见他手掌再度猛地压下，那如山岳般的黑印便再度节节袭来，而牧尘的身体，便在那无数道视线的注视下，不断被震落天际。

从现在的形势来说，无疑是林冥取得了绝对的上风。

不过，面对此时强势的林冥，牧尘却依然是双眼微垂，面色显得极为平静，只是那不断结印的双掌，手势却变换得越来越繁复。

砰！

又是一记重重的压迫，牧尘的身体硬生生地被从天空逼落，然后落在了一座山峰上，而在其双脚踏上那座山峰的时候，峰顶之上，顿时有裂缝顺着他脚下蔓延开来，将整座峰顶都笼罩了进去。他周身弥漫的战意，也在此时受到波及，从而变得松散开来。就在牧尘周身弥漫的战意有些散乱的那一瞬间，林冥眼中寒光陡然暴掠而过！

“你该死了！”

轰！

悬空的黑印此时爆发出万丈黑光，那每一道黑光都犹如黑洞一般，连光线都无法穿透，而后那黑印便重重压了下来。

牧尘脚下的山峰开始支离破碎，显然是到了崩塌的边缘，而后，那黑印呼啸而下，直接在那无数道震动的目光中，毫不留情地重重将牧尘压了下去。

山峰崩塌，黑印向下压去，将连同那座崩碎的山峰以及牧尘的身影，硬生生地压进了大地之中。

轰隆！

整片大地，都在此时颤抖了一下。

黑印矗立在天地间，犹如一座岿然不动的山岳，而诸多强者则是寂静无声，眼神震动地望着那冰冷而狂暴的黑印。

黑印之上，一道道战纹犹如恶魔之嘴，不断地蠕动扭曲着，诡异至极。

林冥凌空而立，他眼神森然地望着那座黑印，狞笑道："牧尘，我知晓你有手段，不过你却是愚蠢得有些自大了，我这吞魔战印，只要被镇压在其中，就会不断被吞噬力量，直到你浑身力量被吞尽为止！"

"这座战印，凭你之力，根本就无法破印而出！"

林冥的狞笑声在天地间传开，引得众多强者心中震动，这般交锋，难道就已分出胜负了吗？被林冥如此霸道的攻势正面击中，想来就算是六品至尊都必败无疑，那牧尘，已是凶多吉少。

大罗天域处，诸多强者面色苍白，就连修罗王眉头都紧紧地皱了起来，而那幽冥宫方面，则是个个面露喜色，想来是没料牧尘竟会如此不堪一击。

"这牧尘竟然如此不堪一击。"方毅望着这一幕，忍不住摇头冷笑，谁能料到，之前还威风凛凛的牧尘，会被林冥轻易击败。

"你把牧尘想得太简单了。"

澹台琉璃美目淡淡地看了他一眼，而后视线转向那座犹如山岳般的黑印，好看的眸子微微眯起，不知为何，在那黑印之下，她似乎隐隐听见了一些心惊的声音，那声音，仿佛是雷鸣的怒吼。

方毅听到澹台琉璃的话，正欲还嘴，但话还没来得及说，突然一道轰鸣之声陡然在天地间响起，然后他便见到，那座被战纹弥漫的黑印，竟在此时颤抖了一下。

原本一脸狞笑的林冥，瞳孔在此时陡然一缩。

轰！轰！

轰鸣的声音开始变得急促起来，而那黑印的颤抖也愈发剧烈。

嗡嗡！

突然间，在那座黑印之底，夺目的雷光绽放出来，雷光暴射间，黑印之上，直接被撕裂出了一道道裂纹，雷光则从那裂纹中渗透了出来。

林冥的面色顿时剧变。

轰！

不过还不等他有什么动作，那黑印之下的波动，陡然间变得狂暴无比，一道雷鸣巨声响起，那足以镇压六品至尊的黑印，竟直接在此时被生生炸碎开来。

黑印化为漫天黑光，那林冥的面色变得一片铁青，他显然没想到，他刚刚才将话说出口，而下一刻，他这充满信心的吞魔战印，就直接被牧尘震碎了。

“怎么可能？我这吞魔战意霸道绝伦，凭这牧尘怎么可能破解得了？”林冥咬牙切齿道。他所得传承，乃是源自远古一位名为吞魔战王的战阵师，此人在远古颇有凶名，传承也别树一帜，虽说非常诡异，但绝对不容小觑。

“霸道吗？”

在那黑印下压之地，崩塌的大地之中，一道淡淡的声音随之响起，而后那里有巨石崩碎开来，一道身影，自那崩塌大地中，缓缓升起。

那道身影，包裹在璀璨的雷光之中，那种雷光极为奇特，并非真正的雷霆，而是由战意所化，雷光中，牧尘抬起头来，眼神淡漠地望向林冥所在的方向。

“你的战意霸道，我就用更霸道的方式将它击破。”牧尘淡漠的声音响起，真要论起“霸道”，他会让林冥知道，九劫战帝的“霸道”，恐怕不是林冥所能够理解的。

话音落下，牧尘紧握的手掌，在此时一点点张开，而随着其手掌张开，璀璨的雷光顿时从其掌心暴射而出。

吼!

犹如龙吟般的声音，在此时自牧尘的手掌中传出，只见一道巴掌大小的雷光缓缓从牧尘掌心升起。

待到雷光升起时，天地间众多强者才发现，那道雷光，竟是一条丈许长的迷你雷龙，这条雷龙极为奇特，它并没有实体，仔细看去就能够发现，它竟然是由无数道战纹凝聚所化的。

吼!

迷你雷龙在牧尘面前舒展着身体，小小的身体之中，却爆发出了惊天动地般的龙吟声，此时的它，仿佛雷神所化，霸道得足以毁天灭地。

这条小小的雷龙战纹中，凝聚了五支军队的所有战意!

那股力量，直接令各方势力强者心头一震，那林冥的瞳孔，更在此时陡然急缩，显然察觉到了一股极端危险的波动。

“你喜欢霸道，那我就让你来瞧瞧，谁更霸道一些吧。”

牧尘盯着林冥，嘴角微撇，旋即屈指一弹，只见那条迷你雷龙顿时飞射而出，顿时间，雷鸣之声，震动天地。

“九劫雷狱观想法，九劫雷龙纹！”

第2章
战阵师之怒

轰隆！

狂暴的雷鸣声回响在天地间，令天空大地随之震荡，所有强者都眼神凝重地望着那从牧尘掌心飞出的一道雷光。

那道雷光并不显得磅礴，雷光之中，仅仅只有一条不过丈许的雷龙，然而就是一条如此迷你的雷龙，其中所蕴含的力量，却是连一些六品至尊的强者，都觉得深不可测。

那小小的雷龙，乃是由众多战纹所化，在那其中，凝聚着五支军队所有的战意，如此磅礴的战意压缩在一起，那等破坏力，足以惊天动地。

虽说牧尘所获得的“九劫雷狱观想法”并不完整，不过当他修习成功后，却依旧从中获得了一道九劫战帝所留的战意之术。

而此术，便是牧尘此时所施展的“九劫雷龙纹”。

从牧尘所获得的一些信息来看，这九劫雷龙纹仅仅只是九劫雷帝随意所留，不过无论如何，一位堪比天至尊的巅峰强者所留下之物，不论强弱，在牧尘这种层次的人看来，都强大无比。

比如这“九劫雷龙纹”，便是以独特之法，将战意压缩，据说若是修炼到极致，这凝炼而出的雷龙纹，仅仅只有蚊蝇大小，其体型虽然变小了，但那等威力，恐怕连九品至尊都无法防御。

当然，现在牧尘凝炼出来的“雷龙纹”将近丈许，距那所谓的蚊蝇体型还有极为遥远的距离，不过即便如此，其霸道程度，也要远远超越林冥所施展的吞魔之印。

虽然牧尘并不知道林冥获得了什么传承，不过与九劫战帝这等巅峰人物相比，林冥的什么传承无疑是可笑的。

牧尘黑色眸子漠然看着面色剧变的林冥，没有任何犹豫，修长手指凌空轻轻点下。

轰!

一抹并不粗壮的雷光瞬间撕裂了空间，眨眼便出现在了林冥的前方。

此时的林冥才彻底回过神来，当即浑身汗毛都倒竖起来，他的喉咙里发出低低的咆哮声，双手猛然结印，低吼声响起：“无尽之地，吞魔之口！”

吼!

在其后方那磅礴的军队之中，浩瀚战意仿佛黑色潮水一般席卷而出，直接洞穿虚空，出现在了林冥的前方，而后凝聚成型，竟是化为一道约莫千丈的幽黑巨嘴。

那巨嘴张开嘴巴，其中幽黑一片，犹如黑洞一般看不见底，那种感觉，仿佛其中连通了黑洞世界，任何进入其中之物，都将会被黑暗淹没。

咻!

然而那一抹掠来的丈许雷纹之龙，却是丝毫不加理会，雷鸣响起时，它便毫不犹豫地一头冲进了那犹如黑洞般的幽黑巨嘴之中。

林冥见到那雷纹之龙被吞食，谨慎的他却并未得意忘形，立即变幻手印，试图催动战意将那道雷纹之龙抹灭，但就在他心念刚动的一刹那，嗡鸣而狂暴的雷鸣声，便陡然自那幽黑巨嘴之内传出。

一股霸道得无法形容的战意，犹如火山一般，自那幽黑巨嘴内爆发。

察觉到那股战意之狂暴，林冥的面色为之剧变，当即身形瞬间暴退，幽黑的战意在他退后时，迅速在其面前形成一层层巨大无比的战意光幕，将其保护在后方。

咔嚓!

就在林冥果断撤退时，那犹如恶魔般的幽黑巨嘴，终于无法承受住那突然间爆发的可怕战意，巨嘴表面，竟有裂纹浮现出来，而后雷光从裂纹处射出，紧接着，幽黑巨嘴，猛然爆炸。

轰隆！

雷光携带着磅礴无匹的战意，犹如洪水一般横扫而出，那阻挡在前方的一层层战意光幕，顷刻间便被摧枯拉朽般尽数震碎。

短短数息，林冥撤退时所留下的诸多防御，几乎全部被毁，而后那雷光战意汹涌而至，犹如雷光浪潮般，当头就将林冥笼罩了进去，然后向下碾压。

阴影笼罩下，林冥面色一片阴沉，旋即他脚掌一跺，只见那黑暗骷髅头一般的战灵便出现在了其上方，狰狞巨嘴张开，一道巨大的环形黑色音波，陡然扩散开来。

轰！轰！

那由战意所化的实质音波，狠狠地冲击在那向下碾压的雷光浪潮之上，顿时狂暴的爆炸声轰隆隆响起，空间都陡然变得扭曲起来。

牧尘望着这一幕，眼中寒光一闪，印法陡然变化。

轰！

雷光浪潮之上，雷光在此时陡然璀璨起来，若是仔细看去便会发现，那雷光浪潮之内，那些闪烁的雷光战纹，竟在此时陡然碎裂开来。

战纹自爆。

雷光璀璨地席卷而过，那一道巨大的黑色音波直接爆碎开来，而林冥受到冲击，身形狼狈后退，喉咙处有闷哼声传出。

林冥身形被震退了千丈，在其后方，那庞大的军队中，众多战士亦忍不住张嘴喷出鲜血。

哗。

这片天地间，也在此时传来阵阵惊哗之声，显然谁都没想到，这原本还占据上风的林冥，竟然会在这短短数分钟的时间内，便被牧尘逆转。

那原本还一脸喜色的幽冥宫众多高层，脸上的笑容直接变得僵硬，牧尘反扑之凶猛，超出了他们的预料。

而反观大罗天域这边，原本面色紧绷的诸王则如释重负地松了一口气，那修罗王原本紧皱的眉头也松缓开来。

“哈哈，修罗王你就放心吧，既然牧王敢用这等手段，那必然有他的考量，那林冥虽然也厉害，但牧王同样不是省油的灯。”裂山王在一旁笑道。

修罗王笑笑，他感慨地望着远处那道年轻的身影，道：“九幽王倒是为我们大罗天域带回了一个了不得的年轻人啊。”

九幽冷艳的俏脸上浮现一抹笑容。她凝视着远处的牧尘。当年她带着牧尘来到大罗天域时，恐怕任谁都想不到，在短短两年不到的时间中，这个并不起眼的少年，会成长到这一步，而且，她更清楚，这才只是开始而已，未来，他的名字，必然会响彻整个天罗大陆，甚至……整个大千世界。

“这家伙，还真是百足之虫死而不僵！”神阁那方，方毅则望着逆转局面的牧尘，咬牙冷声道。

“大罗天域此次倒是运气不错，竟然找寻到了一个如此杰出的年轻人。”天龙主眉头皱了皱，牧尘在这北界声名鹊起，也就只是短短一两年的时间，恐怕一开始谁都没想到，这位少年竟有如此实力。

亲眼见到牧尘的出色表现，即便是天龙主这等人物，都不得不给予一个不错的评价。

“牧尘逆转得虽然精彩，但那林冥，也没那么容易对付。”澹台琉璃突然轻声说道。她美目一直注视着远处的林冥，对于这个曾经与她交过手的家伙，她也有几分忌惮，而且她也隐隐察觉到，林冥所获得的传承，似乎颇为诡异，若是一不小心，对手难免会阴沟里翻船。

就在澹台琉璃话音落下间，那远处的林冥，在那天地间无数道视线的注视下，缓缓擦去嘴角的血迹，阴沉的目光，看向牧尘。

“在我成为战阵师后，你是第一个让我受伤的对手。”林冥的声音之中杀意弥漫，那狰狞的眼神，显得极为可怖。

牧尘盯着怒火中烧的林冥，双眼微眯起来。

“所以，为了表示我对你的重视，我会用我最强的手段……杀了你！”林冥嘴角的笑容瞬间变得诡异，他狠狠一口咬在掌心，顿时有鲜血顺着掌心流淌下来，那鲜血，竟然是极为诡异的黑色。

林冥五官渐渐扭曲，只见在其掌心处，鲜血滚滚流出，随着鲜血的流出，有一颗约莫婴儿拳头般的黑色珠子渐渐从掌心血肉中冒了出来。

那颗黑色珠子，仔细看去，那其中有众多狰狞的鬼脸，尖啸的咆哮声从中传出，声音中满是怨毒与恨意。

一股奇特的波动，随之散发出来。

当牧尘与澹台琉璃察觉到那股波动时，面色俱是猛地一变，因为他们察觉到，那是意念的波动。

他们两人死死地盯着那颗黑色珠子，突然轻吸了一口冷气，因为他们发现，那珠子之内浮现的诸多鬼脸，赫然便是之前那些被林冥打败，并且最终无法苏醒的战意天才！

原来，他们消失的意念，是被林冥以这种手段强行抽走的！

"这家伙，怪不得专门找一些战意天才下手，原来是他捆缚住了那些战意天才的意念！"澹台琉璃俏脸凝重，心中为林冥的狠毒手段感到心寒。

"嘿嘿。"

林冥的笑容愈发狰狞，他一把抓起那颗黑色珠体，然后在牧尘他们震动的目光中，狠狠地塞进了嘴中。

顷刻间，林冥的眼睛便变得通红，仿佛有鲜血渗透，恐怖至极。

就在林冥将手中那一颗黑色珠体吞进体内的刹那，他的双眼顷刻间变得赤红起来，血丝攀爬间，他的额头处，青筋犹如蚯蚓一般蠕动起来，显得极为可怖。

当然，变化的并不仅仅只是他的模样，谁都能够察觉到，在刹那间，有一股极端强大与狂暴的奇特波动，正犹如风暴一般自其脑海中爆发出来。

牧尘与澹台琉璃面色皆忍不住一变。

因为那股奇特波动，正是意念的力量，此时林冥的意念，比起之前，竟有了极强的增长，只不过，此时他的意念之中，充满着狂暴。

"他竟然能够吞食掉其他人的意念，进而化为己用?!"牧尘与澹台琉璃心头都是微震，为林冥这般手段感到震惊。

因为意念与灵力不同，意念包含着个人强大的意志，一旦轻易吞食吸收，那只会造成一个后果，就是意念难以融合，最终形成分裂，并导致吞食者神智破碎。

没有战阵师敢轻易吸收别人的意念，所以当牧尘和澹台琉璃两人见到林冥此举时，无疑感到难以置信。

“这林冥难怪敢应战，原来也藏了手段。”天龙主略显惊讶道，显然林冥这般手段也出乎他的意料。

“他此时的意念虽然变强了，但却变得紊乱与狂暴起来，这种手段对于自身必然有后遗症。”澹台琉璃美目微闪，轻声说道。这个世界没有平白得来的力量，林冥的手段虽说诡异而强大，但恐怕付出的代价也不会小。

“他此时可没有太多的选择，只要能够将牧尘打败，大罗天域就会陷入绝境，所以付出再大的代价都是值得的。”天龙主淡淡道。

“只要牧尘一输，大罗天域必将崩溃！”方毅也沉声说道。

一旁的澹台琉璃没有再说话，只是那柳眉微微蹙了蹙，她美目看向远处那一道修长的年轻身影，诚然如天龙主所说，牧尘此次若是输掉的话，对大罗天域的影响，恐怕将会是致命的。

面对此时吸收其他诸多战意统领的意念进而变得更强的林冥，牧尘不知道是否还有能力力挽狂澜呢?

“嘿嘿。”

青筋在林冥的额头上蠕动着，看得出他在承受着巨大的痛苦，可是此时他却冲着远处面色凝重的牧尘狰狞一笑。

“今日，你必死！”

林冥的声音中，弥漫着浓郁到极点的杀意，为了赢得这场交锋，他已付出了沉重的代价，所以无论如何，他都得取胜!

轰!

林冥脚掌猛然一跺，只见其后方那浩瀚战意狂暴地冲天而起，仿佛天幕一般，声势骇人。

“给我死来！”

低吼之中，只见那幽黑的狂暴战意竟化为无数道战意匹练横扫而出，这些匹练在半空中凝炼成形，形成一道道巨大的幽黑战矛，在那战矛之上，布满着密密麻麻的战纹。

此时林冥的出手，声势比起之前，无疑强悍了太多，这等攻势，看得诸多强者都头皮发麻。

咻！咻！

漫天战矛横扫，仿佛箭雨一般，铺天盖地向牧尘所在的区域笼罩而去，那里的空间顿时变得扭曲起来。

面对此时狂暴而强势的林冥，牧尘同样满脸凝重，他深吸一口气，双手闪电般地结印，顿时在其后方，磅礴战意呼啸而出。

嗡嗡！

磅礴战意荡涌而来，最后闪电般地在牧尘前方的天地凝聚，短短数息，便化为一道数千丈大小的战盾，那战盾之上，密密麻麻的战纹闪烁着夺目的光芒，厚重如山岳。

此时的牧尘显然也将五支军队的战意，毫无保留地动用了起来。

砰！砰！砰！

当牧尘那战盾凝聚而成时，林冥那铺天盖地的攻势也气势汹汹而来，顿时，嘹亮的巨声响彻天地，无数道战矛犹如暴雨般倾落下来，狠狠轰击在那巨大的战盾之上。

每一次的轰击，都仿佛是惊雷响彻，那肆虐开来的战意冲击，直接将空间震得动荡不堪，甚至有裂纹自那扭曲处延伸出来。

天地间各方势力都震惊地望着天际那惊天动地般的对碰。

轰隆！

凶悍的对碰在不断持续着，不过所有人都察觉得出来，那犹如山岳般的战盾，正在渐渐扭曲，显然是无法承受林冥那恐怖的攻击。

此时的林冥，比起之前，显然是凶悍了太多。

“碎！”林冥的狞笑声，突然响起，那暴雨般呼啸而来的战矛的速度竟再度变得急促起来，最后那一道道战矛，竟是直接硬生生地洞穿了那厚实的战盾。

砰！

巨大无比的战盾，终于破碎开来。

扑哧。

在那后方，五支军队中，不少战士面色苍白，一口鲜血喷出，显然受到了战意冲击的波及。

更后方，大罗天域的诸王见到这一幕，心头都忍不住一震，面色变得极其凝重起来，这跌宕起伏的战局变化，连他们都无法保持冷静。

牧尘身形同样被震退了数百丈，旋即他强行稳住身体，看了一眼五支军队，当他瞧见不少战士口喷鲜血时，眼神陡然间冰寒下来。

“下一招，我要让你这些军队，一个不剩！”林冥露出森白的牙齿，旋即他手掌抬起，猛然挥下。

轰!

在其后方，那数万人的军队上空，幽黑战意呼啸而起，仿佛一道道黑色光柱一般汇聚在一起，短短不过十数息的时间，只见一个巨大无比的黑暗骷髅头，再度凝炼而出。

只不过，这一次凝炼而出的黑暗骷髅头，不仅体型比之前要大一倍，而且上面闪烁的战纹，数量也更为庞大。

当这样一个黑暗骷髅头出现时，天地间各方势力的强者眼睛都忍不住一跳，想来都感觉到了危险。

“那种战纹……”

澹台琉璃美目也在此时忍不住微闪，她面色微变地盯着那黑暗骷髅头，旋即轻声道：“战纹数量竟然达到了一万五千多道。”

之前林冥凝炼出来的战意之灵，战纹不过一万出头，然而现在，几乎多了将近一半，其威力的强悍程度，可想而知。

凝炼出这种战纹的战意之灵，若是发动攻势，对手莫说是普通的六品至尊，就算是那踏入六品至尊顶峰的强者，都会狼狈至极。

这林冥果然打算下杀手了。

“桀桀。”

巨大无比的黑暗骷髅头，犹如一座黑暗的山岳一般悬浮在林冥的身后，与那骷髅头相比，他的身影显得极为渺小，但那从其体内散发出来的狂暴感，却是令人侧目。

他赤红的眼睛盯着远处面色冰寒的牧尘，嘴里发出一声畅快的怪笑，牧尘的确是一个很棘手的对手，不过没关系，接下来，这臭小子将会成为第一个死在他手中的战阵师。

“和你的军队，一同埋葬在这里吧。”

林冥一声狞笑，他双手猛然结印，手影纷飞间，其后方那黑暗骷髅头之上的一万多道战纹，也在此时散发出夺目的光泽，一波波狂暴无匹的战意席卷而出，犹如风暴一般，在其周围呼啸。

各方势力强者神色都凝重起来，谁都看得出来，林冥已经打算结束这场争斗，而这场对于幽冥宫与大罗天域都至关重要的战局，终将分出胜负！

从眼下来看，大罗天域，已经陷入绝境！

大罗天域方面，诸王手掌都忍不住紧握起来。

呼。

在那天地间无数道目光的注视下，牧尘深深地呼出一口气，他望着后方那些军队的战士，他们的眼神，依旧充满战意以及对他的信任。

这一路而来，牧尘率领着他们创造了不少奇迹，没有牧尘的话，他们在这强者辈出的大狩猎战中，根本就没有多少露脸的机会，或许顶多，他们会如同以往那般，成为强者交战之下的炮灰。

牧尘的出现，才让他们展现了价值，没有战阵师的领导，这样的军队，会沦为平庸之师。

所以既然眼下牧尘依旧还站在他们前方，那他们就不会放弃！

察觉到那些战士眼中蕴含的信任，牧尘轻轻抿了抿嘴，旋即锐利之色，自那黑色眸子之中涌了出来。

他猛地抬头，看向那满脸狰狞的林冥，既然你想斗的话，那今日就陪你到底吧！

压箱底的手段，并不是只有你才有！

牧尘眼中寒光涌动，旋即他双手缓缓合拢，而其双眼，却在那漫天惊愕的目光中，一点点闭拢。

轰隆。

脑海之中的雷狱深处，雷云盘踞中，一颗正在被一道道雷霆锤炼的黑色珠子突然在此时轻轻一颤，然后它受到某种招引一般，咻的一声，便消失在了雷狱之中。

那颗珠子，正是牧尘在凝炼出了雷狱之后，将自身意念一分为二所留下的意念种子。

如今随着意念种子的回归，牧尘的意念，真正变得圆满了！

林冥凌空而立，狂暴的战意在他的周身形成战意风暴，风暴席卷之下，连空间都逐渐变得扭曲起来。

一种可怕的压迫感，正从林冥体内散发出来。

林冥感受着脑海中犹如火山一般狂暴的意念，那种力量仿佛要摧毁他的脑袋，令他额头处的青筋不断蠕动着。

不过此时，他却是强行压制着脑海中的狂暴意念，双目赤红地锁定着牧尘的身影，当他见到后者竟然在此时闭眼时，眼角微微一跳，旋即森然道："这个时候了，还在给我装神弄鬼，真是不知死活！"

脑海中一波波涌来的强大意念，在带来剧痛的同时，也给林冥带来了强大的自信，这种状态下的他，有绝对的自信将牧尘碾压。

虽说他们眼下同为万纹战阵师，不过此时的他所凝炼出的战纹数量，想来就算是在万纹战阵师内，都能够算作优秀。

而牧尘那堪堪突破万道的战纹数量，根本不可能与其抗衡。

这场战局，他已是胜券在握。

虽然心中这般想着，可林冥却隐隐感觉到一点不安，情况告诉他，这场战局，不能再拖了，眼前这个牧尘，可不是什么省油的灯，既然抓到了机会，那就必须打得其连爬起来的力气都没有。

心中掠过这般念头，林冥眼神陡然变得凶狠起来，而后他闪电般变幻的印法猛地一凝，在其上方，那巨大无比的黑暗骷髅头深陷的眼眶中，竟有猩红的火焰被点燃，远远看去，仿佛骷髅头将要复活一般。

轰！

一股肉眼可见的狂暴战意冲击波，陡然自那黑暗骷髅头内席卷而出，空间震荡，而那黑暗骷髅头巨嘴则是缓缓张开。

黑色的波纹在其嘴中疯狂汇聚着，无声无息间，却有一股毁灭般的波动散发出来，引得各方强者眼皮都急促跳动着。

大罗天域诸王都是手掌紧握，紧紧地盯着那依旧毫无动静的牧尘，这种时候，他们唯一所能够做的便是期盼着牧尘依旧还留有底牌。

“那牧尘若是再无手段，必将败于林冥之手。”妖门和万圣山等顶尖势力也关注着这一幕，而后暗自摇头，眼下局面，显然已尽数被林冥所掌控，若是牧尘已经技穷，那此战胜负就将立见分晓。

轰隆！

在那天地间各方势力紧紧注视下，那林冥眼中猛地精光涌动，那黑暗骷髅头巨嘴之中的黑色波纹，也在此时凝聚到了极点。

林冥嘴角，缓缓掀起狰狞笑容，而后双手猛然合拢，充满杀意的暴喝声，已经响起：“吞魔之法吞魔死光！”

嗡嗡！

黑暗骷髅头巨嘴陡然张开，只见黑色波纹疯狂荡漾着，最后咻的一声，便化为一道约莫百丈的黑色光芒暴射而出。

那道黑色光芒，极为诡异，没有任何的波动，一片死寂，在其掠过之处，甚至连天地间的灵力都被那道光芒所抹灭。

天地间众多强者感应到那道黑光之霸道，不觉都头皮发麻，这若是被击中的话，恐怕连体内灵力都将会被暂时抹除，这林冥的手段，着实霸道狠毒到了极点。

不知道眼下这般攻势，那牧尘又将如何应对。

嗡！

在那无数道目光的注视下，那道黑光直接掠过天际，然后当头便向牧尘笼罩而去，那等速度快若奔雷，根本就无法躲避。

在那后方，修罗王眉头紧紧皱了起来，他的身体同样紧绷，如果牧尘真的无法抗衡林冥，那他也只能强行出手先将牧尘救回再说。

死亡般的光芒笼罩而来，就在众多强者以为牧尘已经放弃抵抗时，后者却在这一刹那，猛地睁开了紧闭的双眼。

黑色眸子中，仿佛有雷光闪烁，他的双眼，在此时锐利得犹如鹰隼，几乎能够洞穿虚空。

澹台琉璃是第一个察觉到牧尘眼光变化的人，当即脸色便忍不住一变。身为战阵师，她最为清楚，意念这种奇特的力量，看似无形，然而人的双眼，却是最能够展现意念力量的地方，眼下牧尘双眼的那种细微变化，无疑在说明，他的意念，在这一刹那，变得极其强横。

在先前他闭眼的那短暂时间里，他的意念，在不断变强！

“这个家伙，果然让人捉摸不透。”澹台琉璃紧绷的心在此时松缓了一些。不管如何，她与牧尘真诚合作过，而且知道一些彼此的秘密。与林冥和萧天这种阴森的人比起来，澹台琉璃显然更乐意与牧尘这种人成为朋友，所以这场战局，她内心自然是偏向于牧尘这边的，虽说这与神阁所期盼的结果并不相同。

当牧尘睁开双眼的那一刹那，死寂的黑色光芒席卷而出，倒映在他的瞳孔中，令其眼神愈发深邃。

他的双手，在此时结印，手影翻飞。

在那后方，五支军队中所有的战士身体都猛地一颤，此时的他们感觉到有一股奇特的力量在召唤着他们，在那种奇特的召唤下，那从他们体内涌出的战意，在这一刻强盛到了极点。

轰！

磅礴如海潮般的战意席卷而出，最后迅速在牧尘身后凝聚，战意风暴呼啸间，所有人都见到，在那战意风暴中，竟有一面巨大的战旗浮现出来。

那道战旗表面，似乎缠绕着雷光，战旗之上，密密麻麻的战纹陆陆续续变得明亮起来，当战旗出现的那一瞬间，整片天地都黯淡了一下。

一股难言的压迫感，自那一面战旗上散发出来。

“那面战旗……”众多强者瞳孔微缩地望着那一面战旗，旋即倒吸一口冷气，因为他们发现，那一面战旗上的战纹，竟然达到了一万六千道的数量。

这比起林冥那黑暗骷髅头之上的战纹数量，无疑还要更多！

显然，此时的牧尘，也催动了某种秘法，从而令他的意念变得更为强悍，这样才能够以相同的战意，凝炼出更多更强的战纹！

“装神弄鬼！”

林冥同样见到了这一幕，当他察觉到牧尘那一面战旗之上的战纹数量时，瞳孔也是猛地一缩。不过他的第一反应便是牧尘试图以瞒天过海的手段恐吓他，而且，即便这是真的，双方也是在伯仲之间，眼下他占据先机，即便牧尘想要反扑，也没那么容易！

所以，林冥几乎没有任何犹豫，那道死寂之光，以更为狂暴的姿态，狠狠向下压。

牧尘双手虚握，仿佛紧紧地握住那一面巨大的战旗，而后重重挥下。

“战旗之灵！”

巨大的战旗仿佛刀锋一般自天际横扫而下，当其下扫的瞬间，只听到后方五支军队中爆发出惊天怒吼声，然后那磅礴战意犹如潮水般呼啸而来，最后尽数灌注进入那一面战旗之中。

随着战意源源不断涌入，只见那战旗之上，竟然再度有一道道战纹不断浮现。

“战纹的数量在不断增加！”

有强者震惊失声叫道，因为他们发现，那战旗的声势竟然在以一种惊人的速度增强，而上面的战纹数量，也在飞快增长着！

短短数息，那战旗之上的战纹，已经达到一万七千道！

澹台琉璃娇躯微微一震，俏脸显得格外凝重，她同样有些惊愕，眼下牧尘的意念究竟变强了多少？难道一万六千道战纹还不是他的极限？

“怎么可能？！”林冥面色同样剧变，眼中充满着难以置信，不过很快他便咬牙切齿道，“这般障眼法，也想欺瞒我？！”

他知道一些战阵师拥有凝炼虚假战纹来震慑对手的手段，如此一来好抢得先机，所以他的第一反应，便是认为牧尘试图以这种手段，来打破他所占的先机。

所以，面对牧尘这般反扑，他并没有任何收手的迹象，死寂黑光犹如黑暗一般弥漫着，陡然将牧尘笼罩了进去。

此时，谁一旦撤手，那么接下来就将面对对方近乎毁灭的攻击。

“战旗斩！”

就在此时，牧尘手掌挥下，那面战旗犹如锋利无匹的刀锋般瞬间斩落，然后在天地间无数道目光的注视下，狠狠地斩在了那死寂黑光之上。

碰撞的那一瞬间，天地间所有强者的目光，都投射而来。

而在战旗斩上去的那一瞬间，所有人都察觉到，那战旗之上的战纹数量，赫然已经达到了惊人的一万八千道！

这般数量的战纹，就连澹台琉璃看到，心脏都猛地一跳。

轰！

庞大的战旗，携带着滚滚战意，以一种无法形容的声势呼啸而下，那飘摇的旗面，散发着锋利到极点的气息，异常凌厉。

在天地间无数道震撼的目光下，那战旗表面的战纹，在与那一道死寂光芒相撞时，已经达到了一万八千道的惊人数量。

这种数量的战纹，看得各方强者都倒吸一口冷气。

嗤！

在他们为之震撼时，那面战旗已经和那死寂黑光重重硬撼在了一起，而在碰撞的那一刹那，并没有意料之中惊天动地般的冲击传出。

有的，仅仅只是那犹如刀锋切过豆腐时的轻声，那一抹战旗，仿佛开天辟地那一抹锋刃一般，竟然直接在接触的瞬间，轻轻巧巧地自那死寂黑光之中一掠而过。

战旗微微波动着掠过死寂黑光，牧尘的双眼，犹如古井一般，没有任何波动，充满着毁灭波动的死寂黑光在他面前一分为二，最后擦着他的脑袋横飞了出去。

砰。

飞出去的时候，死寂黑光最终崩碎开来，化为漫天黑色光点逐渐消散而去。

天地间无数瞳孔陡然紧缩，谁都未曾料到，来自林冥的这惊天一击，在与那一面战旗的碰撞下，竟然会显得如此脆弱。

"怎么可能?!"

林冥狰狞的面色在此时变得铁青起来，他难以置信地望着这一幕，他最为强大的底牌，竟会被如此轻易化解?

与那一面战旗的碰撞，结果是他的最强攻势，几乎如同豆腐一般被战旗摧毁。

"他那战旗之上的战纹数量竟然是真的?!怎么可能?!"林冥终于在此时清醒过来，但随即涌来的是惊骇，他可是在吸收了诸多战意天才的意念之后，才将战纹数量凝炼到一万五千道，而牧尘，怎么可能比他还要多足足三千道?!

这个家伙究竟获得了什么传承？竟然如此厉害？

唰！

在林冥震骇之时，牧尘并没有丝毫废话，战旗撕裂了死寂的黑光，去势依然不减，瞬间就已穿透空间，直接向林冥狠狠斩了下去。

尖锐的破风声传来，顿时将林冥惊醒过来，当即他满脸骇然地急忙倒退，同时催动战意在前方形成一道道巨大的战意防护。

咻！咻！

面对他的这些防护，那战旗如摧枯拉朽般地尽数摧毁。

扑哧！

当那所有战意防护都被摧毁时，林冥终于承受不住战意的冲击，一口鲜血喷出，身形狼狈地倒射了出去。

扑哧！扑哧！

在林冥狼狈倒射而退时，在其后方，那数万人的军队之中，无数战士也受到了重创，当即吐血声不绝于耳，那些数分钟之前还战意昂扬的战士，在此时瞬间萎靡下来，原本磅礴的战意，也变得紊乱虚弱。

谁都看得出来，这些战士，已经受到了重创。

林冥望着那瞬间崩溃的战意海洋，面色一片惨白，他明白，这场交锋他已经彻底输了。军队士气已消，他脑中阵阵剧痛，意念虚弱，先前施展那般手段的后遗症开始出现，而失去战意的他，恐怕连一个寻常的四品至尊都敌不过。

林冥眼芒急促闪烁着，旋即他猛地一咬牙，身形迅速暴退。

就在他身形逃窜后退的时候，牧尘却是一声冷笑，他手掌一握，只见战旗膨胀开来，磅礴战意直接化为一只战意大手，瞬间洞穿虚空，当头便向林冥笼罩了过去。

“小辈，你敢！”

这般变故，在电光火石间发生，谁都没想到林冥溃败得如此之快，那幽冥宫的诸多强者也未能反应过来，唯有那天邪王暴喝出声，不过仓促之下，也仅仅只有一掌拍出，浩瀚灵力瞬间在天际形成一道千丈大小的灵力掌印，狠狠地向牧尘压下去。

这七品至尊一旦出手，便显露出强悍无匹的实力，这等仓促下的攻击，即使比起先前牧尘与林冥他们那种倾力而为的攻势也是不遑多让。

灵力掌印犹如山岳般向下压，牧尘目光也是一闪，旋即一声冷哼，竟丝毫不避让，双手结印，只见那原本抓向林冥的战意巨手迎上，直接与那灵力掌印硬撼在一起。

轰隆！

这次的硬撼，引得天地一阵震荡，冲击波肆虐开来，周围的一座座山峰顿时崩塌下来。

牧尘也是一声闷哼，那一道战意大手被震散开去，不过与此同时，天邪王那一记灵力掌印，同样黯淡消散。

哗。

天地间响起一片哗然声，各方势力心头都微微一震，当两个战阵师在依靠战意交锋时，他们或许还并没有太过直观的感觉，可眼下当牧尘竟然凭借战意的力量，将来自天邪王的一道攻击给抵御了下来，他们心头猛地震惊起来，一个五品至尊，凭借战意的力量，竟然能和一位七品至尊略作抗衡，这等力量，实在太过惊人了。

哼。

战意大手被震碎，牧尘一声冷哼，他背后突然有凤翼伸展开来，双翼一振，身形便化为道道残影，快若闪电般地出现在了那林冥前方。

林冥见状，面色顿时一变，急忙运转体内灵力，一拳便向牧尘轰去。

牧尘面色漠然地看了他一眼，牧尘如今已晋入五品至尊，而林冥借助诸多外力，才堪堪达到四品至尊的实力，若是比拼灵力的话，不出三回合，牧尘就能将其斩于手下。

所以牧尘仅仅只一掌拍出，掌心一旋，便将那林冥拳风给抵御了下来，劲力一吐，只听得咔嚓一声响，那林冥的手腕便直接被他震断了。

啊。

手腕震断，林冥发出惨叫声，随即被牧尘拎小鸡一般拎起，毫无反抗之力，这般模样与之前相比，简直有天壤之别。

这一幕看得众多强者暗暗感叹，战阵师虽强，可毕竟太过依靠军队的战意，一旦失去了战意做依靠，所谓的战阵师就脆弱至极。

战意这种力量，虽然另辟蹊径，可也有诸多限制，这令战阵师不能犹如灵力修炼者那般自由自在，可以孑然一身，依靠自身力量，独自闯荡这大千世界。

显然，这个世界并不存在绝对完美的力量。

“小子，你放肆！”

在牧尘出手擒住林冥后，天邪王才彻底从先前牧尘挡住他一记攻击的事实中回过神来，当即面色阴沉下来，可怕的灵力压迫，直接笼罩开来。

“哼，你算个什么东西，也够资格对我大罗天域的人叫嚣?!”不过这一次不需要牧尘出手，修罗王那冰寒的冷笑声，已随之响起，紧接着修罗王一步跨出，出现在天空上，锐利的目光锁定在天邪王身上，独自一人便将天邪王那灵力压迫尽数抗了下来。

两名七品至尊在天空对峙，那等威势，竟比起之前牧尘与林冥的交锋，还要来得更有压迫感。

随着修罗王与天邪王阴沉的对视，那大罗天域以及幽冥宫的诸多强者，也剑拔弩张起来，一时间天地间的气氛都紧绷起来。

“呵呵，天邪王，如果你们想要开战的话，待会我们大罗天域奉陪到底，不过在此之前，我看是不是可以先将赌注给结算一下？”

在那气氛紧绷时，牧尘的淡笑声突然响起，而那笑声，却是让连天邪王在内的所有幽冥宫强者，脸一阵抽搐。

这天地间各方势力的目光也在此时闪动起来，其中不乏一些幸灾乐祸的目光，一些本就对幽冥宫有恩怨的势力更是借机冷嘲热讽。

“嘿嘿，这幽冥宫猖狂这么久，总算是遭到报应了。”

“就是不知道这幽冥宫肯不肯认账，嘿嘿，若是失去了陨落源丹，恐怕幽冥宫主一个都不会放过。”

“可不交的话，幽冥宫的脸可就丢光了！”

听到天地间那些冷嘲热讽声，天邪王面色一阵青白交替，眼中满是怒火，他怎么都没想到，原本稳操胜券的林冥，竟然会输掉这场交锋！

“牧尘，你不要太过分了，大不了我们将冰河王交给你们！此次的事情，算我幽冥宫认栽！”天邪王咬牙切齿道。

牧尘闻言，眼皮微垂，道：“此事并非我一人可以独断，而是在场所有人都听清楚了，我们的赌注便是如此，我想，如果现在是我输了的话，恐怕天邪王应该不会这么好心吧？”

天邪王眼皮一阵抽搐，他算是看出来了，牧尘可不打算这么轻松就将此事给揭了去，但要让他们交出四十万陨落源丹，这根本就是不可能的事情，那样的话，幽冥宫主一旦知晓，暴怒之下，他们根本就没有一点活路。

可眼下当着这北界群雄的面，如果反悔不认，那幽冥宫的颜面，同样丢光了。

此时的他们，简直要被逼得无路可走。

其余的那些顶尖势力，诸如神阁和玄天殿等见到被逼到无路可走的幽冥宫，也是头皮有点发麻，同时又暗自庆幸，幸亏今日出头的是幽冥宫，不然换作他们的话，此时只怕连自杀的心都有了。

眼下局面，幽冥宫已是被逼得焦头烂额，接下来，就要看他们究竟怎样收拾眼下这个超级烂摊子了。

第3章
大罗天域集结

经过之前牧尘与林冥的大战，这片骸骨山脉如今已是一片狼藉，巨大的裂缝交错地出现在山脉中，一座座山峰在激战中崩塌下去，这一切，都证明了之前的交锋究竟激烈到了何等的程度。

不过所幸，如今这场惊天交锋，终于落下了帷幕。

但所有人都知道，当交锋落幕之时，今日的事情，才开始变得惨烈，而这种惨烈的根源，自然便是那恐怖的赌注。

四十万陨落源丹！

这就算是顶尖势力也无法轻松承担的可怕数量。

牧尘他们经过数月时间的辛苦争夺，大罗天域所有的陨落源丹加起来，恐怕也就堪堪与这个数目持平，这若是交了出去，那他们就别指望开启地至尊秘藏，现在直接打道回府恐怕更明智一些。

他们是如此，那同为顶尖势力的幽冥宫，自然也是一般无二。

所以，当幽冥宫的诸多强者望着被牧尘擒住的林冥，再瞧着此时天地间所有盯着他们的势力，都不由得面色变得苍白起来。

他们今日原本是打算挖坑把大罗天域给埋了，但谁能想到，这个坑，最后把他们也给埋了进去，而原本在坑内的大罗天域，反而踩着他们的头钻出了坑。

“都是那个小子害的！”幽冥宫众多强者咬牙切齿地望向牧尘，今日这般局面简直就是牧尘一人促成的，若非他的话，恐怕此时进退两难的，应该是大罗天域。

不过不管他们此时如何痛恨牧尘，但事已至此，他们幽冥宫必须将这个天大的窟窿给补上。

“幽冥宫乃是北界顶尖势力，我想，当众失信这种事情幽冥宫应该没那脸做出来吧？”就在天邪王等人的眼神变幻间，牧尘则是微微一笑道。

“闭嘴！”

天邪王狠狠地看了牧尘一眼，心中恼怒至极，他如何不知道牧尘这是打算捧杀幽冥宫。

“天邪王，你好歹也是北界有名的强者，输了也就拿出一点气度来吧，当然，如果你们真心想要反悔，那我大罗天域今日也就只能奉陪到底了。”修罗王冷声道。

天邪王咬了咬牙，眼中满是挣扎，在其身后，幽冥宫诸多强者也是不敢言语，一时间整个天地各方势力都盯着幽冥宫的方向，显然都想看看他们究竟如何收拾这个烂摊子。

令人屏息的寂静，在这天地间持续了好半晌，那天邪王终于颓然地叹了一口气，见到他这般神情，天地间众多强者心头一跳，看这模样，幽冥宫真是打算交出陨落源丹了吗？

不过，就在各方势力目光锁定，天邪王即将开口的一刹那，一道苍老的冷哼之声，突然犹如惊雷一般，自那虚无空间传出，然后轰然回荡在这片天地间。

在那道冷哼声下，仿佛天地都颤抖了一下。

各方势力的强者面色都在此时猛然变化，因为他们都察觉到，一股极其强大的压迫感正穿透空间，然后直接笼罩在这片天地间。

在那各方强者面色剧变之时，只见幽冥宫上空的空间突然扭曲，紧接着一道苍老的身影缓步走出。

那道略显佝偻的身影，乃是一名身着黑袍的老者，他一头灰白头发，看似浑浊的双目，却闪烁着足以洞穿空间的精芒，他手持骷髅杖，凌空而立，那股令这片天地间所有强者都面色剧变的压迫感，正是从其体内散发出来的。

“冥老?!”当天邪王等幽冥宫的强者见到那黑袍老者时，面色突然变得惊喜起来。

“竟然是幽冥宫三老之一的冥火老人！”修罗王等人面色却在此时变得难看了许多，想来是没料到，在这种时候，竟然会突然间杀出一个冥火老人。

“冥火老人？”牧尘一怔，旋即眉头也紧皱起来。这幽冥宫三老，乃是与他们大罗天域三皇齐名的大人物，不过此时这些顶尖强者不是都应该在陨落战场深处吗？怎么突然间冒出来一个?!

“小心一些，这冥火老人乃是八品至尊强者，实力强悍无比。”修罗王身体都在此时紧绷了许多，双眼戒备地望向那黑袍老者，同时上前一步，将牧尘护于身后，免得这冥火老人突然对牧尘出手。

“八品至尊吗？”牧尘心头微震，那种等级的强者，在至尊境中，基本已经能够算作最高层次的一级，以他如今的实力，即便是加上战意的力量，也不可能与之抗衡。

天地间其余势力，也眼神惊疑地望着突然现身的冥火老人，一般说来，这种层次的强者，应该不至于在此时现身才对，而眼下，这幽冥宫怎么窜了一个出来?

“拜见冥老！”

幽冥宫诸多强者，皆在此时齐齐行礼。

“哼，一群没用的东西，若是将陨落源丹交了出去，宫主那里，老夫看你们如何交代！”那冥火老人眼神阴冷地看了天邪王等人一眼，那眼中的压迫感，直接令天邪王等人身躯微颤。

“冥老，此事……”天邪王苦笑一声，他们原本对林冥信心十足，但哪料到大罗天域出了一个更为凶猛的牧尘，竟然连林冥都不是他的对手，这才导致这场原本胜算十足的交锋出现了逆转。

“此事交由老夫料理。”冥火老人阴声道，而天邪王闻言，悄悄松了一口气，这个烂摊子，他早就不想处理了。

冥火老人话音落下，他那阴厉的目光便扫向了牧尘以及修罗王等人，冷笑道："你们大罗天域倒还真是有点胆魄，竟然敢把主意打到我幽冥宫头上来了。"

修罗王淡淡道："冥老说的什么话，这场交手，乃是在场所有势力都有目共睹的，而且那赌注也说得清清楚楚，如果幽冥宫不在乎声望受损的话，那此事倒也好说。"

"声望受损？"冥火老人阴冷笑道，"这场赌局，乃是林冥这莽撞蠢货自己引起的，他一个小小的四品至尊，哪来的资格代表我幽冥宫的立场？"

"所以即便这场赌局输了，那也是他自己的事情，如果你们想要陨落源丹，那就找他要。"

冥火老人这话一出，大罗天域这边诸王面色便难看起来，这老家伙竟然如此不要皮不要脸，直接把责任推到林冥身上去了。

"哦？若是你这般说的话，我们倒是可以将这林冥唤醒，问问他是否取得了幽冥宫其余高层的许可才答应赌局的？"牧尘笑着举起被他拎在手中，如今已经昏迷过去的林冥。

"若是你觉得林冥没资格代表幽冥宫，那在场的其他所有幽冥宫高层，是不是都没这种资格？"

天邪王等人面色微变。

冥火老人阴冷的目光看向牧尘，道："你这小辈哪来的资格与老夫说话，真是不知天高地厚！"

当那冥火老人最后一个字落下时，他的身影竟然诡异地消失在了天空中。

修罗王面色剧变，反手便是一掌拍在牧尘胸膛上，灵力喷薄而出，直接将牧尘震得飞出去。

就在牧尘飞退的瞬间，他原来所呆的那片地方，被无形的大手一把捏碎，空间都碎裂开来。

那片碎裂空间处，冥火老人的身影浮现了出来，他见一击落空，眼中寒光更甚，旋即他双指暴刺而出，虚空波荡，一道黑光一闪而逝。

就在那道黑光出现的时候，牧尘浑身汗毛都倒竖了起来，当即毫不犹豫地将手中抓住的林冥挡在了身前。

嘭！

黑光掠过，林冥的脑袋直接爆碎开来，鲜血四溅。

牧尘袖袍一挥，将那些四溅的鲜血尽数震散，旋即他面色有些难看地望着手中的无头尸体，此时的林冥，已经死得不能再死了。

咻!

在那后方，九幽和裂山王等人齐齐掠来，将牧尘护在其中，眼神戒备地望向那冥火老人。

这般电光火石间的变故，引得各方势力一惊，待他们回过神来，那林冥已经被斩杀，这令他们眼皮急促一跳。

谁都看得出来，那冥火老人要杀的，不是牧尘，而是被他抓住的林冥。

“冥老真是好狠的手段。”修罗王望着这一幕，沉声道，这样一来的话，这冥火老人便可以将所有的后果都推卸到林冥身上了。

冥火老人淡漠地看了一眼那无头尸体，道：“蠢货一个，以为成为战阵师就能够肆意妄为，此次大狩猎战关乎我幽冥宫的前程，一个小小的万纹战阵师，损失就损失了……”

虽说战阵师乃是他们幽冥宫精心培养的，可真要论起价值，在冥火老人的心中，还值不得那四十万的陨落源丹。

各方势力看到这一幕，都为这冥火老人的心狠手辣感到心寒。

“此次赌局，皆是这林冥引起的，若是想要陨落源丹，那就寻他去要吧。”

冥火老人声音一顿，旋即以更为阴寒的目光看向了牧尘和修罗王等人，道：“而现在，老夫就该和你们算一算，害死我幽冥宫战阵师的这一笔账了！”

话音落下，他陡然抬起手掌，森然之声传播开来：“先把那冰河王给我杀了陪葬！”

在那后方，天邪王等人闻言，也是眼中杀意涌动，旋即前者身形一动，直接出现在了那冰河王身旁，手掌按住了冰河王的天灵盖，灵力涌动间，就打算将其肉身震碎。

牧尘和修罗王他们见到这一幕，面色顿时变得铁青起来。

“杀了。”冥火老人阴森森道。

“是！”天邪王应道，然后狞笑着猛然一掌拍下。

不过，就在那天邪王一掌即将拍在冰河王天灵盖时，他的身体却在这一瞬间陡然凝固下来，而后有一道苍老淡笑声，随之响起。

“冥火，你这老匹夫倒也真是不要脸，竟然钻空子跑出来欺负小辈，不过有老夫在此，你想要杀我大罗天域的人，恐怕没你想的那么容易。”

当那苍老声音响起时，所有人都可以见到，那天邪王身后的空间微微波荡，一道苍老的身影浮现出来，他手掌虚握，可怕的灵力压迫笼罩开来，仿佛凝固了空间，直接令那天邪王的身体动弹不得，他那即将落下的掌印，悬浮在冰河王天灵盖之上，无法落下。

当牧尘、九幽、修罗王等大罗天域的高层见到那道苍老身影时，眼中顿时有惊喜之色涌了出来，因为那现身之人，赫然便是他们大罗天域三皇之一。

天鹫皇！

骸骨山脉上空的空间波荡着，此时各方势力那惊愕的目光，都望向了那里再度出现的一道苍老身影，而那道身影，赫然便是大罗天域三皇之一的天鹫皇。

各方势力都发出低低的哗然声，那陨落战场深处究竟发生了什么，为何这些顶尖强者都突然间冒了出来？

而牧尘、修罗王、九幽他们瞧着突然现身的天鹫皇，则是如释重负地松了一口气，有了天鹫皇在此，那幽冥宫今日就奈何不得他们了。

冥火老人的面色，在天鹫皇出现时，微微阴沉了一些，旋即冷哼道：“你这老不死的倒还真是阴魂不散。”

天鹫皇笑了笑，然后看了被他凝固住的天邪王，淡笑道：“好了，今日的事情就到此结束吧。”

“到此结束？”冥火老人阴笑道，“你们大罗天域害我幽冥宫唯一的战阵师陨落，你以为此事就这么好了吗？”

“那不是你自己杀掉的吗。”天鹫皇笑道，“不过念在你们损失了一个战阵师的分上，我大罗天域就不需要你们给那四十万的陨落源丹了。”

他倒也大方至极，一挥手就免去了四十万陨落源丹，因为天鹫皇非常清楚，想要冥火老人交出四十万陨落源丹，那根本就是不可能的事情，特别是在那地至尊秘藏已经被发现的前提之下。

“你！”

冥火老人眼中凶光涌动，旋即他那略显森冷的目光便投向了牧尘，被他这般看着，牧尘皮肤顿时一寒，有一种被毒蛇盯上的感觉。

牧尘面色微微变幻，因为他知道，如果一名八品至尊铁了心要杀他，那他将会陷入极其危险的境地，到时候，就连修罗王都护不住他。

天鹫皇一出手，便将实力达到七品至尊的天邪王制住，虽说有突袭之因，但也足以显露出七品与八品之间究竟有多大的差距。

“呵呵，冥火，我劝你还是收了这些心思，在你出手的时候，这天邪王怕是会被我立即抹杀。”就在冥火老人眼中凶光闪烁时，天鹫皇淡淡的声音再度传来，“现在你若是要做这种两败俱伤的事情，我想对幽冥宫而言，并没有多少的好处。”

冥火老人眼神愈发的阴冷，他死死地盯着牧尘，但最终还是缓缓将视线移开来。因为他知道天鹫皇说的的确没错，不管他出手有多快，即便他真的以迅雷不及掩耳的速度斩杀了牧尘，他们幽冥宫，也会顷刻间损失一位七品至尊。

这将会比损失林冥更让人心痛。

“此次算你们大罗天域狠，不过你们也别得意得太早，我家宫主知晓后，不会与你们善罢甘休！”冥火老人森然一笑，旋即一声冷哼，袖袍一挥，身形便凭空消失而去，再度出现时，已在那幽冥宫大军之前，而与此同时，天鹫皇也带着冰河王出现在了大罗天域诸王前方。

两人都是八品至尊的顶尖强者，所以他们也并未耍一些无谓的手段。

因为他们都很清楚，如果他们真要不管不顾出手的话，彼此麾下的强者都会损失惨重。

“天鹫皇大人！”诸王见到出现在前方的天鹫皇，连忙抱拳行礼。

天鹫皇笑着摆了摆手，然后便看向了牧尘，笑道：“恭喜牧王成为战阵师，我大罗天域这些年，总算有一个战阵师出现了。”

话音一顿，他便问了最为重要的问题：“此次陨落源丹搜集情况如何？”

“经过统计，我们手中一共拥有四十三万陨落源丹。”修罗王回道。

“四十三万吗？”天鹫皇眼睛微亮，旋即欣慰笑道，“不错，比上一次大狩猎战多了不少，这一次发现的地至尊秘藏虽然有些奇特，不过想来也应该足够了。”

“此次大狩猎战，若非牧王带领的话，恐怕我们也很难搜集到足够的陨落源丹。”裂山王笑道，言语间显然有为牧尘表功之意。

“没错，这四十三万陨落源丹中，大部分都是由牧王他们这批人马所获。”修罗王也并未隐瞒，如实说道。

天鹫皇闻言不由得有些诧异地看了牧尘一眼，没想到这位少年会在此次大狩猎战中表现如此突出，而且连素来高傲的裂山王和修罗王都会对其另眼相看。

“裂山王倒是高估我了，如果不是诸王同心协力，只怕我也是无能为力。”牧尘对裂山王将他推出来微感愕然，微笑说道。

“呵呵，看来域主与九幽都未曾看错人啊。”天鹫皇对牧尘的不骄不躁颇为欣赏，他略微有些感叹道。最开始他会对牧尘和善，全是看在九幽的面子上，后来，则是因为大罗域主对牧尘的照拂，到现在他才明白过来，这个年轻人，的确拥有一些独特的魅力和能力。

他这一路走来，从大罗天域最为普通的统领步步攀爬而上，那种进步，让人为之咂舌与惊叹，而且谁都无法知道，未来的他，究竟会走到哪一步。

九幽见牧尘正在一步步获得整个大罗天域的认同，心中也为他感到欣喜，而后微笑道：“鹫老，您先前说，域主已经找寻到地至尊秘藏了？”

诸王闻言，连忙竖起耳朵认真听着，他们在这陨落战场中拼得你死我活，全是为了开启地至尊秘藏做准备，而这种找寻地至尊秘藏的事情，他们没能力插手，也就只能指望域主了。

天鹫皇笑着点点头，旋即又有点无奈道：“找是找到了，却稍微出了点意外。”

“意外？”牧尘他们闻言，皆是一惊。

“在那陨落战场深处，乃是最为狂暴的地域，那里灵力风暴随时席卷笼罩，就算是地至尊级别的超级强者也得谨慎行事，而在经过几次的探索失败后，我们的确是发现了一座地至尊秘藏的痕迹，这座地至尊秘藏之雄伟，超过了以往我们所探索出来的任何一座地至尊秘藏。”天鹫皇缓缓道。

“哦？”诸王精神都一振。

“不过正因为这座地至尊秘藏太过雄伟，导致如今各大顶尖势力之主都盯上了它。”天鹫皇无奈道。

牧尘他们一脸愕然，感到头皮发麻，因为只要一想到六七位地至尊级别的超级强者蹲在那地至尊秘藏外虎视眈眈的情景，他们就感到可怕。

万一动起手来，可真是天崩地裂的，他们这里的这些争斗与那种层次比起来，简直就是小巫见大巫。

“那我们现在？”九幽问道。

“准备动身前往陨落战场深处。不管怎么样，这座地至尊秘藏都不能放弃。按照其雄伟程度来看，这座地至尊的主人生前必然极为强大，如果能够获得其所留下的灵神液，域主说不定便能够突破到上位地至尊，而如果被神阁之主或者幽冥宫主以及柳天道那些家伙得到的话，对于我们大罗天域而言，就不是什么好消息了。”天鹫皇凝重道。

众人闻言也重重点头，虽然他们并不知道所谓的下位地至尊与上位地至尊之间有多大的差距，但能被天鹫皇以这般口气说出来，想来必然是一个天一个地吧，而他们整个大罗天域的命运，也会系于其上。

天鹫皇见状，挥手下令，顿时整个大罗天域庞大的人马便开始调动起来。

就在大罗天域人马开始行动时，天鹫皇眼神突然微凝，紧接着牧尘他们也有所感应地抬起头，神色微震。

因为在此时，只见这片天地间空间不断扭曲，竟陆陆续续有数道身影破空而来，而那些身影，每一道都散发着极其强大的压迫感，令这片天地都在微微颤抖。

而妖门和玄天殿等顶尖势力的人马，则在此时发出欢呼声，因为那些出现的身影，赫然便是他们这方的顶尖强者。

随着那座超级地至尊秘藏被发现，这些顶尖势力的顶尖强者也腾出手来，开始现身接应各大势力麾下的庞大人马。

“这些家伙，倒是来得挺快。”天鹫皇淡淡一笑，却并没有任何停留，手掌轻挥，只见浩瀚灵光从其体内散发出来，竟是形成数万丈光幕，直接将大罗天域所有人马都笼罩了进去。

"走。"

天鹫皇身形冲出，那庞大无比的光幕，笼罩着大罗天域的诸多人马，仿佛云层一般席卷而出，眨眼间就消失了在天际。

随着天鹫皇他们离开，不久后，其余各大顶尖势力也整合完毕，然后迅速冲天而起离开这片区域。

这片天地间其余的一些一流势力望着这一幕，则是暗暗叹息，他们知道，接下来的，便是这大狩猎战的重头戏了，而这种重头戏，没有地至尊坐镇的势力，根本就没有资格参加。

待此次大狩猎战结束后，也不知道这北界顶尖势力的格局，又将会发生什么样的变化，这些北界顶尖的势力，不知道又会有几个尚存，几个崩塌。

陨落战场深处。

这是一片狂暴得让人感到恐惧的地域，这里的天空，随时都处于灰暗之中，可怕的灵力风暴铺天盖地肆虐席卷着，风暴过处，山峰顷刻间便削为平地，唯有一些漆黑色彩的山峰能够承受灵力风暴的席卷，因为那种山峰是由纯粹的寒铁所化，坚固程度，就算是八品至尊强者倾力一击都不可能将其击碎。

大地上，万丈深渊遍布，看上去仿佛黑色的巨龙匍匐一般，幽黑的深渊深处令人感到阵阵寒意。

阴风自那深渊中呼啸而出，带着凄厉的鬼啸之声，隐隐约约能够见到一些影子般的东西在飘浮，那是陨落在此地的强者神魄所化，只不过早已丧失了自身的神智，成为类似幽魂般的存在。

这些东西，因为吸收了陨落战场那独特能量的原因，所以还保持着生前的一些实力，而且充满攻击性，任何靠近者，都会受到其疯狂的攻击。

这片区域，仿佛死域一般，察觉不到一丝生机。

咻。

不过，这种死寂，在今日却被打破，只见那昏暗的天地间，突然有一道万丈虹光席卷而来，那光芒之中，是浩浩荡荡的庞大人马。

这批人马，自然便是在天鹫皇的接应下，进入陨落战场深处的大罗天域了。

不过虽说有天鹫皇的接应，但大军的行进却是极为谨慎，他们甚至不敢高空飞行，只敢贴着地面低空前进。

即便如此，每前进一段距离，天鹫皇便会改变路线，有的路线甚至要绕道很远，就是为了避开灵力风暴肆虐的区域。

这陨落战场深处的灵力风暴比起外面，简直恐怖了不下百倍，若是陷入其中的话，大罗天域这浩荡人马，必然会损失殆尽。

那等天威，就算是天鹫皇都唯有堪堪自保而已。

就算是有天鹫皇的接应，他们显然也不可能避开所有的灵力风暴，不过好在天鹫皇早就有所预料，在一些无法避免的灵力风暴即将来临时，就带领着大罗天域诸多人马躲进一座巨大的黑色山峰山体之内。

呜呜。

在大军暂时躲避时，牧尘他们则站在那山洞口处观察情况，此时外面，暗灰色的灵力风暴铺天盖地般汹涌袭来，整个空间都在风暴的席卷下变得扭曲起来。

牧尘以及九幽等诸王都面色凝重地望着那外界肆虐的灵力风暴，暗暗心惊，因为他们能够感应到那种灵力风暴的可怕，如果被卷入其中，必然难逃一死。

“还好域主他们在探寻地至尊秘藏的时候，探测出了安全的线路，不然胡乱闯进来，此时我们早已全军覆没。”九幽感叹道。

他们在那陨落战场中经历了重重苦战，但最终都走了过来，可眼下这里，一旦不慎，之前的苦功，怕就会尽数付诸东流。

牧尘轻轻点头，这陨落战场深处的确极其危险，难怪就连天鹫皇都会如此谨慎小心。

他双眼微眯地看向外界灰暗的天地，或许是因为如今意念逐渐强大的缘故，他的感知也变得格外敏锐，所以他能够察觉到，这片天地隐藏着不少极为隐晦的波动。

那种波动之中，透着极其危险的味道，甚至令牧尘都不敢做过多探测，生怕引来灾难，在这种地方，不小心一些的话，恐怕就再也出不去了。

“在远古那场域外族入侵大千世界的浩劫中，这里便是一处巨大的战场，从一些古籍中记载的信息来看，光是在这里，大千世界陨落的地至尊级别的超级强者，便是不下双手之数，这还不算域外族那些陨落的堪比地至尊的强者。”在那后面，天鹫皇淡笑道。

牧尘等人听得暗暗咂舌，这种数量的地至尊，将北界所有的顶尖强者加起来恐怕都凑不够，由此可见远古那场入侵浩劫，究竟是何等恐怖的规模。

“天鹫皇大人，我们还有多久抵达域主发现的那座地至尊遗迹？”修罗王看向天鹫皇，开口问道。

“按照这种速度，应该还需要两日的时间。”天鹫皇道，若是他单独一人的话，速度自然能快上数倍，但眼下毕竟还带有如此庞大的军队。

“另外，赶路之中，如果察觉到一些异样的空间波动，不要去引动，这里陨落的强者太多，而这些强者大多在陨落前都会将自身隐藏在撕裂的虚空中，虽然他们神智消散，可因为陨落战场奇特的原因，依旧能够保留肉身，并且拥有生前的一些实力，如果被惊醒，便会疯狂进攻。”天鹫皇提醒道，“之前我与灵瞳皇探测的时候，便惊醒过一道亡魂，即便我二人联手，也只能将其勉强击退。”

“是！”

众人闻言，心头也是微凛，连天鹫皇与灵瞳皇联手都只能自保，那亡魂生前的实力，恐怕至少是九品至尊，甚至说不定已经半只脚踏入了地至尊的层次，这陨落战场深处，真是步步危机。

大军在山体之中等待着灵力风暴散去后，这才再度启程，在接下来的路途中，依旧是阻拦重重，若非有天鹫皇领路，按照牧尘他们的估计，恐怕如今他们大军中能够活下来的人，不会超过一手之数。

虽说一路而来缓慢艰难，但终归还是有惊无险，待那第二日结束时，大军从一座座高耸入云的黑色山峰中穿梭而过，紧接着，他们便被眼前的一幕狠狠震撼了。

那一座座黑色山峰之后，肆虐的灵力风暴突兀地尽数消失不见，甚至连灵力在这里都变得异常安静。

而让牧尘他们震撼的，并非是此处的安静，而是前方天地，竟直接呈现破碎的姿态，那里的空间犹如被恐怖的力量撕碎一般，一道道黑色的裂缝，犹如狰狞的大嘴，在那天地间嚅动。

视线透过那些黑色的裂缝，其中微光涌动，隐隐约约，牧尘他们似乎见到一座巨大得看不见尽头的黑色金字塔，静静地飘浮在那破碎的空间深处。

那座黑色金字塔庞大得无法形容，普通山峰与之相比，犹如微尘，一种震撼感袭来，令无数人头皮发麻。

“那座黑色金字塔，便是我们所发现的地至尊秘藏。”天鹫皇感叹地望着前方破碎的空间道，“这里的空间，应该在远古时代被恐怖的灵力波动所撕裂，按照我们的估计，当初这里，必然有上位地至尊强者陨落。”

“上位地至尊？”

牧尘他们齐齐倒吸了一口冷气，如今他们的域主，也就是曼茶罗那也仅仅只是下位地至尊，这与上位地至尊之间，差了整整一个等级，当然，整个北界之中，都找不出这种等级的存在，不然的话，北界的格局也就不会如此平衡了，一个上位地至尊，足以改变北界的格局。

“你们总算来了。”

就在牧尘他们为眼前破碎空间内的黑色金字塔震惊时，他们前方的空间微微波动起来，紧接着一道稚嫩而熟悉的嗓音响起，只见那扭曲空间处，三道身影浮现而出，当先一人身躯娇小玲珑，赫然便是大罗天域的域主曼茶罗，在其身后则是睡皇与灵瞳皇紧随。

“拜见域主！”

曼茶罗一现身，诸王顿时连忙行礼，在那后方，浩浩荡荡的军队也跪伏而下。

曼茶罗小手轻轻挥了挥，然后那一对金色眸子看向诸王中的牧尘，小脸上不由得划过一抹诧异，笑道：“你成为战阵师了？”

牧尘笑着点点头。

“呵呵，牧尘不仅成为战阵师，而且准确说来，连幽冥宫那一位战阵师，也死在他的手中，此次大狩猎战，牧尘功不可没。”一旁的天鹫皇笑道，而后便将此次牧尘在大狩猎战中的卓越表现尽数说了一遍。

“哦？”

听完天鹫皇的话，曼茶罗、睡皇、灵瞳皇三人都显得有些惊讶，想来都没料到实力原本在诸王中并不算突出的牧尘，竟然会在此次大狩猎战中表现如此突出。

“那就是说陨落源丹都搜集够了吧？”曼荼罗小脸上浮现一抹笑容，显然对牧尘的表现极为欣慰与满意。

“一共四十多万陨落源丹，尽数在此。”天鹫皇袖袍一挥，便有一个乾坤镯飞向曼荼罗。

曼荼罗小手接过，微微感应，小脸上的笑容变得更为浓郁起来，而后她偏过头，金色大眼睛看向了那天地间的一道道黑暗裂缝，深吐一口气，道：“那接下来我们就可以尝试破解封印了。”

牧尘他们顺着曼荼罗的目光望去，此时他们才发现，在那些破碎的黑暗裂缝中，有一道道的古老符文浮现，那些符文，形成屏障，将那破碎的空间封堵在其中。

“嗯？”

牧尘盯着那些古老符文，突然间他心神微动，因为他感觉到，他在陨落战场中获得的那一道“寻灵盘”，竟在此时突然变得滚烫起来。

牧尘眼神陡然一凝，旋即心脏跳动速度猛地加快，因为他突然记起了那位萧青云前辈所说的，这寻灵盘将会指引着他找寻到远古天宫那位第四殿主遗迹所在处。

也就是说，眼前那破碎空间之中的黑暗金字塔，便是远古天宫那位第四殿主所留?!

第4章 远古天宫

寻灵盘发出的动静，引得牧尘惊愕之余多了一分惊喜，如果眼前这座超级遗迹真的是远古天宫那位第四殿主所留的话，说不定能够在其中获得一些有关远古天宫的情报。

"怎么了？"曼荼罗瞧见牧尘面色的变化，当即问道。

牧尘闻言一笑，并未有所隐瞒，便将所知之事尽数说了出来。

"远古天宫，第四殿主？"

听到牧尘此言，天鹫皇等人顿时大吃一惊，虽然他们对于第四殿主的名头并没有清晰的认知，可远古天宫的强大，他们却是知晓的。

在那远古时代，这天罗大陆的霸主，便是远古天宫，据说即便远古天宫早已覆灭，但其遗址依旧存在于天罗大陆的某处，所以这些年来，天罗大陆的各方顶尖势力为了找寻它而费尽心机。

牧尘点点头，他看向曼荼罗，发现对方的表情在此时微微有些恍惚，不过很快她便恢复过来，若有所思道："第四殿主吗？此事我倒是在古籍之中看见过，他的确是陨落在这片古战场，只是没想到竟然会是在这里。"

"据说当年他与那吞天邪帝战得天昏地暗，最终双双陨落。"

"吞天邪帝？"牧尘等人微微一怔。

“那是域外族中的一位超级强者，实力同样堪比上位地至尊，当年他便是入侵天罗大陆的统帅之一。”

曼荼罗解释了一声。她金色眸子看向那破碎空间深处的黑暗金字塔，眸子中划过一抹亮色，缓缓道：“如果此地真是第四殿主所留，那其所留下的灵神液必然强大无比，绝对不能让神阁那些势力得到，不然的话，势必会打破北界格局，而以他们的性格，届时我们大罗天域必将首当其冲。”

牧尘点点头，将激动的情绪平复下来，而后目光转向这片天地的其他方向，疑惑道：“不是说其他的顶尖势力也盯上了这座遗迹吗？为何不见他们的踪影？”

“这片破碎空间区域极为辽阔，其他的顶尖势力，都在不同的方向，彼此间隔相当遥远，因为这座地至尊遗迹并没有什么入口一说，只要拥有足够的陨落源丹，从任何地方都能够进入其中。”

曼荼罗一笑，道：“一般说来，其实打开一个入口就能够供所有人进入，但显然不可能会有势力愿意将自己手中的陨落源丹拿出来给别人享用。”

牧尘微愕，旋即便明白过来，虽说那样做的话的确能够节省不少的陨落源丹，可这显然并不是各大顶尖势力所想要的，他们宁愿多付出一些，也不愿意让其他势力捡了便宜。

这个时候，凡事都得自己靠自己，如果自己都靠不了，那只能说还不具备争夺这地至尊秘藏的资格。

“这地至尊秘藏中危机重重，所以此次只有诸王能够随我进入，剩下人马，则驻扎在此，随时准备接应。”曼荼罗看了一眼后方那些浩浩荡荡的人马，沉声道。

在地至尊秘藏这种险地，如此大规模的军队闯入，不仅没有多大的帮助，反而会因人多手杂而坏事，万一到时候触发了什么机关，后果不堪设想。

天鹫皇他们都点点头，之所以会将军队尽数接应进来，不过是担忧失去了诸王镇守，这些军队容易在外面被围攻而已，而如今这里，虽说看似危险，实则安全至极。

“只不过这样的话，倒是要委屈一下牧王了。”裂山王等人看向牧尘，无法将军队带入其中，想来最可惜的应该便是牧尘了，毕竟他身为战阵师，一旦失去了军队，战斗力就会大打折扣。

不过对于他们的抱歉，牧尘倒是平静一笑，道："战意虽然是一条捷径之路，不过若是太过倚仗的话，反而适得其反，我所拥有的力量，并非仅仅只有战意一道。"

他的声音虽然平缓，但却充满力量，黑色的眸子中光芒涌动，那是一种源于对自身的信心。在牧尘看来，战意的力量，固然能够为他锦上添花，可那种力量毕竟有些借于外物，而在这个世界上，唯有自身真正修炼而来的东西，才是最为稳固的，并且永恒不变的。

所以，即便一开始牧尘知晓自身拥有掌控战意的天赋时，也仅仅只是有些惊喜而已，他从未想过，为了战意的力量，便要放弃自身的修炼。

所以，即便是失去了战意，牧尘也有信心，凭借他自身的能力，他依然不会平凡，这一点，这些年来，他早已用自身的能力证明过了。

当裂山王他们听到牧尘这番平静之言时，先是一怔，旋即态度变得严肃起来，心中都有一抹钦佩之意涌出。毕竟在掌握了战意这种既方便又强大的力量后，还能如此不骄不躁，此等如磐石般的心性，即便是他们，都不敢保证自己能够做到。

到此时，他们才隐隐明白，为什么眼前这个年轻人，能够在短短的两年时间内，就在大罗天域崛起。

"说得好，真正的强者，不是被力量所驾驭，而是驾驭力量！"

曼荼罗小手轻拍，小脸上满是赞叹之色，甚至连一旁素来睡眼惺忪的睡皇也睁开眼睛看了牧尘一眼，想来同样是为牧尘的这般心态而感到惊讶。

牧尘倒是被曼荼罗这番赞叹搞得有点尴尬，只能干笑着耸耸肩。他只是觉得不要太过依赖战意的力量而已，免得有一天当他失去军队的时候，会突然间从云端跌落，那样的话，恐怕连爬起来的机会都没有了。

"准备动身吧。"

曼荼罗一笑，也没有继续再多说什么，小手轻扬，只见她的身躯便缓缓腾空而起，三皇紧随其后，再接着则是牧尘、九幽、修罗王等人。

此等阵容，堪称豪华，而这也是集合了大罗天域的所有精锐，一旦他们在地至尊秘藏中出了什么意外，恐怕大罗天域顷刻便会土崩瓦解。

牧尘等人跟随着曼荼罗掠出，片刻后，便逐渐接近了那片破碎的空间，而随着距离越来越近，牧尘他们终于了解了那一道道交错纵横的黑色裂缝具备何等恐怖的压迫力。

黑色裂缝不断在虚空蠕动着，一道道古老的符文游动在裂缝之间，彼此散发的光芒相连，形成一层暗红色的光幕，刚好将裂缝尽数封堵。

牧尘他们站在一道裂缝之前，虽然那空间裂缝有符文封印，可那种隐隐约约散发出来的压迫感，依旧令他们有些喘不过气来。

面对这些空间裂缝，就连曼荼罗的表情都略显凝重，在刚刚发现这座遗迹的时候，她就试图尝试动用地至尊的力量强行撕裂符文，但最终的结果很明显，她失败了。

这陨落战场陨落了太多的强者，其中不乏比她更强的地至尊，这些强者陨落导致整个陨落战场都笼罩了一种奇特而强大的力量，这种力量虽然不能直接发起攻击，但却拥有守护之力，它们犹如保护着在这里陨落的诸多亡者安眠一般。

这是陨落战场的规则，即便是强大如曼荼罗这等存在，也不可能打破这种规则。

曼荼罗小手一握，一个乾坤镯便出现在其手中，她轻轻一抹，嗡呜一声，只见一道道洪流便自乾坤镯内席卷而出。

那一道道洪流犹如巨蟒一般盘踞在曼荼罗的前方，洪流之中，全部都是陨落源丹，数量怕是不下十万。

随着如此庞大数量的陨落源丹出现，顿时一股浓郁到极点的异香弥漫开来，牧尘他们吸上一口，便感觉到体内灵力都变得有些亢奋。

这十万陨落源丹，其蕴含的灵力恐怕比百万至尊灵液还要浓厚，如果是一位实力达到五品至尊的强者将其炼化吸收了，恐怕自身灵力会获得不小的精进。

曼荼罗平淡地看着那些陨落源丹，小手合拢，轻轻一搓，顿时那些由陨落源丹所化的洪流就爆碎开来，然后被一股强大无比的力量生生压缩在一起。

洪流开始迅速缩小，短短不过十数息的时间，那十万陨落源丹就化为一摊摊黏稠的液体。

这些液体在虚空中缓缓流淌，流淌经过之处，连空间都扭曲起来，仿佛这小小的液体中，拥有比山岳还要可怕的重量一般。

牧尘他们惊异地看着这一幕，那十万陨落源丹若是让他来炼化的话，起码得数月时间，但这在曼荼罗手中，却仅仅只是一搓手的时间而已，由此可见，地至尊级别的强者，实力究竟恐怖到了什么程度。

曼荼罗金色眸子轻轻眨了眨，然后屈指一弹，顿时那些陨落源丹所化的黏稠液体便呼啸而出，一滴滴滴落在那空间裂缝处的古老符文之上。

嗤嗤。

随着黏稠液体滴落下来，那就算是曼荼罗都奈何不得的古老符文竟在迅速颤抖，而后青烟升腾间，牧尘他们便无比惊喜地见到，那古老的符文，竟在一点点地变得黯淡，而当符文黯淡到极点时，便彻底消融而去。

短短不过半分钟的时间，那散发着无穷压迫的符文封印，就在陨落源丹液体的侵蚀下，被彻底融化掉。

那通往地至尊秘藏的大门，终于被打开了。

嗤嗤。

古老的符文在陨落源丹所化的液体腐蚀下，渐渐消融，短短不过十数息的时间，牧尘他们前方的符文封印便缓缓撕裂开来，一个十数丈大小的裂缝，出现在了他们的面前。

而当那一道裂缝出现的时候，顿时有一股古老的莽荒般的气息涌了出来，那股气息之中所蕴含的压迫感，令牧尘他们身体瞬间僵硬了下来，那种古老的气息中，掺杂着一股惨烈之气，仿佛见证了远古时代那第四殿主与吞天邪帝之间的毁灭之战。

曼荼罗小脸平静，小手轻轻一挥，便直接将那股古老的气息震散，这才令后方的牧尘他们再度恢复自由，但他们一个个都心有余悸，真不愧是地至尊秘藏，竟然危险到这种程度，仅仅只是入门时的一道气息，就已经将他们震慑得不轻了。

这等险地，如果没有曼荼罗带领，他们怕是根本就不敢来闯。

“走吧，都小心一些。”

曼荼罗稚嫩的嗓音，此时却给予大罗天域所有强者强大的安全感，而话音一落，她便率先迈步跨入那一道空间裂缝，在那后方，三皇以及牧尘等诸王也立即鱼贯进入。

当牧尘他们跨入那空间裂缝时，他们便感觉到那古老的莽荒气息席卷而来，不过这一次好歹有了一些准备，所以逐渐适应了下来，然后他们抬头，视线扫动，观察着这片陌生的空间。

这里的空间，仿佛是一片星空，整个空间处于一种淡淡的昏暗之中，空间时不时扭曲着，散发着狂暴而紊乱的波动。

破碎的空间中，还飘浮着无数大大小小的石岛，一些体型较大的简直犹如一座山峰一般。

不过牧尘他们的目光，仅仅只是扫了一眼之后，很快便停留在了遥远处，那里的虚空，一座庞大得无法形容的黑暗金字塔静静矗立着，即便是隔着极其遥远的距离，那种透空而来的压迫感以及震撼依旧令牧尘他们轻吸了一口凉气。

“这些飘浮的石岛之中，应该隐藏着一些陨落的强者，如果运气好的话，说不定能够获得一些上古神器、神术、神丹。”曼荼罗看了一眼那些飘浮的石岛道。

听到此话，诸王眼睛顿时亮了起来。

曼荼罗见状淡淡一笑，道：“我与三皇先去前方探路，你们自行寻找，如果遇见危险就捏碎我之前给你们的灵玉，我会前来相救。”

此次大狩猎战，诸王都有功劳，眼下好不容易进入宝地，曼荼罗也乐得让他们各自寻找机缘。

“谢域主！”诸王闻言喜形于色，能够陨落在地至尊附近的强者，必然都是顶尖的人物，如果能够获得一些他们所遗留之物，那对于自身战斗力将会有极大的提升。

曼荼罗点点头，金色眸子看了牧尘一眼，示意他自己小心，而后她便与三皇化为流光迅速掠出。

诸王见曼荼罗四人离去，彼此对视一眼，相互一笑，紧接着各自迅速散去，向虚空中飘浮的那些石岛奔去。

牧尘与九幽并未分散，两人一组，然后漫无目的地掠出，敏锐的目光不断扫视着那些飘浮的石岛。

随着一群人的分开，很快这片寂静的空间中便有一些石岛碎裂的声音响起，那些是诸王在强行轰碎石岛，找寻那些陨落强者所遗留之物。

这种办法虽然有些蛮横，不过对于眼下这种情况而言，却是极为有效。

轰！

牧尘一拳轰出，直接将一座百丈大小的巨岩轰爆了，碎石铺天盖地溅射开来，却并未看见里面有什么东西。

牧尘见状，冲九幽无奈地耸耸肩，这片空间内悬浮的巨石不知道有多少，这样寻找的话效率不高，还真是只能看各自的机缘了。

九幽微微侧耳倾听，倒是听见远处隐隐传来一阵大笑声，当即红唇轻启，道："似乎有人找到一点东西了，不知道是哪个家伙运气这么好。"

牧尘也是笑笑，刚欲继续动身，突然间他心头微动，手掌一握，只见一道寻灵盘出现在了他的手中。

"这寻灵盘对于灵力波动格外敏感，如果附近真有什么远古遗物，那它应该也能有所感应。"牧尘沉吟道。

九幽闻言，美目中划过一抹惊喜之色，如果这寻灵盘真有这效果的话，那还真是寻宝利器，至少，比起他们这样蛮横地开山碎石要有效率得多。

牧尘手握寻灵盘，然后迅速掠出，虽然不敢确定寻灵盘在这里是不是也有作用，但总得试试。

咻！

两人迅速自那一座座飘浮的石岛上飞掠而过，沿途避开一些空间扭曲之处，短短不过一两分钟的时间，他们便掠过数十座石岛，但让两人有些失望的是，手中的寻灵盘一直没有什么动静。

"看来这寻灵盘在这里没什么作用。"九幽将速度放缓了一些，无奈道。

牧尘轻叹一声，准备放弃，不过就在他的叹息声刚刚落下时，一道嗡鸣之声突兀地响起。

这道嗡鸣声虽然极为细微，但却被牧尘与九幽察觉了，当即两人一怔，猛地低头看向那寻灵盘，只见一直没有动静的寻灵盘上，终于出现了一道光点。

"有动静了！"九幽大喜。

牧尘也是眼睛微亮，抬头扫视，而后视线便锁定了右前方不远处的一座石岛，那座石岛并不显眼，百丈左右大小，在这虚空中飘浮的众多石岛之中显得格外普通，不过牧尘知晓，寻灵盘上的光点，正是指的此处。

牧尘与九幽对视一眼，两人身形一动，直接出现在那座石岛前方，然后两人同时出手，一掌拍出，磅礴灵力横扫，一掌便将那座石岛拍得碎裂开来。

咻！

碎石飞射间，牧尘与九幽眼睛一亮，只见那漫天碎石中，两道毫光暴射了出去。

两人身形分散而动，一闪之下，就出现在那毫光前方，一掌抓去，灵力形成光圈，立即将那毫光封锁在其中。

砰！砰！

灵力光圈之中，那道毫光却犹如蛮牛一般疯狂乱撞着，竟是将灵力光圈撞得荡漾起阵阵涟漪，力度之大让牧尘都有点吃惊，连忙催动灵力，这才渐渐将那毫光镇压了下来。

待到那毫光彻底平静下来后，牧尘这才定睛望去，只见在那毫光中，竟有一枚纤细如牛毛般的血红长针，那一枚血针虽然看上去不起眼，但眼神锐利的牧尘却能够见到，在那针身之上，竟然是铭刻着数不清的符文，而每一道符文，隐隐看去，犹如一张张狰狞的兽脸。

暗红的光芒在上面涌动着，隐隐散发出的凶气令牧尘微微心惊。

牧尘小心翼翼地催动一丝灵力，悄然涌入那血针之中，经过数万载的时间，这血针早已是无主之物，所以牧尘轻易便取得了其控制权。

在牧尘取得控制权后，那血针之内，有一些信息涌入他的脑海。

万兽针，消耗型上品神器，取万兽精血炼制，凶戾霸道，需要以自身精血催动，精血越强，威力越强。

“竟然是一件消耗型上品神器！”

牧尘咧嘴一笑，这种消耗型的神器，虽说有无法持久的弊端，但其威力却比寻常上品神器更为强大。

而且此物极为隐秘，难以防御，若是对敌时，将会取得出其不意的神效。

在牧尘暗自惊喜时，九幽回来了，她那冷艳的俏脸上，此时却有掩饰不住的欢喜笑容，想来也是满载而归。

牧尘看向九幽，不过还不待他询问，九幽便摊开玉手，只见在其掌心处，竟有一枚龙眼大小，呈现翠绿色彩的丹药，丹药表面，散发着淡淡的光芒，光芒形成凤凰盘旋之形状，隐隐间，有清澈的凤鸣声响起。

一股古老而浓郁的丹香从这颗丹药中散发出来，竟是引得牧尘体内灵力都有些高涨的迹象。

“这是？”牧尘惊讶道。

“化凤神丹，以凤凰一族精血所炼制，若是同类神兽服用炼化，将会增强自身血脉之力，若是机缘足够，足以乌鸦化凤凰。”九幽微笑道。

牧尘闻言，不由得啧啧称赞，没想到九幽竟然能够获得此等神丹。她本身便是九幽冥雀，体内拥有不死鸟的血脉，而不死鸟也属于凤凰一族，所以这种神丹对于九幽这种神兽而言，简直是神物。

此次的寻宝，借助这寻灵盘之力，倒真是让牧尘二人收获颇丰。

“抓紧时间，再探测一下吧！”九幽将那化凤神丹收起，意犹未尽地说，看来此次的收获，已经彻底勾起了她的寻宝之心。

这片区域，对于他们而言，可是一片真正的宝地！

牧尘也笑着点点头，费尽千辛万苦才进入这地至尊秘藏，如果不好好捞一笔的话，真是对不住这一路的艰辛。

于是两人再度掠出，而寻灵盘也展现出了神奇之力，不过短短数分钟的时间，就已再度有所回应，而且这一次的探测，直接让牧尘与九幽二人都震惊起来。

因为那寻灵盘上的光点竟在此时变得犹如一轮烈日一般夺目，这种情况，即便是当初探测到一级遗迹时，也未曾出现过！

牧尘与九幽震惊地望着寻灵盘，旋即轻吸一口凉气，究竟是何等之物，竟然能够引得寻灵盘有如此动静?!

难道是那绝品神器，或者更强之物?

嗡嗡。

璀璨夺目的光芒自寻灵盘之中暴射而出，光芒之强烈，让牧尘与九幽一时间都未曾回过神来，呆了好半晌后，才面面相觑。

“去看看吧。”牧尘舔了舔嘴，虽说他也被寻灵盘发出的动静搞得有点心惊，不过不管怎样，这等机缘都不能轻易放过。

“小心一点。”

九幽螓首轻点，细心的她还是叮嘱了一声。

牧尘点点头，使用寻灵盘定了一下位置，接着便将目光投向了西面的方向，视线与九幽对碰后，两人便毫不犹豫地暴射而出。

两人迅速掠过一座座飘浮的石岛，目光也在附近不断扫视着，试图找寻出寻灵盘上那夺目光源的源头。

有了寻灵盘的定位，搜寻很快便有了结果。

这是一座颇为庞大的石岛，牧尘与九幽悬浮在其前方，互相对视一眼，寻灵盘上锁定的方位便是这里，所以应该就是这座石岛了。

砰!

两人对视一眼，然后毫不犹豫地出手，磅礴灵力化为巨大的掌印，短短数个呼吸，那一座石岛便被蛮横地轰得支离破碎。

咻！咻!

碎裂的岩石铺天盖地般暴射而出，牧尘与九幽则紧紧地锁定着那些碎石，眼神锐利，任何异样之物都难逃他们的法眼。

不过，随着时间的推移，那些碎石也尽数射开，但让牧尘两人惊愕的是，他们竟然并没有发现任何异样之物。

“怎么回事？”九幽愕然问道。

牧尘眉头紧皱，先前他们探测得极为严密，绝对不可能错的，可为什么到头来什么都没发现?

牧尘低头，看向寻灵盘，顿时一怔，因为他发现寻灵盘上那一道夺目光源依旧未曾黯淡，也就是说，其源头依旧存在。

“这座石岛似乎不是目标。”牧尘道。

“方位不是标注在这里吗？”九幽反问道。

“方位的确是这里……”牧尘目光微微闪烁，突然，他转移视线，看向了先前石岛出现的地方，接着他眼神猛地一凝，身形缓缓靠前。

然后，他便发现那石岛碎裂的地方，空间竟然呈现扭曲的姿态，不过这种扭曲，显然并不足以形成空间裂缝。

但一道扭曲的空间，竟然躲在一座石岛之内，这足以让人感到疑惑了。

牧尘死死地盯着那扭曲的空间，然后缓缓抬起手中的寻灵盘，顿时寻灵盘上，那夺目的光源，猛地暴射了出来。

九幽察觉到异状，迅速靠拢过来，俏脸惊愕地望着那扭曲的空间。

“似乎是这片扭曲空间引发的异状。”牧尘惊奇道，原来悬浮在外的石岛仅仅只是遮人眼目，这片空间才是真正的源头。

“宝贝就在这儿？”九幽不可思议道。

牧尘沉吟了一下，旋即双眼微微眯起，沉默了片刻，他突然道：“你能将这扭曲的空间撕裂开一道空间裂缝吗？”

九幽一惊，道：“你怀疑宝贝被藏在这扭曲空间之内？”

“有人费尽心机将宝贝隐藏在这里，必然是有目的的，既然如此，其中应该有些玄机。”牧尘点点头，道。

“那我试试。”

九幽闻言，螓首轻点，玉手一握，只见磅礴的灵力匹练轰击在那片扭曲的空间上，而后灵力仿佛形成巨手一般，试图将那扭曲的空间撕裂出一道空间裂缝。

在九幽灵力轰击那扭曲空间处时，她心中猛地一惊，因为她察觉到，这片扭曲的空间竟然出乎意料的坚固。

以她如今这六品至尊的实力，要撕裂一片空间，其实并不困难，然而眼下倾力而为，竟然显得极为勉强。

“看来此处的确有些古怪。”

九幽银牙轻咬，体内灵力在此时毫无保留地爆发出来，顿时那扭曲的空间处开始剧烈颤抖起来，最后一道不过寸许的黑色裂缝，被一点点撕裂开来。

在九幽倾力而为下，那道裂缝达到了两尺左右的范围，这已经是她的极限了，而且九幽发现，那裂缝还在反弹，试图将裂缝修补。

“快点，我坚持不了太久。”九幽催促道。

嗡！

牧尘见状，不敢怠慢，迅速伸出手掌，掌心犹如虎口一般，对着那道空间裂缝狠狠一扯，顿时灵力在其掌心形成漩涡，恐怖的吸力暴涌而出。

咻！咻！

那种强大的吸力涌进空间裂缝内，很快便有一道道碎岩暴射而出，不过在接近牧尘掌心灵力漩涡时，皆化为粉末。

这等空间裂缝之后究竟有什么，牧尘也不知道，因此谨慎的他不敢趁机闯进去，到时候万一在空间乱流中迷失了方向，就连曼荼罗都很难将他救回来。

所以，现在的他，只能采取这种办法，借助吸力，看能不能将这扭曲空间之内的东西给强行吸扯出来。

噗！噗！

无数道碎岩不断射出，最后被灵力漩涡绞碎成粉末，但却始终未曾出现什么比较特殊的东西。

随着时间的推移，九幽玉手微微颤抖起来，她开始有些难以为继了。

牧尘见状，心中也只能叹一口气，不过，就在他即将收手的那一瞬间，一道略显不同的声音，突然从那空间裂缝处传来。

咻！

一道黑光猛地飙射而出，然后狠狠地撞击在灵力漩涡上，不过这一次，灵力漩涡却并未能够将其绞碎。

牧尘眼疾手快，灵力灌注于手掌，一把便将那道黑光抓在手中。

与此同时，九幽已经力竭，那道空间裂缝迅速缩小，最后消失不见，那里的空间，再度恢复扭曲的姿态。

九幽用玉手擦去额间香汗，然后美目看向牧尘，最后她也瞧见了那道突然射出的黑光。

牧尘摊开手掌，只见其掌心处，赫然有一个黑色之物，那是一个有些粗糙的三角形幽黑铁块，在那铁块的表面，铭刻着一些极为复杂而古老的符文，不过，牧尘与九幽却并未在此物之上察觉到丝毫的灵力波动。

牧尘与九幽两人面面相觑，显然都不明白费尽心机搞出来的东西，竟然会如此的莫名其妙，这东西看上去，也并不像是什么神器。

牧尘皱了皱眉头，试图催动灵力灌注，但他最终却发现，灵力涌入其中，根本就不能引起丝毫的反应……

两人苦恼地费尽诸多手段，可最终那三角形的幽黑铁块依旧是什么动静都没有，到最后，牧尘与九幽也只能无奈放弃。

“搞了半天，搞出一个莫名其妙的东西。”牧尘与九幽对于这种结果哭笑不得，虽说出于直觉，感觉此物并不简单，但无法催动，那就如同废物一般。

“算了，抓紧时间探测一下其他的宝贝吧。”

牧尘苦笑一声，也不得不放弃，随手将这幽黑铁块丢进乾坤镯内，然后开始抓紧最后的时间，使用寻灵盘探测其他的宝贝。

在再度探测时，牧尘突然看了一眼极为遥远处，那悬浮在虚空中庞大得让人感到震慑的黑暗金字塔，一时间，觉得刚刚那到手的粗糙的三角形铁块，似乎与前者有些类似。

不过这种想法，仅仅只是出现了瞬间便被牧尘抹去了，然后他快速跟上九幽，两人开始继续寻宝。

在接下来的时间中，牧尘与九幽两人借助寻灵盘，再度有所收获，不过那些所得之物，多数不是很出彩，总的算来，还是两人第一次获得之物，要更让人感到惊喜一些。

嗡。

在两人寻宝时，突然有嗡鸣之声从远处传来，牧尘与九幽听到这个声音，停了下来，对视一眼，迅速朝声音传来的那个方向赶去。

那是曼荼罗发出的召唤之声，想来前方的路他们已经探明。

咻！

一座石岛上空，诸王再度会聚，曼荼罗望着众人脸上的笑容，知晓他们各有收获，不过她并未多问，也没让诸人将获得之物上缴。

“准备前往地至尊秘藏，之前我已经感应到了其他顶尖势力也进入了这片空间。”

听到曼荼罗此话，众人心中微凛，这大狩猎战最后的决战，基本便在这地至尊秘藏了，为了争夺其中之物，各大顶尖势力必将倾尽全力。

“走！”

曼荼罗没有再多言，小手一挥，便率先化为幽光暴掠而出，而她的目的地，赫然便是那极为遥远处的黑暗金字塔。

牧尘见曼荼罗这般雷厉风行，也没时间将他先前发现的那奇怪之物说出来，只能无奈地耸耸肩，然后与九幽等人迅速跟了上去。

在跟上后，牧尘瞧见诸王渐渐紧绷的面庞，不由得轻吐一口气，接下来，恐怕才是最为惨烈的争夺了……

第5章
黑暗金字塔

咻!

昏暗的扭曲空间中，十数道光影犹如闪电般自虚空掠过，那当先的一道，气势雄浑得犹如流星呼啸而过，任何挡在其前方的东西，都在那种气势之下瞬间化为粉末。

而这行人马，自然便是大罗天域的诸多强者，而那领头者，除了曼荼罗之外，想来不会有其他人。

牧尘他们一行人的速度在此时快若奔雷，全速向这片虚空中那黑暗金字塔赶去，而在这种全速赶路下，牧尘才察觉到这片空间之辽阔。

先前在远处用肉眼看，似乎他们与那黑暗金字塔之间并没有很遥远的距离，可如今飞奔起来，才发觉两者间的距离有多远。

他们以这般速度，足足飞行了将近半个小时，可那黑暗金字塔，依旧在遥远的前方，令牧尘暗暗震惊。

“呵呵，这里的空间格外扭曲，经过扭曲空间的投射，我们才以为距那黑暗金字塔并不远，其实怕是有数万里。”察觉到牧尘的惊讶，在其身前的天鹫皇突然淡笑道。

牧尘惊叹地点点头，这可真是“望塔跑死人”啊。

"不过按照我们的速度，再有半个时辰应该就能抵达，地至尊秘藏附近的空间波动更为紊乱狂暴，到时候你们不要胡乱触及，免得被吸入空间乱流之中。"天鹫皇对牧尘和九幽等人说道。

"是。"

诸王闻言立即应道。

天鹫皇点点头，也就不再多言，一行人速度再度加快，仿佛划过天际的流光，迅速自这片寂静而扭曲的空间高速掠过。

在他们这般高速飞掠之下，半个时辰后，牧尘终于察觉到最前方的曼荼罗逐渐减缓了速度，而后他心头微震，一片仿佛无边无际的阴影从天而降，将他们的身形尽数笼罩了进去。

牧尘等人都在此时抬起头来，接着一群人都轻吸了一口凉气，因为此时在他们前方的空间处，一座看不见尽头的黑暗金字塔静静地矗立在虚空中，一股可怕的压迫感从其中散发出来，那种压迫感就算是牧尘等人，都感到头皮发麻。

虽说先前已经知晓这座黑暗金字塔的庞大，可当真正靠近后，牧尘他们才彻底为之感到震撼，那无边无尽的姿态，令人感到敬畏。

在黑暗金字塔周围的虚空处，仿佛空间都承受不住那种压迫变得极端扭曲，一道道不规则的空间裂缝不断出现又消失。

"这就是我们此次的目标了。"

曼荼罗凌空而立，她小脸仰望着那庞大无比的黑暗金字塔，虽然她的身躯是众人中最为娇小的，但所有人都知道这娇小身体中所蕴含的可怕力量。

一位地至尊，放眼整个大千世界，都算得上是顶尖一层的存在，那一步，也是天地间无数强者所向往与追求的目标。

"域主，我们准备动手吗？"在曼荼罗身后，一直睡眼惺忪的睡皇睁开了双眼，那以往一直睡意蒙眬的双眼，迸射出了锐利的精芒，一股淡淡的压迫感弥漫开来，那等压迫，比起天鹫皇与灵瞳皇都要强上不少。

曼荼罗点点头道："其他的顶尖势力应该也抵达了其他方位，我们尽快动手吧，免得被人抢了先机。"

话音落下，曼荼罗身影缓缓向那黑暗金字塔飘去，在金字塔周围，狂暴的空间裂缝不断出现，试图阻拦曼荼罗的靠近，不过面对这种阻拦，她仅仅只是小手一挥，便将那一道道足以让牧尘等人焦头烂额的空间裂缝尽数抹去。

她的身形最终出现在了黑暗金字塔之前，在这里，她已能够清晰地看见金字塔上面弥漫的古老符文了，一种极其强横的波动，若有若无地散发出来。

那种灵力波动之强横，就连曼荼罗的金色双眼都为之微微眯了眯，这里的封印，比起之前那道封印还要来得强横。

不过所幸，她对此早有所准备。

曼荼罗小手一抬，乾坤镯再度出现，紧接着又有陨落源丹所形成的洪流呼啸而出，而且这一次的规模，比起之前还要雄浑。

洪流盘旋在曼荼罗周身，那等数量，粗略一看，怕是不下二十万，如此多数量的陨落源丹，看得后方的牧尘等人都有点心疼，毕竟这如果折算成至尊灵液的话，那可是超过两百万的恐怖数量啊。

两百万至尊灵液，想来就算是实力达到了天鹫皇他们这种层次的强者，都会心动不已。

曼荼罗小手再度轻轻一搓，那二十万的陨落源丹便在牧尘他们肉痛的目光中再度被压缩成了一滴滴黏稠的陨落灵液。

噗噗！

曼荼罗屈指一弹，只见那一滴滴沉重如山岳般的黏稠液体便暴射而出，犹如箭矢一般，源源不断地射在那黑暗金字塔之上。

曼荼罗知道这黑暗金字塔上的封印极为强大，光依靠这二十万的陨落源丹显然不可能将封印尽数破解，所以她只能选择破其一点，所以那一道道射出的陨落灵液在她巧妙的控制下，尽数射在黑暗金字塔表面一块极小的区域。

嗤！嗤！

陨落灵液落在那黑暗金字塔上，立即不出意料地引发了动静，只见那黑暗金字塔表面的古老符文一点点被消融，随着符文的消融，那黑暗金字塔仿佛也被融化开来一般，竟逐渐有了一道裂缝，而后裂缝在灵液的侵蚀下，迅速扩大。

短短不过数分钟的时间，那由二十万陨落源丹凝聚而成的陨落灵液已经消耗殆尽，而那一道裂缝，已有丈许，刚好可容人穿行而过。

“准备进入，各自小心。”曼荼罗望着那丈许的裂缝，然后转过头来，对牧尘等人说道。

“是！”

牧尘等人肃然应道，在这种可怕的地至尊秘藏之前，他们之前所遇见的那些遗迹简直不值一提，当然了，其中的危险，也足以让他们顷刻间灰飞烟灭。

曼荼罗点点头，不再多言，直接转身，然后便迈步走向那道裂缝，在其后面，三皇以及牧尘等人，也迅速跟上。

在牧尘他们的脚步踏入那道裂缝时，更为深沉的黑暗阴影就笼罩而来，这令牧尘等人都微微心悸，此时这座黑暗金字塔，就仿佛远古凶兽一般，张着狰狞的血嘴，等待着他们的进入。

黑暗笼罩了眼睛，牧尘深深地吐了一口气，他嗅到了一股血腥的味道，在这座地至尊秘藏之内，那惨烈之战，怕是不可避免。

而在此时，不知道是不是错觉，牧尘隐隐感觉到，那先前被他得到的奇怪三角形幽黑之物，在此时微微跳动了一下。

裂缝之后，是一片深邃的黑暗，黑暗深不可测，令人感到恐惧。踏足其中之后，牧尘能够感觉到，他们未曾脚踏实地，而是仿佛行走于虚空之中一般。

看来这黑暗金字塔内内蕴空间，奇妙之极。

虽说这地至尊秘藏玄妙，牧尘他们却并不担心迷失方向，毕竟在他们的前方，还有一位货真价实的地至尊在引路。

那一道身影虽然娇小，但却有一股极其强大的力量，将他们所有人都守护在其中，令人心安。

就在牧尘心思转动间，最前方的曼荼罗突然停下了脚步，牧尘他们视线也投射而去，这才发现，在曼荼罗的面前，不知何时出现了一道光门，那光门扭曲，散发着强烈的空间波动，不知道通往哪里。

曼荼罗小手摸着那道光门，蹙眉道：“穿过这道光门，我们就会真正进入这座地至尊秘藏了，到时候，我们也将会体验到地至尊秘藏的危险，你们都准备好了吗？”

牧尘等人闻言，心头顿时一凛，面色凝重地重重点头。

曼荼罗见状，也轻轻点头，接着不再犹豫，脚步一抬，便率先走入那光门之中，光芒闪烁间，她的身影顿时消失不见。

在其后方，三皇立即跟上，紧接着，诸王对视一眼，也迅速冲入光门之内。

九幽与牧尘落在最后方，两人都神色凝重地互相看了看，然后身形同时冲出，光芒闪动间，就已消失在了光门之中。

嗤嗤。

随着牧尘二人的进入，那一道光门迅速黯淡，最后彻底消失而去，这片空间，再度变得黑暗。

就在牧尘他们进入地至尊秘藏的同一时刻，在另外的方向，空间波动也在荡漾着，一道道身影，犹如鬼魅般闪现，他们的目标尽数相同，全部都直指这座地至尊秘藏。

隐隐间，有一种惨烈之气在这秘藏空间中散发出来，这座沉寂上万载的秘藏，终于被开启了。

牧尘一行人在踏入那光门后，便察觉到空间剧烈震动起来，不过所幸中途并未出现差错，空间波动在持续了十数息后，便平静了下来，而牧尘他们的视野也迅速变得开阔明亮起来。

他们的脚掌，终于踏上了实地。

在脚掌落上地面时，牧尘等人体内的灵力几乎是同一时间便涌了出来，将身体尽数保护在其中，待看到并未有什么异变发生时，这才将视线往前方投射而去。

视线扫视开来，牧尘等人便微微一怔。

出现在他们面前的，竟是一座宏伟到极点的古老大殿，这座大殿犹如山岳般矗立，大殿之内光一根殿柱，就有数千丈高，仿佛擎天巨柱一般。

众人立于这座古老大殿内，渺小如蝼蚁。

“这就是地至尊秘藏之内了吗？”牧尘他们面面相觑。

曼荼罗金色眸子淡淡一扫，直接抬脚向大殿深处而去，那种淡然姿态，丝毫不担心是否有什么陷阱，毕竟以她这下位地至尊的实力，只要不是出现同样等级的强者，她根本就不会有丝毫忌惮。

三皇和诸王等人也立即跟上。

一行人缓步走进古老大殿，随着深入的程度不断加深，他们才发现，这座大殿不论是脚下的石板还是殿壁或是石柱之上，竟然都布满了古老的符文，一股坚不可摧的力量从中散发出来。

裂山王脚掌狠狠跺了跺脚下的石板，然而那一脚之下，连山峰都崩塌的力量，却仅仅只是将那块石板跺出了一道缝隙，看得牧尘等人心惊不已。

“嗯？”

在牧尘他们观察着这座古老大殿时，那走在最前方的曼荼罗突然停下了脚步，金色的眸子看向了前方，众人视线也立即投射而去。

在大殿的尽头，出现了一扇巨大无比的青铜巨门，只不过此时这道巨门紧紧关闭着，大门上有黏稠的鲜血痕迹，那些血迹蕴含着极为恐怖的灵力波动，看得牧尘等人眼皮一阵乱跳。

曼荼罗小脸上没有任何波动，只是纤细的手指伸出，凌空轻轻点下。

嗡。

随着曼荼罗手指的点下，只见那片空间顿时犹如落入石头的湖面一般，泛起阵阵涟漪，下一刻，恐怖的灵力铺天盖地汇聚而来，涟漪之中，一道庞大而尖锐的晶体山峰，缓缓钻了出来。

那晶体山峰山顶直接对准那青铜大门，晶光闪耀间，竟透着一种无法形容的锋锐之力。

后方的牧尘等人见状眼皮一阵跳动，因为他们能够感觉得出来，那晶体山峰乃是曼荼罗直接将这片天地间的灵力吸扯而来，然后蛮横压缩，直接将灵力压缩成了实质。

这简简单单的一手，就显示出了地至尊的恐怖。以牧尘他们现在的实力，要凝聚天地灵力也可以办到，甚至还能够凝聚天地灵力，化为各种攻击形式，但他们却做不到将灵力晶体化。

在地至尊强者的眼中，寻常神器对于他们而言，犹如草芥一般，因为他们随手就能够将灵力晶体化，那等威力以及坚固程度，已经足以媲美寻常神器。

试想一下，当一位地至尊铺天盖地般发动攻势，就相当于无数道神器劈头盖脸地砸下来，那等威力，会是何等的毁天灭地？

轰！

就在牧尘他们震撼间，那一道晶体山峰已是以山峰为尖，暴射而出，下一刻直接出现在青铜巨门之前，然后毫不犹豫地狠狠轰了上去。

轰隆！

可怕的冲击波在这古老大殿中肆虐开来，大地都在震动，周围的殿壁上，都有一道道裂纹蔓延开来。

曼荼罗金色眸子盯着那冲击波肆虐的源头，片刻后，眼神微微一凝，因为她见到，当灵力冲击散去后，那一道青铜大门依旧稳稳矗立，在承受了她先前如此猛烈的攻击后，这青铜大门丝毫没有破碎的迹象。

后方的诸王神色顿时也凝重起来，这青铜大门，果然不简单，连地至尊强者出手都无法将其击破。

“看来我们已经被这座地至尊秘藏困住了。”睡皇缓缓开口道。

“用陨落源丹行不行？”牧尘提议道。

曼荼罗摇摇头，道：“陨落源丹只能融化同源的封印，这青铜巨门之上的力量，与之前并不相同。”

“那青铜大门之上的血迹似乎有些古怪。”九幽目光突然一闪，道。

众人闻言，连忙看去，仔细观看下，果然发现那青铜巨门上的一道道血迹在缓缓蠕动着，而且，若是远远看去的话，那些血迹，构成了一道道狰狞的兽脸。

而那些兽脸，刚好是十道。

曼荼罗望着那十道狰狞兽脸，若有所思，喃喃道：“十凶古阵吗？”

话音落下，曼荼罗突然仰脸看向这座大殿中最为粗壮的十根擎天柱之顶，然后她便见到，在那十道石柱之顶，赫然盘踞着一座座巨大的雕像。

“那是什么？”裂山王他们也抬起头，惊讶道。

牧尘双眼微眯，这才看清楚，那十具雕像，皆是人身兽面，它们通体呈现暗青色彩，不过仔细感应，就能感觉到这些青铜雕像身上，有惊人的煞气释放出来。

“那些青铜雕像的面庞，与那青铜巨门上的血迹兽脸一模一样。”修罗王沉声道。

“那是上古天宫的十大凶兽。”曼荼罗垂下眼帘淡淡地道。

“十大凶兽？”诸王面面相觑。

“这应该是那第四殿主所布下的守护之阵。”曼荼罗道，“那青铜巨门上的力量源头便是这十大凶兽，只有将它们除掉，失去力量维持的青铜大门才会开启。”

“那就除掉它们吧。”灵瞳皇不甚在意道。这十大凶兽若是在生前，或许他还会忌惮一下，但如今早已坐化，即便因为一些特殊的方式还留有力量，但力量也会大为降低。

“这里有这里的规则，鲁莽可行不通。”曼荼罗摇摇头，旋即她屈指一弹，一道灵力光束直接射向其中一座青铜雕像，在那光束即将射中后者时，只见那一道石柱之上，突然有密密麻麻的古老符文浮现，而后形成光幕，将青铜雕像护在其中，抵消了曼荼罗那一道攻击的力量。

灵瞳皇见状，不由得一怔，眉头皱起。

“既然有规则，那就按照规则来吧。”曼荼罗倒是颇为淡然。她金色眸子扫视了一圈，最后看向前方的地面，众人视线投射而去，这才发现在那片辽阔的大殿之中，竟有诸多的符文铭刻。

曼荼罗再度屈指一弹，灵力射出，射进了那片符文铭刻中。

轰隆。

当那道灵力射进那片大地时，顿时地面在此时轰隆隆震动起来，然后地面迅速升起，灰尘弥漫，短短数十息的时间，牧尘他们便惊愕地见到，一座约莫万丈的超级石台出现在了这座古老的大殿之中。

在那石台周围，古老的符文冲天而起，化为巨大的光幕笼罩下来，将整座石台都护在其中。

“战台吗？”

曼荼罗见状，目光一闪，便明白了过来，而后她看向睡皇，对方轻轻点头，身形顿时暴射而出，直接向战台奔去。

就在睡皇刚刚接触到战台周围的光罩时，那里的灵力波动顿时疯狂波动起来，紧接着光芒一闪，竟是硬生生将睡皇给弹射了回来。

睡皇落在曼荼罗身旁，眉头一皱，不过还不待他说话，曼荼罗便道：“你自身灵力太强，这座战台有灵力限制，这第四殿主倒也有趣，看来他是不打算看见别人用蛮力破阵。”

“修罗王，你去吧。”

曼荼罗金色眸子看向诸王中实力最强的修罗王，对方乃是货真价实的七品至尊，虽说实力不及三皇，但战斗力在诸王中却是首位，如今出战的话，自然需要他首先出手。

“是！”

修罗王恭敬领命，而后脚掌一跺，身形暴冲而起，直接冲向那座战台，而这一次，当他的身体接触到那光罩时，却并未被弹回，而是任由他重重落在了战台之上。

后方的众人见到修罗王顺利进入战台，如释重负地松了一口气。

轰隆！

就在修罗王傲然立于战台之上时，这座古老的大殿中，突然有震动之声响起，牧尘他们的目光顺着响声看去，眼神猛地一凝。

只见在那一道巨大的石柱之上，一座狰狞的青铜雕像，浑身的青铜竟缓慢脱落，随着青铜的落下，一道身披黑甲，体形壮硕如黑塔般的凶悍身影，出现在了牧尘等人视线之中。

吼！

它仰天咆哮，那咆哮声犹如雷霆一般，轰隆隆震得大殿都在颤抖。

轰！

它脚掌重重一跺，石柱裂缝浮现，而它的身体，则是呼啸而下，然后仿佛炮弹一般，狠狠落在了这座战台之上。

烟尘弥漫间，它犹如一头远古凶兽一般立在战台上，滔天般的凶煞之气弥漫在四周，在这等煞气下，就连修罗王眼神都为之一凝。

“上古天宫十大凶兽之一，吞天魔蛟。”曼荼罗淡淡道。

在那战台之外，牧尘等人也面色凝重，不知道他们大罗天域诸王中实力最强的修罗王对上这上古天宫十大凶兽，究竟谁能够更胜一筹。

这一战，必将会山崩地裂。

巨大无比的战台之上，修罗王随意而立，宽壮的身影犹如一座山岳一般，厚重雄浑，磅礴浩瀚的灵力涌荡在其周身，那种强大的灵力压迫，即便是战台之外的牧尘等人都能够清晰地感应到。

而在修罗王的前方，一道铁塔般的身影犹如凶神般矗立着，它裸露的身体上，有交错纵横的狰狞伤疤，如此一来更是给它平添了几分凶气。

这道身影，虽然身躯与人类一般无二，但其头颅却是一颗狰狞的蛟龙之首，锋利的牙齿闪烁着森然之色，锋利到了极点。

而此时，它那略显猩红的双眼，则是泛着无尽凶光盯着修罗王，滔天般的煞气席卷而出，令人心悸。

两道身影皆是气势惊人，这般对碰，显然相当刺激眼球。

“那就是远古天宫十大凶兽之一的吞天魔蛟吗？”牧尘他们面色凝重。那吞天魔蛟身体中散发出来的凶气，就连他们都感觉到有些压力，看来这些所谓的十大凶兽，即便早已陨落，可借助一些独特之法，它们依旧保存了生前绝大部分的实力。

“这吞天魔蛟的实力，在天宫十凶兽中也是佼佼者，据说其生前是八品至尊的强者，不过如今毕竟陨落，实力应该仅有六品至尊巅峰的层次，但凭借神兽的体质，依旧能够与七品至尊抗衡。”曼荼罗望着战台上对峙的两道身影缓缓道。

牧尘他们闻言也是暗暗惊叹。这上古天宫真不愧是远古时代天罗大陆上的霸主，光这第四殿主的麾下，便强者云集，这十大凶兽比起他们大罗天域的诸王，明显高了一个层次，足以和天鹫皇他们媲美。

轰！

就在牧尘他们为上古天宫的实力惊叹时，战台之上，修罗王双目之中却精芒陡然暴射，强大的灵力冲天而起，下一刻，他一步跨出，脚下石板顿时碎裂，而他的身影犹如一抹闪电，携带着滔天气势，直接向那吞天魔蛟迎面冲去。

凭借他七品至尊的实力，他并不惧怕这吞天魔蛟。

吼！

那吞天魔蛟见到修罗王暴冲而来，立即发出凶戾的咆哮声，双眼中凶光涌动，那布满着鳞片的手掌猛然紧握，血红般的灵力疯狂涌动，而后一拳轰出。

咚！

两道人影凶狠对碰，双拳毫不避让地硬撼在一起，顿时可怕的冲击波肆虐开来，一道道裂纹自两人脚下蔓延开来，而后两人皆被震退。

两人震退的身形刚刚稳住，下一刻就已再度暴射而出，然后犹如两道狂暴的灵力光团一般，在战台中央交缠在一起。

轰！轰！

两人的攻势都采取最为狂猛与蛮横的姿态，拳拳到肉，短短数十息的时间，就已经交手了上百回合，每一次的拳风对碰，都将空间震得扭曲不堪。

战台之外，牧尘等人眼神凝重地望着场中两道硬撼的身影。此时的修罗王显然是将自身灵力尽数催动起来，那举手投足间散发出的灵力压迫，足以震碎山岳，再配合他那同样凶狠的攻势，现在的他，简直比那吞天魔蛟还要更像一头远古凶兽。

面对狂暴的修罗王，那吞天魔蛟同样不曾退后，虽说多次的对碰都是它吃亏，可那股蛮横之气，却足以将一些心智不坚的对手震慑。

战台之上的交锋，从一开始就显得凶狠而激烈。

曼荼罗与三皇颇为平静地望着战台上的对峙，他们的眼力要超越牧尘许多，自然能够看得出眼下的局面，正在一步步被修罗王占据主动。

若是持续下去，修罗王要取胜，并不难。

咚！

似乎为了印证曼荼罗他们心中所想一般，在那战台上，两道人影又犹如凶兽般冲撞在一起，不过这一次，修罗王一只手掌却突然间变得血红起来，浓浓的杀伐之气弥漫而出，而后一掌拍出，竟直接穿透空间，快若闪电般地拍在了那吞天魔蛟胸膛之上。

“修罗血掌印！”

砰！

血光自吞天魔蛟胸膛处爆发出来，其身躯顿时倒飞了出去，胸膛处的盔甲炸裂开来，甚至连胸膛都塌陷了下去，痛苦的咆哮声响起。

吞天魔蛟的身体擦着战台飞出上百米，而后它猛地一拍地面，身躯冲天而去，那一对猩红的双眼中，充满着暴戾。

它根本就不理会塌陷的胸膛，犹如蛮牛般冲出，血红的灵力笼罩着身躯，灵力呼啸间，在其身体表面化为一头血红的蛟龙。

咚！咚！

整座战台，在吞天魔蛟的冲击下，不断颤抖着。

那种冲撞，就算是前方有一座山岳，也会被这吞天魔蛟撞得粉碎。

修罗王望着携带着可怕冲撞之力而来的吞天魔蛟，眼神一凝，旋即他深吸了一口气，双手猛然合拢。

嗡。

强大的灵力犹如风暴一般自其体内涌出，下一刻，一道巨大无比的光影，出现在了修罗王身躯之外。

那道巨影，拥有牛头之形，滔天的杀伐之气弥漫开来，仿佛一尊修罗杀伐之神。

“那是天修罗法身！”

牧尘见状，眼神顿时一凝，这就是修罗王所修炼的在那九十九等至尊法身中排名第六十九的至尊法身。

哞！

那修罗巨影仰天咆哮，而后巨拳狠狠挥出，血光奔涌，空间被其硬生生地轰碎开来，然后狠狠地与那冲撞而来的吞天魔蛟硬撼在一起。

嗡！

肉眼可见的冲击波爆发开来，直接轰击在战台周围的光罩之上，顿时连光罩都剧烈震动起来。

咻！

冲击波的源头处，修罗王身形暴射而退，脚掌在那地面上踏出一道道深深的痕迹，而反观那吞天魔蛟，则被震得倒射而出，最后身体撞击在光罩之上，一阵颤抖后，竟是爆碎成了漫天的光点。

吞天魔蛟战败！

在那站台之外，诸王见到修罗王取胜，顿时如释重负地松了一口气。

修罗王周身的灵力波动逐渐收敛，他抬起头来，只见那吞天魔蛟所化的漫天光点突然向他汇聚而来，最后铺天盖地地涌进他的身体中。

这般变故让修罗王微惊，刚欲反抗，曼荼罗的声音便传来：“这是那吞天魔蛟所遗留的灵力精华，将其吸收，对你大有裨益。”

听到曼荼罗的声音，修罗王这才转惊为喜，急忙运转功法，将那涌入体内的庞大灵力精华尽数吸收。

这般吸收，持续了将近半个时辰，修罗王才缓缓睁开双眼，只见他眼中精芒涌动，周身的灵力波动也变得更为雄浑，显然在吸收了那吞天魔蛟所遗留的灵力精华后，修罗王体内灵力获得了不小的精进。

在那战台外，其余诸王见到修罗王获得这般好处，都颇有些眼热。

到了修罗王这等层次，实力想要再度精进，怕是需要长久的苦修，而吸取了吞天魔蛟的灵力精华，起码为他节省了一大半的时间。

将那灵力精华吸收完毕，还不等修罗王说什么，那战台突然爆发出一股排斥之力，将其弹射出了战台。

与此同时，那紧闭的青铜巨门上也传来嗤嗤的声音，众人抬头望去，只见那青铜巨门之上的十道狰狞兽脸，却在此时缓缓消融了一道。

正是先前被修罗王打败的吞天魔蛟。

“看来每打败一头凶兽，这封印就会消融一层。”天鸷皇道。

“如果这些凶兽都有那吞天魔蛟般的实力……恐怕我们这边整体胜算不高。”灵瞳皇沉吟道。

大罗天域诸王这边，唯有修罗王拥有七品至尊的实力，其余人都未曾达到这个层次，一旦交手，胜算并不高。

“那吞天魔蛟在十大凶兽中也是佼佼者，战力自然不凡，所以不用担心，这些凶兽未必个个如此棘手。”曼荼罗轻轻摇头，安抚众人，“而且我们也不用全部取胜，这青铜大门之上的十道封印只要被消融掉四道，我就能出手将其破除。”

她那金色眸子扫向诸王，道：“所以，我们只需要取胜四场，就能破除掉这青铜巨门。”

诸王闻言，这才微微松了一口气，十场取胜四场的话，应该概率很大。

“这接下来的第二场，你们谁去？”

诸王闻言，一阵对视，而后裂山王缓步走了出来，沉声道：“这第二场就交给我来吧！”

裂山王在诸王中的实力仅次于修罗王，六品至尊顶峰的实力，也的确有出手的资格。

裂山王见众人不曾反对，身形一动，直接掠上了那座庞大无比的战台。

轰隆！

随着裂山王的入场，众人立即见到，在那另外一个巨大的石柱之顶，又是一具青铜雕像震动起来，煞气弥漫间，一道巨大的身影，迈着地动山摇的步伐，重重落在了战台上，煞气滔天涌动，有龙吟声随之响起，龙威弥漫。

牧尘他们见到那道巨大身影时，面色都微微一变，因为他们都察觉到，这道身影的气势，竟然比先前那吞天魔蛟还要强大！

“血魔龙，十凶兽之首……”曼荼罗眉头也在此时皱了起来，缓缓道。

牧尘他们闻言，心头顿时沉了下去，谁都没料到裂山王的运气如此之差，一上去，便将那十凶兽中最为厉害的家伙激活了。

巨大的战台之上，那道壮硕的身影周身弥漫的煞气渐渐收敛，同时它的面目也逐渐变得清晰起来。它同样是人身兽头，这凶兽生前据说拥有九品至尊的可怕实力，即便如今已陨落，可那保存的实力，依旧比之前的吞天魔蛟还要强横。

它的体型，比起那吞天魔蛟还要魁梧，它仅仅只是静静地矗立在战台上，众人便能够察觉到一股厚重的压迫感弥漫而来。

战台上，那裂山王的面色同样因为这血魔龙的出现而变得有点难看，从对方的身上，他察觉到一股浓浓的危险气息。

他对自身实力很清楚，如果是遇见实力稍弱的十凶兽，他还能够拼上一拼，可他一来就激活了十凶兽中最强的血魔龙……

这种交锋，根本就没有多少悬念。

裂山王嘴中暗暗发苦，不过他已经没有退路，不管如何，他都得硬着头皮去试试。

呼。

一念至此，裂山王也深呼一口气，将心中的情绪压制下来，眼神渐渐变得锐利起来。虽说知晓对手极为棘手，但他好歹也是大罗天域中成名已久的强者，自然不能轻易丧失掉战斗意志。

磅礴灵力在此时陡然自裂山王体内席卷而出，那等灵力，距七品至尊仅有一步之遥，不过就是这短短的一步之遥，与修罗王相比，依旧有不小的差距。

咚！

裂山王手掌一握，一柄暗红色的开山巨斧便出现在其手中，巨斧之上，散发着极端锋锐的灵力波动。

唰！

裂山王身形化为光影暴掠而出，一闪之下，便出现在了血魔龙上空，双目之中森然之色爆发，巨斧猛然斩下。

“裂天神术，裂天斩！”

暴喝声中，蕴含着浓浓杀意，一道数百丈大小的斧光以一种霸道至极的姿态呼啸而下，光芒掠过处，空间都被撕裂出一道裂纹。

裂山王显然明白这血魔龙的强大，所以一出手根本就没有任何试探的打算，直接全力施展强横杀招。

轰隆！

那道斧光太过迅猛，光芒只是一闪，下一刻，已经携带着劈碎天地之势，狠狠将那血魔龙笼罩了进去。

众人的双眼都在此时微微一眯。

席卷的尘埃，渐渐平复了下来，众人那紧紧盯着血魔龙所立之地的眼瞳，却是猛然一缩，那裂山王的面色更是一片阴沉。

因为只见在那前方，血魔龙依旧矗立，它双臂交叉护在头顶，以双臂硬接了裂山王先前那猛烈的一击。

即便是硬生生承受了这一击，血魔龙双臂处，也只出现了一道深深的伤痕而已，而且那伤痕中血光流转，正在以惊人的速度恢复。

这血魔龙强横的肉身以及强大的恢复能力，都出奇的惊人。

战台之外，诸王都苦笑着摇头，这血魔龙的确太棘手了，如果换作修罗王的话，或许还能够斗上一斗，裂山王毕竟还是差了一步。

“该死的！”

裂山王面色阴沉，他咬牙切齿地骂了一声，而后眼中便有凶狠之色涌了出来，他手掌紧握巨斧，体内灵力有将要暴动的迹象。

他今日倒是要拼尽全力来试试，这该死的凶兽究竟会有多强！

“裂山王，出来吧，这局我们放弃。”就在裂山王打算拼命一搏时，曼荼罗的声音，却从那战台之外传来。

听到曼荼罗的声音，裂山王一怔，旋即不甘地一咬牙，握住巨斧的手掌松了又紧，但终归还是松了下来，面色晦暗地转身掠出了战台。

他知道，就算他倾尽全力与这血魔龙交锋，依旧胜算不大，甚至很有可能会身负重伤。

随着裂山王的掠出，那血魔龙的身躯之上光芒绽放，它再度冲天而起，落回那石柱之顶，化为一具青铜雕像。

裂山王面色羞愧地看向曼荼罗，道：“属下无能。”

曼荼罗摆了摆小手：“这怪不得你，如果地至尊秘藏如此轻易就能够闯过去的话，那也太小看那位第四殿主了。”

“呵呵，这才仅仅只是输了第一场而已。”天鹫皇也笑道，“只要我们能够再赢三场，域主是能够强行破阵的。”

“虽然我们失利一场，但未尝不是好事，至少那血魔龙不会再度被激活。”曼荼罗点点头，道。

从此处的规则来看，不论是挑战者还是被挑战者，无论胜败，都仅仅只会出场一次，所以这血魔龙之后应该不会再度出现了。

诸王闻言，微微松了一口气，毕竟在修罗王不能出手的前提下，他们之中，的确无人能够与那血魔龙抗衡。

牧尘同样在心中叹息了一声。如果此时他还有军队在手的话，倒是能够借助战意的力量与那血魔龙抗衡一下，可惜，现在这里，他唯一能够凭借的，便是自身真正的实力。

“接下来还有八场挑战，你们谁先上？”曼荼罗金色眸子再度看向其余诸王，缓缓道。

剩余的诸王互相对视一眼，片刻后，血鹰王上前一步，沉声道：“这第三场，就由我先来试试吧。”

虽然他们都知晓这八场挑战不会简单，但身为大罗天域的高层，这种时候他们不能退缩。

咻！

血鹰王脚掌一跺，身形在那众人注视下，冲上了那座庞大的战台。

轰隆。

随着血鹰王的上场，只听到古殿一阵震动，一道青铜雕像迅速复活，然后携带着煞气落在了战台之上。

“那是上古天宫十大凶兽之一的天龙熊，现在是六品至尊实力，力可拔山。”曼荼罗望着出现在血鹰王前方的巨大身影，缓缓道。

“不知道血鹰王胜算如何……”天鹫皇眉头微皱，道。

曼荼罗微微垂目，心中却是叹息了一声。这天龙熊虽说只是六品至尊的实力，可血鹰王的实力也仅仅只是六品至尊初期而已，这两者交锋，她并不太看好血鹰王。

而的确正如曼荼罗心中所预料的，战台之上的战斗一开始倒是激烈，双方攻守之间有来有往，可当交手的时间持续一段时间后，血鹰王便渐渐露出了颓势。

于是，在那最后一次的交手时，血鹰王终于露出破绽，被那天龙熊一记龙掌硬生生轰出了那座庞大的战台。

第三场，血鹰王败！

在继血鹰王之后，大罗天域诸王心中渐渐有了火气，想来这连番的失败激起了他们心中的斗气。

但怒火归怒火，却不得不承认，这上古天宫十大凶兽的实力，的确要比大罗天域诸王强上一筹。

这一点，从接下来的交手中，便清晰可辨。

第四场。

灵剑王出手，对上了十凶兽之一的三头魔蟒，再败！

第五场。

冰河王出手，对上了十凶兽之一的幽冥灵犬，再败！

连续四场，大罗天域这边全部战败，唯有第一场的修罗王取胜一场！

古老的大殿中，战台之外，大罗天域诸王脸色都有些难看，这种连续败四场的表现，让他们脸上发烧。

曼荼罗轻叹一声，不过她并未责怪，只是道："不用太过担忧，如果最后我们尽数失败的话，我便强行出手破阵。"

听到曼荼罗竟然还能强行破阵，牧尘等人脸上却并不见什么喜色。因为他们都知道，即便曼荼罗可以强行破阵，那也会对她造成不小的消耗，到时候一旦遇见其他顶尖势力，难保别人不会乘虚而入，那样的话，等待他们的，就将会是全军覆没之局。

所以，他们必须尽可能在见到灵神液之前，帮助曼荼罗保持实力最饱满的状态。

牧尘盯着巨大石柱之上的青铜雕像，手掌缓缓握紧，不过，就在他打算出场的时候，身旁的九幽却是抢先上前一步。

"域主，这第六场，就由我来吧。"九幽美目看向曼荼罗，道。

曼荼罗看了看九幽，微微沉吟，轻轻点头，道："若是不敌，便退回来，我自有办法破阵。"

九幽螓首轻点，她目光与一旁的牧尘对视了一眼，还不等牧尘说什么，她娇躯一闪，便出现在了那座庞大的战台之上！

第六场，九幽出战！

第6章
四胜凶兽

当九幽纤细的身影出现在那座超级战台之上时，再度有青铜雕像被激活，而后一道弥漫着煞气的壮硕身影便重重从天而降，落在了这座战台之上。

那道身影，壮硕如塔，它的身躯金光璀璨，犹如黄金所铸一般，仿佛无坚不摧，它的头赫然是一颗凶狠的狮头，而那颗狮头，同样是黄金之色，唯有那一对眼瞳，赤红如血，充满着凶残狂暴之色。

当这道黄金般的身影出现时，一股刚猛的凶煞之气，弥漫开来。

“十凶兽之一黄金魔狮。”曼荼罗看了一眼那道黄金般的身影，缓缓道，“这般凶兽肉身极端强横，其实力，恐怕比起之前那些凶兽要更凶悍。”

诸王闻言，眼神忍不住一凝。

“不过九幽本体乃是九幽冥雀，神兽血脉比起这黄金魔狮只强不弱，真正动起手来，也不见得就会落入下风。”曼荼罗轻轻点头，道。

“九幽乃是九幽雀一族中的天才，如此年龄便进化成九幽冥雀，这在她们一族内也是颇为罕见，未来若是机缘得当，不见得就不能突破桎梏，觉醒不死鸟的血脉。”天鹫皇也点点头道。

一旁的血鹰王他们闻言都暗暗咂舌。不死鸟乃是大千世界中的超级神兽，在那神兽榜上绝对名列前茅，而每一个成功进化到这一步的神兽，无一不是这大千世界中赫赫有名的巅峰强者。

牧尘紧紧盯着九幽那修长的倩影，他感受着从对方体内散发出来的强大灵力，不禁微微感叹，想当初他与九幽刚刚来到大罗天域时，一个不过刚刚突破到至尊境；一个也才完成进化，实力堪堪能够与五品至尊交锋。

那时候的牧尘，还不引人注意，而九幽更是在诸王之中居于末座，但谁都未曾料到，在这短短两年的时间中，那个不起眼的少年会成为诸王之一，而九幽的实力，也精进到了六品至尊的层次。

虽说从牧尘与九幽的进展来看，似乎是牧尘更胜一筹，但九幽乃是神兽，神兽的修炼与人类颇为不同，他们寻常时候或许进展缓慢，可有朝一日突破桎梏，那等精进速度，足以让人瞠目结舌。

而这一年来，大多数的时间九幽都在苦修，别人或许不知道，但牧尘却很清楚，如今九幽的实力，在这诸王之中，除了修罗王与裂山王能够稳压她一头之外，其余诸王若与其相争，都会是她的手下败将。

今日此战，或许会让九幽在大罗天域诸王内的地位，开始有所变化。

战台之上，九幽美目望向那道黄金般的身影，眼神渐渐变得锐利起来，之前他们这边已经连败四场，也就是说，在接下来的五场中，他们还必须赢三场，这才有可能破阵而出。

五场赢三场，这并不是一件容易的事情，如果她这一场还输掉的话，那么他们大罗天域破阵的概率将会变得极低。

所以此战，她输不得。

九幽轻吸一口冰凉的空气，玉手一握，一柄黑羽长剑便闪现而出，长剑之上，紫色火焰熊熊燃烧起来，那是不死火。

轰！

在九幽催动灵力时，那黄金魔狮赤红的双眼也投射了过来，它并没有等待九幽发动攻势，而是抢先一步暴冲而出。

黄金般璀璨的光芒爆发出来，这黄金魔狮脚掌一踏，破风声响起，其壮硕的身影便出现在了九幽前方，然后那犹如黄金般的铁拳，便毫不留情地重重砸下。

一拳落下，空气都被震爆，压力将此地那特殊的地板都震碎开来，由此可见，这黄金魔狮的一拳之力究竟有多强悍。

黄金光芒充斥眼球，九幽美目微凛，手中那黑羽长剑横挡在身前，将那黄金魔狮之拳阻挡了下来。

铛！

金铁之声爆发，黑羽长剑被黄金魔狮一拳砸得弯曲出一个刺激人眼球的弧度，不过却并未断裂开来。

嗤嗤。

九幽美目一寒，黑羽长剑上燃烧的紫炎突然熊熊升腾而起，粘附上那黄金魔狮的巨拳，顿时间，嗤嗤声响起，那黄金魔狮拳头上的金光，此时变得黯淡了一些。

这黄金魔狮的防御虽然强横，但九幽的不死火也并非吃素的。

吼！

拳头上传来的灼烧剧痛，引得黄金魔狮怒吼一声，拳风猛然变强，竟是一拳将九幽震得倒射而退。

“唳！”

就在九幽倒射而退时，磅礴的灵力突然在其身后凝聚，竟是化为一只巨大无比的九幽冥雀，那九幽冥雀展开了双翼，下一刻，燃烧着紫炎的黑羽顿时铺天盖地暴射而出，直接将那黄金魔狮笼罩了进去。

这些黑羽，全部都是九幽自身灵力凝聚所化，足以穿金裂石，如今再加上霸道的不死火，其威力更是强悍莫测，就算是同等级的六品至尊也不敢心怀小觑。

吼！

那黄金魔狮忌惮不死火的威力，当即一声咆哮，声波如雷，而后只见黄金般的光芒从其体内弥漫出来，最后竟是化为一个金色的大钟将其护在其中。

那金色大钟通体流转着黄金之色，看上去坚不可摧，显然是这黄金魔狮的护身手段。

铛！铛！

铺天盖地的紫炎黑羽射在那金色大钟上，顿时响起连绵不断的金铁之声，那金色大钟上也荡漾起急促的涟漪，不过却始终未曾破碎。

"这家伙的防御真强横，九幽王她……"

血鹰王等人见到这一幕，顿时眉头皱起。九幽这般攻势似乎完全破不了黄金魔狮的防御，而且这样下去还会消耗她大量的灵力，到时候一旦被黄金魔狮抓到破绽，恐怕就会施展雷霆攻势，一举定胜负。

不过，在他们皱眉间，曼荼罗盯着战台上的眸子却是突然微微一亮。

牧尘同样有所察觉，视线移动，便瞧见随着那铺天盖地的黑羽笼罩，不知不觉间，黄金魔狮所立之地的周围，已经插满了无数道黑羽。

这些黑羽上都燃烧着紫炎，这些黑羽看似杂乱无章，但牧尘凭借着身为战阵师的敏锐，却从那杂乱之中，察觉到了一些异样的波动。

铛铛!

铺天盖地的黑羽攻势终于在此时渐渐疲软，待最后一根黑羽射出，也被那黄金大钟阻挡下来时，那黄金大钟才摇摇晃晃地破碎开来。

黄金大钟破碎，黄金魔狮那魁梧而充满煞气的身影，依旧矗立在原地，它那赤红的双目锁定着九幽，狰狞的脸上，有凶狠至极的笑容浮现出来。

九幽强悍攻势已显出颓势，而接下来，就将是黄金魔狮施展雷霆般狂暴攻势的时候了。

吼!

黄金魔狮巨拳重重捶了一下胸膛，巨声响起，璀璨金光铺天盖地爆发出来，它浑身的灵力在此时变得极其狂暴起来。

不过，就在黄金魔狮打算发动雷霆攻势时，九幽那冷艳的俏脸上，却掀起了一抹冷笑，而后她双手猛然结印。

熊熊大火!

九幽印法刚刚结成的那一瞬间，那散落在黄金魔狮周围的无数根黑羽，突然凭空燃烧起来，而后熊熊紫炎呼啸而起，竟在顷刻间化为一道紫色的火炉，将黄金魔狮笼罩在了其中。

"不死炎炉!"

啊!

就在那紫色火炉刚刚成形之时，那火炉中的黄金魔狮爆发出凄厉的惨叫声，只见它那犹如黄金所铸的身躯竟逐渐出现了融化的迹象。

而紫色火炉所在的地面，同样因为那股恐怖的高温而变得枯黄干燥，然后裂开了一道道缝隙。

在那战台之外，血鹰王等人都忍不住倒吸了一口凉气，他们都察觉到了那一道紫色火炉的可怕，如果被困在其中，就算是他们催动了至尊法身，都会被生生融化而去。

这不死火，竟然如此霸道！

吼！

黄金魔狮疯狂咆哮，试图催动灵力拼死一战，不过九幽却并未给它这种机会，她俏脸冰寒，玉手猛然一握，那紫炎火炉瞬间缩小，最后在一声巨响之中，猛然爆炸开来。

紫炎铺天盖地般暴射出来，溅射在战台周围的光幕上，顿时将光幕灼烧出阵阵涟漪。

整个大殿的温度，都因此变得灼热起来。

九幽俏立于战台上，她美目望向前方，只见原本黄金魔狮所立之地，其身躯早已消失而去，留下地上一摊黄金般的液体。

嗤嗤。

黄金般的液体最终破碎开来，化为金色光点呼啸而出，尽数向九幽掠去，最后钻进其体内。

那些金色光点，赫然便是这黄金魔狮所留的灵力精华。

九幽静静立于战台上，约莫大半个时辰后，这才缓缓睁开双目，在那一刹那，牧尘等人都察觉到，九幽的灵力，变得更为雄浑与凝炼了。

血鹰王等人见状，皆是艳羡不已，但他们也知道，这份机缘，是九幽依靠自身能力所换取而来的，他们原本也有这机会，可惜他们并没有那种实力。

不过不管怎样，这第六场的挑战，他们大罗天域，总算是再次获得了胜利。

而接下来，他们还需要再赢两场，才能够破掉这古老大殿，进入那地至尊秘藏深处，但经过这六场之后，他们大罗天域十王之中，仅有四人未曾出手，而这四人，从某种程度来说，算得上是十王中实力偏弱之人。

依靠他们，真的能够再胜两场吗？

九幽纤细的身影自战台之上掠下，此时她周身弥漫着强大的灵力波动，在吸收了那黄金魔狮所遗留的灵力精华后，她的实力再度有所精进。

而此时瞧得九幽，大罗天域诸王神色都不自觉地变得郑重了一些，特别是血鹰王等人，看向九幽的眼神都有一份由衷的敬意。

经过先前的挑战，他们已经明白，如今九幽的实力早已超越了他们，在大罗天域诸王中，如今能够稳压九幽一头的，恐怕也就仅有修罗王与裂山王了。

甚至，若是再给予九幽一些时间，恐怕连裂山王都将会被她所超越。

一想到此，血鹰王他们心中便忍不住感叹，想当初九幽能够成为大罗天域与他们平起平坐的王，不过只是依靠着天鹫皇的推荐和她九幽雀一族的背景，而对于这个依靠背景提拔起来的九幽王，血鹰王他们自然是不服气的，从而也导致了后来纠缠多年的恩怨。

但经过今日的这场战斗，血鹰王他们不得不承认，这个被他们曾经所小觑的九幽王，已经在不知不觉间将他们尽数超越，所以此时他们心中难免心思复杂。

“呵呵，辛苦了。”天鹫皇欣慰地望向九幽，她的优秀表现，也令他脸上有光。

曼荼罗微微点头，先前九幽那干脆利落的战斗，的确赏心悦目，天鹫皇说的的确没错，九幽的天赋惊人，未来的成就，不可限量。

九幽笑了笑，然后美目投向了还未曾出手的四王，而其中，便有牧尘……

如今挑战已经进行到第六场，大罗天域这边才仅仅只胜了两场，这距离破阵而出，还有两场胜利需要取得。

这并不是一件容易的事情。

因为剩下的四王，基本算是诸王中实力较弱之人，至于牧尘，如果此时军队在手，他借助战意的力量，其实力应该能够超越裂山王，仅次于修罗王。

但可惜的是，这里无法动用军队，牧尘唯一能够凭借着的，便是他那五品至尊的实力，可这里其余诸王，全部都迈入了六品至尊的层次，所以如果从这个层面来看的话，牧尘是垫底的。

这接下来的四场挑战，恐怕谁都不看好。

曼荼罗纤细的眉尖也蹙着，也知道接下来的四场之难，不过到了这种时候，放弃是不可能的，即便知道失败的概率极大，但也总得试试。

所以她的目光也投向了剩余的四王。

铁蟒王，金刚王，洪崖王，以及最后的牧尘。

四人之中，前三人都是刚刚突破到六品至尊不久，他们的实力比起血鹰王他们要弱上一线，而牧尘，则是五品至尊。

虽然知道胜算不大，曼荼罗还是轻挥了挥手，示意继续，不管如何，总得试试。

不过，这种侥幸心态并没有让胜率变高，继九幽之后，铁蟒王与金刚王陆续出场，不过最后的战果……

铁蟒王，败！

金刚王，败！

虽然结果并不出人意料，但众人难免心中晦暗。

铁蟒王与金刚王面色羞愧地退了回来，他们所面对的对手实力都要强他们一线，对拼起来，他们的确难以占到上风。

这地至尊秘藏，果然是高危区域，仅仅只是第一重关卡，就让他们遇到极大的麻烦。

“这第九场，就由我来吧。”

随着铁蟒王与金刚王的惨败，那洪崖王深吸一口气，脚掌一跺，直接冲上了战台，壮硕的身影，厚重如山。

众人望着洪崖王的身影，都只能暗叹一声，大家对他也没抱多大的期望，毕竟论起实力来的话，洪崖王与铁蟒王他们也只是处于同层次而已。

轰隆！

当洪崖王冲上战台时，古老大殿中，又是一根巨大的石柱轰鸣颤抖起来，最后在青铜剥落间，一道黑影重重落在了战台之上，煞气弥漫。

众人立即看去，只见那道身影颇为瘦小，但通体黝黑，犹如黑铁所铸一般，它的脑袋，乃是一颗狰狞猴头。

“十凶兽之一，黑铁魔猴。”曼荼罗望着那道黑影，心中却是轻叹了一声，这黑铁魔猴在十凶兽中虽然不算顶尖人物，但却颇为难缠，因为它速度如鬼魅，足以将六品至尊戏耍得团团转。

看来洪崖王这场战斗，也是凶多吉少。

吼！

那黑铁魔猴一出现，便冲洪崖王露出了锋利的牙齿，并发出怪异的笑声，而当其笑声响起的那一刹那，它的身形却瞬间消失在原地。

“好快的速度！”大罗天域诸王一惊，失声道。

砰！

就在他们的声音刚刚落下时，战台之上，洪崖王的身体却如遭重击般倒射而退，在其双臂之上，赫然出现了一道深深的爪痕，深可见骨，鲜血直流。

吼！

黑铁魔猴鬼魅般的身影出现在先前洪崖王所立之地，它发出尖锐的笑声，下一刻，再度化为黑光消失而去。

砰！砰！砰！

在接下来的短短数分钟时间中，洪崖王陷入了狼狈的境地，面对黑铁魔猴那神出鬼没般的速度，洪崖王彻底落入挨打的下风，他浑身都是狰狞的伤痕，鲜血几乎将他整个身体包裹了。

见到这一幕，所有人都已经彻底失去信心。

不过，就在众人苦笑失望时，那一直盯着场中争斗的曼荼罗金色眸子中却是光芒一闪，以她的实力之强大，自然能察觉到，虽然此时洪崖王看似浑身伤痕，狼狈至极，但这对于本就擅长防御的洪崖王而言，却并非致命的伤势。

而且，曼荼罗还隐约察觉到，在那不断狼狈挨打的洪崖王体内，似乎有一股狂暴的灵力正在疯狂凝聚。

洪崖王看似毫无还手之力，可他却在暗中酝酿，这番隐忍力，倒是不凡。

轰！

又是一记重击，洪崖王身形倒射出数十丈，还不等他回过神来，面前煞气袭来，一张狰狞的猴脸便出现在其面前。

寒光掠过，只见那黑铁魔猴锋利如神剑般的爪子，狠狠插向了洪崖王胸膛。

洪崖王猛地抬起手臂，以手臂硬挡。

嗤。

鲜血溅射，黑铁魔猴爪子犹如剑刃一般，插进了洪崖王手臂，顿时鲜血溅射而出。

不过，就在黑铁魔猴爪子插进洪崖王手臂时，洪崖王那布满鲜血的脸，终于掀起了一抹狰狞森然的笑容。

在他另外一只手掌上，恐怖的灵力疯狂汇聚而来，刹那间，洪崖王掌心之间，便凝聚出一座巴掌大小的山岳。

那座样子极为精巧但却由洪崖王自身灵力压缩汇聚而成的山岳，散发出一股可怕的波动，震得空间一阵波动。

“孽畜，该换我来了！”

洪崖王森然一笑，一拳闪电般轰出，直指那黑铁魔猴脑袋。

吱！

察觉到洪崖王这一击的恐怖，那黑铁魔猴急忙打算施展鬼魅速度躲避，但就在此时，它却发现爪子无法抽离，洪崖王手臂上的血肉在此时蠕动起来，直接将其爪子硬生生挤压在血肉中。

黑铁魔猴鬼魅般的速度被限制了。

轰！

电光火石间，洪崖王蕴含着山岳般力量的铁拳已是呼啸而至，下一刻，毫不犹豫地狠狠轰在了黑铁魔猴脑袋之上，只听得扑哧一声响，对方脑袋顿时犹如西瓜一般爆碎开来。

黑铁魔猴的身体摇摇晃晃地倒地，最后化为漫天光点飘散开来，光点源源不断地涌入洪崖王身体之中。

战台之外，诸王都目瞪口呆地望着这种转折，甚至连牧尘都是一脸的惊愕，想来谁都没想到，看似狼狈的洪崖王，却是隐忍到了最后一刻，才以这种凶悍的方式，一击了结了黑铁魔猴。

战台上，洪崖王在将那灵力精华吸收完毕后，这才踉跄地落下了战台，曼荼罗小手一伸，灵力化为匹练将其接下来。

洪崖王凭借着他超强的防御力，在硬生生被黑铁魔猴一通疯狂攻击后，他终于转败为胜。

“幸不辱命。”

洪崖王艰难地咧嘴一笑。

"辛苦了。"曼荼罗轻声道，这场胜利，出乎他们所有人的意料，不过这也多亏洪崖王运气不错，那黑铁魔猴擅长速度，攻击力却是偏弱，这如果换成之前任何一头凶兽，恐怕此时的他已经没有说话的力气了。

"这游戏就到此为止吧，接下来我会破了它。"曼荼罗金色的眸子中寒意涌动，看着手下在自己面前拼命争斗，而自己却没有丝毫作为，这样的心绪已经将她激怒了。

就算真会造成极大的消耗，她今日也得将这青铜大门生生轰碎开去！

曼荼罗上前半步，掌心之中，可怕的灵力迅速汇聚而来。

不过，就在她将要出手时，一道身影却从其身旁掠过，然后一只手掌握住了她的手臂，将她凝聚的灵力制止了下来。

曼荼罗抬头，见到了牧尘那年轻的面庞。

"域主，身为大罗天域的主，你可不能剥夺我的出场权利。"牧尘微微一笑，他知道曼荼罗是不想让他去做那无用之功，但这种时候，身为大罗天域的王，他是不可能退缩的。

"你……"曼荼罗一怔，她望着牧尘的眼睛，少年的眼神依旧明亮，有坚毅之色在其中涌动，他的眼神让她明白，他能够一路走到现在，可不是依靠逃避困难的。

曼荼罗小手缓缓放下来，然后她轻轻点头，道："小心点，若是不敌，那就退回。"

牧尘笑着点点头，旋即他身形一动，直接冲上了战台，而后他眼神锐利地看向那古老的石柱，笔直的身躯，犹如一柄出鞘神枪，锐气冲天。

这最后一场，就由我来看看，这所谓的十凶兽，究竟有多棘手吧！

牧尘的身影，犹如笔直长枪一般立于战台之上，锐气毕露，眼下的挑战，已经进行到了第十场，而这也将会是最为关键的一场。

如果牧尘能够取胜，那么曼荼罗便能够顺利破阵，如若不然，曼荼罗就只能强行破阵，那样的话，必然会有不小的消耗，如果之后遇见了其他顶尖势力之主，那她就会因为状态不佳，从而在争夺灵神液时落入下风。

这对大罗天域而言，无疑将会是毁灭性的打击。

因此不论如何，他们都必须让曼荼罗在争夺灵神液时，保持最为完美的状态！

所以，牧尘这一场战斗，尤为重要。

战台之外，诸王望着牧尘的身影，面色一片凝重，虽说他们知晓牧尘想要以五品至尊的实力取胜有多大的难度，但隐隐约约，他们的内心深处却隐藏着一丝微妙的期待。

那丝期待，源于对牧尘这一路上所创造奇迹的信心。

在这陨落战场中，诸王三番五次地见证了牧尘在危急时力挽狂澜，创造出令人震撼的奇迹，谁也不能保证，奇迹不会再度出现。

轰隆！

就在牧尘掠上战台后不久，这座古老的大殿再度不出意料地颤抖起来，众人的视线迅速上移，然后停留在了一根巨大的石柱之顶。

那里的青铜雕像迅速剥落浑身青铜，然后，一道铁塔般的身影呼啸而下，重重地落在战台之上，那种可怕的冲击力，令这座战台都剧烈震动起来。

一股可怕的凶煞之气，犹如实质一般自那道铁塔身影之内扩散出来，令人心悸。

战台之外，所有人的目光都在此时投射而来，死死地盯着那道铁塔身影，那里煞气渐渐收敛，那道身影也变得逐渐清晰起来。

那道身影通体布满幽黑的龙鳞，它的身躯上，肌肉犹如铁块一般鼓起，爆炸般的力量仿佛沉睡的巨龙在潜伏，它有一颗充满煞气与压迫感的狰狞虎头，但在其额头处，又有幽黑的龙角钻出，寒光涌动。

“十凶兽之一，天龙虎。”曼荼罗盯着那道压迫身影，金色眸子微微一凝。这天龙虎在上古天宫十凶兽中颇有凶名，据说这般凶兽体内流淌着天龙的血脉，而天龙在龙族之中，仅次于真龙，真要算起来，也算是入了超级神兽的行列。

虽说这天龙虎体内的天龙血脉并不浓厚，但这足以令它拥有可怕的实力，此次牧尘所遇见的对手，并不好对付。

修罗王和九幽等人同样察觉到那天龙虎所带来的压迫感，当即心头都微微一沉。

这天龙虎现在的实力，应该也处于六品至尊，再配合其凶威，怕是连血鹰王他们都自叹不如，而这种对手，凭借牧尘五品至尊的实力，真的能够有胜算吗？

吼！

就在众人心中忐忑间，战台之上，那天龙虎已经猛地发出虎啸之声，那音波犹如实质一般席卷开来，连空间都因为那等音波冲击而变得震荡起来。

牧尘面色凝重地望着那气势惊人的天龙虎，深吸了一口气，面对这种对手，他不敢抱有丝毫小觑。

牧尘心神一动，他双目迅速变得黑洞一般深邃黑暗起来，紧接着他的脸上的神色，也渐渐变得漠然。

无上心魔经，小心魔状态！

与此同时，其周身原本雄浑的灵力波动，则开始变得内敛。如果说之前牧尘的灵力犹如狂暴的火山一般，那么此时他的灵力就犹如大海之下可怕的漩涡，虽然看起来平静，但却隐藏着巨大的危险与恐怖。

裂山王等人望着牧尘周身灵力的细微变化，瞳孔忍不住一缩，如此精妙的灵力控制，就连他们都做不到。

“好精妙的灵力控制。”修罗王沉声道。

在如此精妙的灵力控制下，即便是相同的灵力，爆发出来的威力却不能与之相抗衡，牧尘能够屡次战胜比他实力更强的对手，的确有令人称道的地方。

轰！

就在牧尘催动小心魔状态的那一瞬间，那天龙虎也察觉到了牧尘周身灵力的变化，当即一声低吼，脚掌猛地一踏，只见脚下石板龟裂，而其身形，却出现在牧尘前方，它一拳轰出，可怕的灵力翻滚咆哮，竟是凝聚成一头咆哮猛虎，快若奔雷般地向牧尘噬咬而去。

牧尘黑色漩涡般的瞳孔光芒闪过，脚下一动，身形暴退，避开了那刚猛拳风，不过那拳风的余劲，依旧将牧尘的肩膀处震出一道血痕。

两道身影闪电交错，牧尘双指如枪，灵力灌注，指风连空间都划出一道痕迹，狠辣而刁钻地向天龙虎咽喉洞穿而去。

借助小心魔状态之力，牧尘的攻击犹如羚羊挂角一般迅若奔雷，这等刁钻攻势，就连战台外的血鹰王等人都看得眼神一凝。

咚！

不过，那天龙虎虽说神智已消，可生前也是身经百战，那等战斗经验几乎深入骨髓，当即虎掌闪电般收回，横挡在咽喉之前。

铛！

牧尘指枪点上虎掌，犹如金石相碰，火花溅射。

天龙虎狞笑一声，虎掌反探，一把抓住了牧尘手腕，猛然一扯，可怕的力量喷涌而出，就要将牧尘的手臂生生扯断。

嘭！

就在此时，一道携带着磅礴灵力的凌厉腿风呼啸而来，扫动之下，空间震荡，直指天龙虎脑袋。

这般攻势，打断了天龙虎的节奏，逼得它虎臂斜挡，而牧尘则借此挣脱其虎掌，身形冲天而起，手掌猛然一握，大须弥魔柱闪现而出，而后磅礴灵力灌注，巨大的阴影将天龙虎笼罩在了下方。

大须弥魔柱呼啸而下，那天龙虎则是咆哮出声，只见其额头处，那幽黑的龙角突然爆发出黑芒，龙角迎风暴涨，直接与大须弥魔柱硬撼在一起。

咚！

巨声响起，可怕的冲击波肆虐开来，战台之上，地板一块块被震碎开来。

牧尘的身影也被那股可怕的冲击波震得倒射而退，脚掌擦着战台倒射出数十米才稳住，他紧握大须弥魔柱的手掌，虎口都被震裂了，有鲜血顺着掌心流淌下来。

他面色凝重地望向那冲击波的源头，那里，天龙虎依旧矗立，赤红凶残的虎目，将他锁定。

在那战台之外，诸王都目不转睛地望着这场战斗，先前那电光火石间，牧尘与天龙虎的交锋，双方都是攻势狠辣，而且刁钻至极，不过显然，在那短暂交锋中，最后还是牧尘吃了亏。

毕竟不管如何，那天龙虎都拥有六品至尊的强悍实力，这如果换作寻常的五品至尊，恐怕早就在交手的第一回合，就已经被天龙虎秒杀了。

也唯有牧尘这等变态，才能够凭借五品至尊的实力，与天龙虎有来有往地交手。

但光凭于此，显然还不可能战胜天龙虎取得这最后一场的胜利。

轰!

就在众人心念转动间，战台之上，牧尘手中大须弥魔柱突然脱手而出，迎风暴涨，犹如擎天柱一般当头就向天龙虎压去。

吼!

天龙虎一声虎啸，背后犹如钢鞭般的虎尾迎风暴涨，化为百丈大小，虎尾一甩之下便将大须弥魔柱震飞而去。

不过就在天龙虎震飞大须弥魔柱时，突然间，一道龙象齐啸之声，猛地自前方响起，只见牧尘身形掠空，在其身后扭曲的空间处，至尊海波荡，紧接着八道光芒猛地暴射而出。

哞!

八道光芒冲出，竟发出龙吟象啸之声，众人定睛一看，那八道光芒，赫然是四条巨龙，以及四头巨象，踏空而立。

准大圆满神术，九龙九象术!

四龙四象一出，顿时可怕的灵力波动冲天而起，那等波动，连血鹰王等人眼皮都是微跳，看来经过之前的交锋，牧尘终于要施展真正的手段了。

“四龙四象吗？”九幽美目一闪，她自然知道牧尘所修炼的九龙九象术，不过这还是她第一次见到牧尘能够同时施展出四龙四象。

就在九幽美目闪动间，只见战台上空，牧尘看了一眼那四龙四象，突然深吸一口气，变化的印法并未就此结束，反而继续催动。

“难道他还能够继续凝炼出龙象？”九幽察觉到这一幕，心头顿时一惊。

吼!

在九幽那灼灼的目光中，牧尘脚掌猛地一跺虚空，犹如黑洞般的眸子中，精芒涌动，下一刻，只见其身后扭曲的空间中，浩瀚的至尊海内顿时掀起滔天巨浪，最终又有两道光芒暴射而出。

嘹亮的龙吟象啸声，响彻这座古老的大殿。

血鹰王他们抬头望去，皆是忍不住动容。

只见那虚空中，双目漆黑如漩涡的牧尘凌空而立，而在其身后，庞大的五龙五象，盘踞矗立，一股惊人的灵力威压，犹如泰山压顶一般，铺天盖地而来。

此等攻势，就算是六品至尊，也足以为之心惊！

只是不知，借助这五龙五象之力，牧尘是否能够与那天龙虎真正抗衡！

嘹亮的龙吟象啸之音在古老的大殿中响起，牧尘凌空而立，在其身后，十道庞然大物的光影悬浮，五龙五象散发出惊人的灵力波动。

准大圆满神术，九龙九象术。

这道神术，乃是当初牧尘在那商之大陆所得，虽说其仅仅只是准大圆满级别的神术，但一旦有所成就，那么其爆发出来的威力，不会逊色于那些真正的大圆满级的神术。

牧尘凌空而立，黑色眸子犹如漩涡一般，深邃莫测，他在凝炼出五龙五象后，并没有任何犹豫，双手闪电般合拢，变幻出道道残影印法。

“九龙九象术，龙象之轮！”

低喝之声，陡然自牧尘心中响起，旋即其身后那五龙五象顿时爆发出低吼之声，而后直接化为十道光虹呼啸而出，下一刻，已是重重地撞击在了一起。

嗡。

夺目的光芒自那碰撞之处席卷而出，只见光芒之中，一道巨大无比的光轮凝聚而成，在那道光轮的边缘处隐隐可现龙象之纹，一股狂暴至极的灵力波动荡漾而出，令空间震荡。

“去！”

牧尘屈指一弹，那一道龙象之轮顿时化为流光暴射而去，其速度宛如奔雷，仅仅只是一闪，便洞穿了空间，下一刻，已出现在了那天龙虎前方。

这般速度，这般强悍的灵力波动，就连血鹰王他们这些六品至尊都看得眼皮急跳。

吼！

那天龙虎察觉到了牧尘此次攻势的凌厉，当即眼神一凝，双脚猛然重重跺地，赤红眼中精芒闪烁，竟是猛地张开了嘴巴。

狂暴灵力疯狂在其嘴中凝聚，隐隐间，它的嘴形成巨大的狰狞虎口，一股凶煞之气，呼啸而出。

“天龙虎啸音！”

低沉的咆哮之声从那天龙虎的狰狞虎口中传出，下一刻，惊天动地的龙吟瞬间爆发，血鹰王等人见到，一道百丈音波风暴，竟犹如实质一般，从那天龙虎的虎口中呼啸而出。

轰隆！

那等音波，磅礴浩瀚，在其呼啸而出时，有龙虎之影奔腾而出，音波过处，空间被震碎开一道道裂纹。

这等攻势，狂暴至极！

嘭！

龙虎音波暴射而出，而后直接在众人眨也不眨地注视下，与那呼啸而来的龙象之轮，硬生生撞击在了一起。

撞击的刹那，巨声响起，狂暴无比的冲击波肆虐开来，战台之上那坚硬无比的地板，竟被生生掀开了一层。

砰！

两道身影都被那种冲击波所波及，当即两人身躯都猛地一震，狼狈地倒射而出。

牧尘的身影狠狠地撞击在战台边缘的光幕之上，将光幕震出阵阵涟漪，他喉咙间发出一道闷哼之声，反手抓住光幕，将身形稳住，黑色眸子投向前方，只见那里，天龙虎单膝跪地，双手插入有符文铭刻的石板之中，一条长长的裂痕，出现在其前方。

吼！

天龙虎那赤红的目光，同样锁定了牧尘，它低吼一声，缓缓将手掌自那深深的地板中抽出，手臂上，布满着交错的血痕。

先前两人的硬碰，竟是不分伯仲。

战台之外，诸王望着如此激烈的对碰，个个面色凝重，他们没料到这天龙虎会如此棘手，就连牧尘施展出如此厉害的神术，都仅仅只能勉强抗衡天龙虎。

“这天龙虎的实力，恐怕在十凶兽中也是名列前茅了。”诸王暗暗感叹，与上一场的黑铁魔猴相比，这天龙虎着实强了不少。

吼！

就在诸王心中念头转动间，战台之上，那天龙虎猛地爆发出惊人的虎啸之声，然后众人便见到，血红的光芒，正一波波从其体内弥漫而出。

那血红光芒中，弥漫着凶煞之气。

随着血光的涌现，众人突然发现，那天龙虎的身躯，竟然在此时一点点膨胀起来，其身躯表面的黑色龙鳞，也变得愈发暗沉深邃。

短短不过数息的时间，天龙虎的身躯便涨大了一倍，它矗立在战台之上，犹如远古凶兽一般，额头处的龙角，也变得更为幽黑。

“该死的，那天龙虎的灵力变得更强了，怎么回事?!”诸王察觉到天龙虎的变化，面色顿时一变。

“它在燃烧体内的天龙血脉。”曼荼罗开口说道，她的眉头也忍不住蹙了一下，这种血脉的燃烧，唯有少数凶兽才有可能办到，之前那些凶兽，都未曾做到这一步，没想到这天龙虎竟然能够办到。

如此一来，它的实力自然会得到增长，这对于牧尘而言，简直是最坏的消息了。

先前牧尘费尽诸多手段，也仅仅只能与这天龙虎相抗衡，如今它变得更强了，这局面对于牧尘就相当不妙了。

牧尘那漠然的脸色，也在此时微微波动了一下，显然察觉到了天龙虎的变化。

轰！

不过天龙虎却并没有给他太多的反应时间，它赤红虎目中凶光闪烁，脚掌一跺，庞大的身躯爆发出了极其恐怖的速度，一闪之下，便出现在了牧尘侧方，庞大身躯所形成的阴影，直接将牧尘笼罩了进去。

它虎掌呼啸而下，携带着可怕的灵力，一掌便拍向了牧尘脑袋，空间都在其虎掌下爆碎。

牧尘身体迅速侧移，双臂犹如盾牌一般将那虎掌抵挡住。

咚！

闷声响起，牧尘的身形被天龙虎一掌拍得横飞了出去，身体擦着地面划出一道上千米的痕迹，旋即他一掌拍在地面上，地板碎裂，这才将身形稳了下来。

牧尘眉头紧皱，他此时双臂衣袖已经破碎，皮肤之下有金光流转，先前天龙虎那一掌，足以将寻常六品至尊骨骼拍碎，不过牧尘的肉身因为拥有龙凤体，所以其强横程度并不逊色于一些神兽体质，但即便如此，此时其手臂处，也是阵阵剧痛。

轰！

就在牧尘皱眉时，破风声瞬间传来，那天龙虎狂暴攻势再度如暴雨般袭击而来。

牧尘身形暴退。

天龙虎紧追不舍，可怕的拳风携带着灵力，震得空间涟漪不断。

战台之上，局势变化，牧尘几乎彻底陷入了下风，而诸王见到这一幕，心头都忍不住一沉，按照这样打下去，即便牧尘肉身再强横，也经不住天龙虎一次次狂暴攻击。

九幽玉手也在此时紧握了起来，牧尘这一场挑战尤为重要，如果他也失败的话，那么曼荼罗破阵将会变得格外棘手。

咚！

虎拳携带着震碎山岳般的力量再度狠狠轰在了牧尘手臂上，空间波荡间，牧尘身形倒飞而出，旋即他反手一掌拍在虚无空间处，灵力震荡间，将其身体强行稳住，他低头看向双臂，此时双臂上已是皮开肉绽，鲜血直流。

“燃烧天龙血脉，给它增强了极强的灵力，从而增加了它的速度、防御、力量。”牧尘眼芒闪烁，虽然处于劣势之中，但因为小心魔状态的存在，他根本就没有产生任何波动，反而在心中不断分析着天龙虎力量的细微变化。

“对付处于这种状态的天龙虎，我胜算极低。”

“不过燃烧血脉，会出现后遗症，待它血脉之力燃烧殆尽时，它就会进入虚弱阶段。”

“我无法支撑到它血脉燃烧殆尽的时候，所以必须加速它血脉燃烧的速度。”

“如何才能加速它的血脉燃烧？”

牧尘那犹如黑洞般的眸子，加速旋转着，他的内心中，灵光不断闪现，最后其瞳孔突然一凝。

轰！

又是一次硬撼，牧尘身体被震飞，重重地撞击在光幕之上，不过他却丝毫不加理会，双手突然结出一道古老玄奇幻的印法。

轰！

磅礴灵力，犹如风暴一般自牧尘体内呼啸而出，他那黑色眸子中，仿佛有金色火焰划过，下一刻，只见一道幽黑光芒猛地自牧尘天灵盖暴冲而出。

那道光芒迎风暴涨，瞬间，便化为数千丈大小，在那战台之外，众人视线投射而去，皆是忍不住一凝。

那是一座幽黑的巨塔，塔身之上，铭刻着一条条盘踞飞腾的古老天龙，随着这座黑塔的出现，一股莽荒般的古老波动，随之弥漫而出。

这座黑塔，赫然便是大浮屠塔。

牧尘印法变化，大浮屠塔冲天而起，最后闪电般镇压下来，将那天龙虎笼罩了进去，下一刻，数十条金色天龙咆哮着自塔身上游离而出，化为金色火焰，冲进了黑塔之内，将那天龙虎重重包裹。

不过这一次，这些金色火焰并未直接攻击天龙虎，而是化为袅袅火焰，顺着天龙虎的鼻息涌进了它的身体之中。

吼！

天龙虎的双目几乎是顷刻间变得血红，那一刻，它体内的天龙血脉被尽数燃烧，一股恐怖的灵力波动爆发出来。

诸王察觉到这股灵力波动，面色都为之一变，甚至连修罗王瞳孔都微微一缩，这种波动，就连他都会极为难以对付。

牧尘究竟是在做什么？怎么突然间反而将天龙虎的力量变强了？

诸王面面相觑，都搞不明白牧尘的用意，唯有曼荼罗微微一愕，旋即那金色眸子便变得明亮了起来。

“这个家伙，竟能想到这一步。不过这都得亏了这座黑塔，这上面的天龙之纹所化的天龙之火，与天龙虎体内的天龙血脉同出一脉，这样才能瞬间点燃它体内的血脉。”

曼荼罗的目光转向大浮屠塔，眉头突然一皱，旋即神色凝重起来。这座黑塔，看起来似乎有些眼熟……那太古族之一的浮屠神族的浮屠神塔，与其颇为相似……

可牧尘怎么会拥有浮屠神塔，这可是浮屠神族独有之物，莫非，他是浮屠神族之人不成?!

第7章
灵神液石岛

熊熊烈焰!

金色的火焰在大浮屠塔中熊熊燃烧，而在那火焰之中，天龙虎的身躯竟然再度膨胀，一股股强横至极的凶煞之气席卷而出，震得大浮屠塔都发出嗡鸣之声。

随着体内的天龙血脉在此时被牧尘用天龙之火尽数点燃，天龙虎的实力也出现了疯狂的暴涨，此时的它，就连修罗王面对都会感到极为棘手。

而战台外，血鹰王等人则是看得头皮发麻，眼下他们也看了出来，似乎天龙虎实力的增强，是牧尘所为。

虽然他们并不知道牧尘此举究竟是何意，但做这种事必然是有他的考量，可是，牧尘这样做，就不怕养虎遗患吗?

就在诸王心中念头急转间，牧尘紧紧地盯着大浮屠塔，他同样能感觉到天龙虎那越来越狂暴的灵力，如果此时的他再与天龙虎硬碰硬的话，恐怕就算他拥有龙凤体，也会难以承受。

此时的天龙虎，恐怕已是极端接近七品至尊了。

这等实力增幅，相当惊人，不过牧尘对此却并不惊慌，那犹如黑洞漩涡般的眸子中，反而有精芒掠过。

越是增幅弧度惊人，血脉燃烧得就越快，这天龙虎此时如果有神智的话，或许还能够洞穿他的意图，强行压制血脉燃烧，但可惜的是，如今的天龙虎，仅仅只是拥有其生前的部分实力而已，神智早已消散。

吼！

虽然神智消散，但那天龙虎也察觉到了危机，当即咆哮出声，它身形暴冲而去，一拳便向大浮屠塔重重轰去。

轰隆！

那一拳挥下，磅礴灵力犹如风暴般席卷而出，那一拳，就连修罗王眼皮都微微一跳，这几乎是天龙虎汇聚了所有力量的攻击了。

牧尘同样察觉到天龙虎的疯狂反击，当即印法一变，只见就在其恐怖攻击落在大浮屠塔上时，大浮屠塔凭空消散而去。

金色火焰，也在同一时间尽数消散。

轰！

凌厉的拳风携带着狂暴的灵力呼啸而出，轰在了战台周围的光幕之上，顿时将那光幕震出犹如水波般的涟漪。

牧尘凌空而立，漠然地望着战台中央的天龙虎，在施展出了先前那一道恐怖攻击后，它原本壮硕的身躯竟开始一点点缩小，浑身龙鳞也开始急速黯淡。

到了这一步，谁都察觉了出来，这天龙虎的实力在迅速削弱。

短短不过十数息的时间，那原本还煞气腾腾的天龙虎瞬间萎靡了下来，在其龙鳞下，甚至有鲜血渗透出来，显然它虚弱到了极点。

牧尘的眉头微微扬了扬，他虽然料到了天龙虎燃烧血脉后会有后遗症，但却没想到后遗症会如此严重。

现在的天龙虎，完全就是纸老虎一头。

战台外的血鹰王等人睁大了眼睛，半晌后终于明白了过来，便忍不住惊愕地看着牧尘，他们都没想到牧尘竟然会采用这样的办法……

“真不愧是牧王，厉害。”

惊愕过后，便是由衷的赞叹，在如此激烈的交锋之中，竟然还能够如此冷静地找寻着天龙虎的破绽，并以最为精妙的办法将其击破，此等战斗意识，就算是经验丰富的诸王，都不得不为之感到惊叹。

战台之中，牧尘的身形缓缓落下，而随着他的落下，那天龙虎依旧赤红的目光投射而来，下一刻，它猛地暴冲而出！然而，此时的它早已灵力萎靡，不论是速度还是力量，都已大打折扣，再也无法对牧尘造成威胁。

所以，牧尘仅仅只是脚步一闪，便将其避开，与此同时，掌心鬼魅般地贴在了天龙虎额头之处。

“得罪了。”

牧尘轻声说道。

掌心狂暴灵力犹如火山一般爆发出来。

轰！

天龙虎整个身体都随之碎裂成了漫天光点，这些光点之中，充斥着极其精纯的灵力。

那是天龙虎所遗留的灵力精华。

牧尘袖袍一挥，那磅礴的灵力精华便源源不断地涌来，最后尽数涌入他的身体。

牧尘静立，心中却是微微一惊，因为那涌入体内的灵力精华，实在是过于磅礴，此等吸收，怕是不比他之前闭关的时候所吸收的两万陨落源丹要弱。

“这天龙虎生前应该也是八品至尊，不然的话，不会留下如此磅礴而精纯的灵力精华。”牧尘心中一声赞叹，旋即闭目运转功法，将那些磅礴灵力精华尽数吸入至尊海内，而后将其尽数炼化，融入至尊海中。

而随着灵力精华被尽数地吸收，牧尘也能够感觉到至尊海变得更为雄浑了，他的灵力比起之前，凝厚了数分。

“若是能够再得到几道灵力精华，恐怕我很快就能够达到五品至尊顶峰了。”

半个时辰后，牧尘睁开双眼，此时他眼中的黑洞漩涡也消散而去，退出了小心魔状态，他感受着体内变得更加精纯雄浑的灵力，忍不住感叹了一声。

嗤嗤。

在牧尘感叹间，这座古老大殿中，突然有异声响起，众人视线望去，只见那青铜大门上，又是一道血腥兽脸缓缓消融。

如此一来，青铜大门上的封印就被消融了四道，那原本完美无缺的封印，出现了一些紊乱的波动，再也不如刚开始那般无坚不摧。

牧尘身形一动，从战台上掠下，见他得胜归来，诸王纷纷笑着恭贺。

“呵呵，此次倒是多亏了牧王啊。”就连天鹫皇都笑眯眯地点点头，感叹道，这最后一场对于他们太过重要，如果失败的话，恐怕就只能由曼荼罗强行破阵了。

“若非诸王之前出力，我这一场胜利也是无关紧要。”牧尘微微一笑，谦逊道。

曼荼罗那之前一直紧绷的小脸，终于有一抹笑容浮现出来，她金色眸子望向牧尘，点了点头，道：“此番行事，诸位都有功，待得此次事成之后，必会论功行赏。”

她的嗓音虽然稚嫩清澈，但落在诸王耳中，却难免有喜色涌出，连曼荼罗都如此说了，那想来到时候的赏赐必然会格外的丰厚，上品神器，甚至绝品神器，或者准大圆满级别以及更强的神术都有可能赏下来。

牧尘对此倒显得要比其他诸王稍微淡定一些，只是笑着点点头。

“域主，如今此阵可能破否？”灵瞳皇看向那紧闭的青铜大门，那道大门之后，便是通往地至尊秘藏的深处。

曼荼罗金色眸子也转向青铜大门，眸子中寒意涌动，之前因为这青铜大门与整座古殿紧密契合的缘故，连她都有点束手束脚，而如今青铜大门之上的封印已经残破，这玩意想要再阻拦她，无疑是痴人说梦。

“接下来交给我便可。”

曼荼罗声音冰冷道，旋即她再度伸出小手，猛地冲大殿之中的一根巨大无比的擎天石柱狠狠一握。

轰隆。

那有符文保护的擎天石柱，在曼荼罗的手中却脆弱如豆腐，仅仅只是一握，便断裂开来，最后随着曼荼罗小手一挥，只见浩瀚的灵力覆盖在石柱上，化为一层层晶莹剔透的灵力晶层。

咻!

石柱爆发出璀璨灵光，猛地暴射而出，洞穿虚空，狠狠地轰击在那青铜大门之上。

咚咚!

擎天石柱寸寸崩碎，不过在其崩碎时，那青铜大门上的古阵封印迅速变得暗淡，那一道道血迹凝炼而成的兽脸，发出刺耳的咆哮声，而后渐渐扭曲……

“给我破了！”

曼荼罗金色眸子一眯，下一刻，她的身形直接出现在那石柱之后，白嫩的小拳头猛地挥出，重重轰击在了石柱之上。

嘭!

巨大的石柱瞬间爆碎成灰烬，一股连空间都被震碎开来的可怕力量，直接冲击在了那青铜大门之上。

咔嚓。

裂纹顷刻间浮现出来，然后沿着那青铜大门蔓延开来，大门上的那一道道血红兽脸，则在尖叫声中，碎裂开来。

青铜大门夸张地扭曲起来，最后陡然爆碎开来!

当那青铜大门被曼荼罗一拳轰碎时，牧尘等人眼神也陡然间炽热起来，这通往地至尊秘藏深处的大门，终于对他们敞开了。

不过，他们也知道，通过了这里，这次的大狩猎战，才会达到最为激烈的地步。

为了那灵神液，就连曼荼罗他们这些地至尊级别的超级强者，都将再也无法忍耐。

那时候的争斗，必将毁灭天地!

“走！”

当那青铜大门陡然爆碎开来时，曼荼罗的轻喝声，回响在牧尘等人耳旁，诸人闻言立即暴射而出，化为十数道光影，朝青铜大门靠近。

曼荼罗一马当先，踏入其中。

嗡。

在身形掠进青铜大门的那一瞬间，牧尘能够清晰地感觉到周围传来的空间波动，眼前的视线黑暗了一下，然后陡然变得清晰。

不过，在变得清晰的那一刻，一股恐怖至极的惨烈的杀伐之气，犹如毁灭天地的凶兽一般，自四面八方席卷而来。

在那等恐怖的惨烈杀伐之气下，牧尘等人的后背，顷刻间就被冷汗所浸湿。

吼！

他们举目望去，这才发现，眼前的世界已经出现了翻天覆地的变化，那仿佛一片无边无际的平原大地，在这片显得昏黄的空间下，被撕裂出一道道巨大的裂缝。

而那裂缝之中，滔天般的邪气席卷而出，再接着，牧尘他们便见到黑色的洪流源源不断地自那空间裂缝中涌出。

怪异的嘶吼声，自那黑色洪流中传出，那种声音，仿佛与这大千世界格格不入，因为当声音响起时，那天地间的灵力都在纷纷逃离，犹如是在排斥着什么。

牧尘紧紧地盯着那黑色洪流，突然间心头一震，他见到那黑色洪流中，竟出现了无数道模糊的黑影，这些黑影显得极为壮硕，只是它们的身体类似烟雾所化一般，隐隐有些扭曲的迹象，唯有头颅位置处，略显暗红的目光，一点点亮起来，其中充满了吞噬与贪婪的欲望。

而那种怪异刺耳并且被天地灵力所排斥的尖锐声音，正是由它们所发出的。

这些黑色洪流源源不断地冲出空间裂缝，出现在这片天地间时，这片天地间的灵力开始变得沸腾起来，牧尘抬头，只见在那遥远处的天际，滚滚云层呼啸而来，那云层之中，铺天盖地的光影掠过天际，仔细看去，赫然是无数周身散发着强大灵力波动的大千世界强者。

吼！

那无穷的黑色洪流瞧着那铺天盖地席卷而来的大千世界强者，发出咆哮之声，接着黑色洪流席卷天地，下一刻，两股恐怖的洪流，便以一种毁灭天地的姿态，狠狠地冲撞在了一起。

天地都在这种冲撞的力量下破碎了。

两股洪流对冲，牧尘他们清楚地见到，数道黑色烟雾般的黑影穿破空间而出，那看似犹如烟雾般的黑影，却瞬间洞穿了一名强者强大的防御，如同锋锐无匹的刀锋般插进了强者的身体之中。

啊！

那强者惨叫出声，身体竟然迅速萎缩枯萎，短短数息，便是嘭的一声，化为粉末飘散开来，而那烟雾般的黑影，则发出桀桀怪笑。

这一幕看得牧尘等人瞬间头皮发麻起来。

这样惨烈的战斗，发生在这片天地间的每一处。

惨烈的杀伐之气笼罩天地，在这等杀伐之气的冲击下，牧尘等人的眼睛都涌上了一抹赤红之色。

咚！

不过就在他们眼睛愈发赤红时，一道清澈钟吟声突然响起，那钟声醍醐灌顶，令牧尘等人脑海瞬间清明，眼中的赤红也消退而去。

他们抬起头来，只见曼荼罗站在他们的前方，小手轻弹，灵力震动间，发出清脆的钟吟声。

正是她出手将牧尘他们从那种杀伐影响中拉了回来。

“这就是当年域外族入侵大千世界时，这陨落战场所爆发的战争。”曼荼罗居高临下地望着下方天地间的惨烈战斗，缓缓道。

牧尘他们之前虽然已经有所猜测，但在听到曼荼罗确认时，瞳孔依旧忍不住一缩。

这些犹如黑色烟雾般的人影，便是那所谓的域外族吗？

“这域外族不知从何处出现，所过之处，犹如蝗虫一般吞食着天地间的灵力，若是任由它们侵占大千世界，整个大千世界必然会随之崩溃，进而波及大千世界之下那无数的下位面。”

“我曾经看见过那被域外族侵占过的大陆，那里灵力尽数消失，已经不适合灵力的修炼，那些大陆上的生灵，也因为灵力的消失变得异常的普通。”曼茶罗小脸也在此时变得凝重了许多，道。

“嘶。”

牧尘等人闻言则是忍不住吸了一口凉气，他们实在是无法想象，天地间若是没有了灵力，那该会是一种何等景象？无疑是真正的世界末日了吧。

难怪整个大千世界都会联合起来对抗域外族的入侵。

“这里的古战场只是投影罢了，不要被其杀伐之气所影响，不然的话，你们也将会化为其中一员。”曼荼罗提醒道。

牧尘等人连忙点头，先前若非有曼荼罗在一旁庇护，恐怕他们这一行人，能够逃生之人不足一半，这地至尊秘藏，果然是处处凶险。

曼荼罗见状也就不再多说，转身朝着这片天地尽头掠去，她小手轻挥间，便将下方席卷而来的滔天杀伐，尽数遮盖而去。

牧尘等人则是立即跟上，灵力运转，护住周身，不敢有丝毫怠慢。

而在飞掠过战场时，牧尘等人才发现这片战场之辽阔，他们飞掠了不知道多久，战场依旧看不见尽头。

整个天地，都因为那种杀伐而逐渐变得赤红起来。

牧尘他们不知道还要这样飞掠多久，但既然前方的曼荼罗未曾出声，他们也就只好紧紧跟随着。

而这种跟随，在持续了许久后，前方曼荼罗的速度终于微微变缓了一点，而后她那凝重的声音便回响在众人耳边：“都小心一些！”

突然间听到曼荼罗的提醒，牧尘等人都是一怔，不过还是马上条件反射地紧绷起了精神，运转灵力。

嗡！

就在他们刚刚运转灵力护住身躯时，他们便猛地察觉到，天地间那惨烈的厮杀声，在此时突然间消失了。

周围的天地，也在此时出现了巨大的变化。

辽阔的战场已经消失不见，取而代之的，竟然是一片看不见尽头的汪洋大海，这片大海呈现暗青色彩，海浪呼啸而起，然后落下，每当海浪落下的时候，牧尘他们分明看见，空间都被那海浪碾碎了。

这里的海水，每一滴，似乎都重若千斤。

牧尘他们惊异地望着眼前这一幕，大海似乎深不见底，那幽黑海底的深处，化为无穷的黑暗，令人心寒。

而在大海的上空，同样是一片深邃的黑暗。

牧尘他们面面相觑，这片陌生的海洋虽然没有之前那远古战场那样惨烈之气弥漫，但不知为何，他们却感觉到一种极为沉重的压迫感。

那种压迫感说不清道不明，但却让人有点喘不过气来。

曼荼罗凌空而立，她金色眸子扫视着这片暗青色的汪洋大海，片刻后，眸子中仿佛有金光闪烁，喃喃自语："倒是好手段。"

"域主，这里是？"天鹫皇低声询问道，这片海洋，就连他都感觉到一种无形的压力。

"如果我所料不错的话，这里应该是那第四殿主的至尊海所化吧。"曼荼罗淡淡道。

"至尊海所化？"

诸王的眼睛瞬间就瞪圆了，目瞪口呆地望着这片天地。至尊海是每一位至尊的力量源泉，所以他们都熟悉得很，但他们还是第一次见到，竟然能够衍化成眼前这般景象的至尊海。

"当实力达到第四殿主那种层次，至尊海已经相当于一片空间，遇敌之时，展开至尊海，直接是将其吸入其中，就算是八品至尊，一个灵力海浪翻滚，应该就被碾压成虚无了。"曼荼罗道。

牧尘他们听得暗暗咂舌，一般类似他们这种层次，都将至尊海隐藏在体内最隐秘之地，生怕被人破坏。毕竟对于一位至尊强者而言，就算是肉身被毁，也要留下至尊海，因为一旦至尊海被毁了，那可就真是一身修为都付诸东流了。

但他们哪里能想到，他们隐藏至深的手段，在地至尊的手中，却是如此大方地呈现在外人眼中……

"这里应该便是这座地至尊秘藏的中心了。"曼荼罗金色眸子望向这片大海的深处，小手指向那里，"都小心一些。"

牧尘他们闻言，心头微微一凛，终于抵达了这座地至尊的中心了吗？不知道眼下其他的那些顶尖势力，是否也已经闯入了？

诸王对视，神色都紧绷起来，他们能够察觉到，那即将涌来的可怕风暴。

一行人迅速自海洋上空疾掠而过，不过随着逐渐地深入，牧尘等人也开始察觉到，这弥漫天地间的压迫感，似乎越来越强大。

到得后来，除了曼荼罗外，就连三皇的神色都渐渐变得凝重而且速度有所减缓。

曼荼罗也察觉到众人速度减缓，当即屈指一弹，一道磅礴灵力呼啸而出，竟是化为飞舟之形，出现在了牧尘他们脚下。

那飞舟乃是灵力所化，但却璀璨如晶石，牧尘等人见状，忍不住暗暗咂舌，如此轻易就能够将灵力直接晶体化，这般能力，是地至尊级别强者的标志性手段。

这小小的飞舟看似不起眼，但其坚固程度不弱于一件中品神器，而且最关键的是，这道飞舟，竟将这片天地间弥漫的压迫感，尽数屏蔽而去。

此地虽说是第四殿主至尊海所化，但曼荼罗自身同样是地至尊，虽说实力与第四殿主之间有差距，但仅仅只是屏蔽其压迫感，这还是能够轻松做到的。

有了曼荼罗的相助，他们一行人的前行速度便陡然暴涨，如此飞掠了将近半个时辰后，那位于最前方的曼荼罗速度便逐渐减缓下来，而其神色，也变得郑重起来。

牧尘他们略有所感，抬起头来，只见在那遥远的前方，那一望无际的汪洋之上，突然出现了一个巨大物体。

那是一座悬浮在虚空中的巨大石岛，石岛充满莽荒般的味道，在其下方有万丈大小的水柱，不断从石岛中轰隆隆垂落下来，最后落入下方那海洋内。

那一幕，就仿佛整片海洋，都是由那座古老而神秘的石岛流淌下来的水柱所化一般。

石岛悬浮在半空，隐隐间，有一种不可撼动之感散发出来，那种感觉，让牧尘他们觉得或许就算是天地崩塌，这座石岛都不会随之倒塌。

“这座石岛，应该便是陨落的第四殿主地至尊所化。”曼荼罗金色的眸子，在此时掠过精芒，此次大狩猎战，她费尽心机所找之物，终于出现在了眼前。

那第四殿主所化的灵神液，必然也在这座石岛之上！

牧尘他们听得曼荼罗此话，心头忍不住一跳，此次大狩猎战，他们一路拼死闯来，终于找到这最终目标了吗？

“域主，要动手吗？”灵瞳皇眼中灵光闪烁，这种时候，即便镇定如他，声音中都多了一分难以自制的激动。

然而曼荼罗闻言，却是一笑，抬起头来，金色眸子望向了这片海洋的另外方向，道：“第四殿主所留下的东西，没这么容易被人染指的，而且，在这里做出头鸟可不怎么理智。”

牧尘闻言，心头顿时一动，他抬头看向其他的方向，其他的顶尖势力，也已经闯入了这里吗？

“呵呵，大罗域主真是了得，竟然能够领先我们所有人率先抵达此处，真是佩服。”

就在牧尘心中刚刚闪过这念头的时候，一道雄浑的笑声便穿透空间而来，最后犹如雷霆一般轰隆隆回响在这天地间，连下方的海洋，都被那道笑声掀起了阵阵浪涛。

曼荼罗眸子淡淡地望着远处，只见那里的空间突然荡漾起来，而后空间被撕裂开一道裂缝，一道道人影，鱼贯而出。

随着这群人马的出现，这天地间涌动的灵力波动顿时变得沸腾了起来。

“是神阁的人马！”

牧尘他们率先在那群人马中发现了方毅和澹台琉璃等人的身影，显然，紧随他们出现在此处的，赫然便是神阁的人马。

牧尘望着这些神阁强者，不由得转向了他们最前方，那里，一名白袍男子负手而立，他的模样格外普通，唯有那一双眼，竟是呈现火红色彩，看上去犹如有火焰在燃烧一般，他的周身并没有任何强大的灵力波动，与其身后的诸多强者相比，他显得极为普通。

不过，就是如此一个普通的人，却让牧尘他们心脏忍不住剧烈一跳，甚至连前方的曼荼罗，金色眸子也微眯了起来。

曼荼罗脸上浮现出前所未有的凝重之色，乃是进入陨落战场后，牧尘他们首次所见。

因为这白袍男子，正是如今的神阁之主！也是号称这北界之中，最有可能率先晋入上位地至尊的超级强者！

在北界诸多顶尖势力之主中，这神阁之主的声望，甚至比起曼荼罗都要强上一线！此等人物，就连曼荼罗，都不敢等闲视之。

而在神阁之主之后，还立有四道周身弥漫强大灵力波动的人影，他们周身的灵力波动，丝毫不比天鹫皇弱，显然，这四人正是神阁之中，地位仅次于神阁之主的东西南北四位阁主，其地位，与大罗天域的三皇相仿。

在这四位阁主之后，则是神阁的诸多山主以及方毅等人，如此阵容，堪称豪华。

不过他们之中，一些人面色显得苍白，灵力也要紊乱许多，显然是在之前的路途中，遭遇了一些阻碍。牧尘他们遇见的阻拦关卡，并非仅仅只是他们独享。

“看来你神阁遇见了不小的麻烦。”在牧尘发现神阁的一些人马灵力紊乱时，曼荼罗也是淡淡一笑道。

“呵呵，手下不成器，连一些小玩意解决起来都有些麻烦。”神阁之主不在意地笑了笑，旋即他目光看向那座古老的石岛，道，“不过只要能够得到第四殿主留下的灵神液，再多的损失都是值得的。”

说到此处，他声音一顿，看向曼荼罗，诚恳道：“大罗域主，你我认识多年，若是你此次助我得到第四殿主的灵神液，日后这北界，便由你我二人共掌。”

曼荼罗闻言，顿时嗤笑一声，双眼微垂道：“承蒙看得起，不过这灵神液，我看还是各凭本事吧。”

“那可真是遗憾。”神阁之主轻叹一声，道，“看来此次大狩猎战之后，北界又要消灭一些顶尖势力了。”

他此话一出，牧尘等人面色顿时一变，曼荼罗金色眸子也有寒光掠过，冷笑道："高兴得太早，到时候失手可就得被人笑掉大牙了。"

神阁之主微微一笑，却是不再多言，只是他这番姿态，却令牧尘等人心头微沉，到了此时，他们才真正察觉到那灵神液究竟有多重要。

一旦神阁之主将其获得，那么他就有可能有所突破，而等他真的突破到了上位地至尊，那么整个北界，将无人是其对手。

到时候，就算是其他的顶尖势力，恐怕也唯有臣服，否则便是只有被毁灭的份了。

看似庞大的顶尖势力，在这等超级强者手中，却是翻手就能灭得干干净净。

随着曼荼罗与神阁之主交谈的崩裂，两大顶尖势力隔空而立，却都并未再言语，偶尔互相间交织的目光中，都闪过森冷之色。

空气中弥漫的紧绷气氛，令人喘不过气来。

不过这种对峙却并未持续太久，因为那远处，再度有破风声传来，而且这一次，有不少光影从不同的方向出现。

短短数息，便有数道光虹撕裂长空而来，出现在了这座古老石岛的周围。

"没想到我幽冥宫全力追赶，还是落在了你们之后。"一道笑声响彻天地，声音中蕴含着无尽的阴煞之气。

牧尘心头微动，抬头看向西北方向，那里大批黑影呼啸而来，在领先位置，赫然是一名黑衣中年男子，他双目中黑色雾气涌动，眉心处有一道黑线，仿佛其中埋藏着一只眼睛一般，邪异至极。

"幽冥宫宫主。"

牧尘只是看了一眼便已知晓，此人必然便是那幽冥宫宫主，同样也是一名地至尊级别的超级强者。

"诸位取宝，可别忘了我玄天殿。"

又是一道声音传来，只见一名眼神深邃如星空般的老者凌空而立，赫然便是那玄天殿的殿主柳天道。

在那东北方向，万圣山强者云集，在其前方，一名身着星辰白袍的老者手持白玉之杖而立，那是万圣山的万圣老祖。

西方，黑气弥漫，一名身披黑甲，通体妖气弥漫的伟岸身影踏空而立，他妖异的面目，紫色的双瞳，漠然而立间，连那片天地都显得有些暗沉。

他是妖门妖帝！

南方，漫天蛇嘶声响起，一名手持蛇杖的绿袍老人脚踏一条千丈巨蟒，巨蟒吞吐间，毒气萦绕，仿佛形成毒云。

这是蛇神殿的殿主，天蛇老鬼。

这一道道人影，都是如今北界之中顶尖的人物，寻常时候，常人难见，而眼下却尽数露面，足足七位地至尊！

如此阵容，看得牧尘等人头皮一阵发麻。

眼下这里，应该便是北界所有巅峰强者聚集。

接下来的那灵神液的争夺，牧尘他们已经不知道，究竟会恐怖到什么程度……

第8章
七主斗灵傀

浩瀚的大海上空，古老石岛静静悬浮着，而在石岛周围的上空，则是群雄云集，特别是那七道凌空而立的身影，虽说他们周身毫无灵力波动，但谁都清楚，一旦当他们真正出手的时候，那必然天崩地裂。

七位地至尊，这等阵容，算是牧尘这么多年之中，见到最为豪华的一次了。

到得此时，七大顶尖势力，皆已齐至。

而在与七大地至尊对峙中，其他各方顶尖势力的诸多强者都不敢言语，那自七人体内散发出来的若有若无的压迫感，令人感到窒息。

现在这里，显然只有地至尊级别的超级强者才有资格掌控局面。

牧尘与九幽对视一眼，都是暗暗咂舌，各自心中都为眼前这种阵仗感到震撼。

“呵呵，真是没想到，这一次的大狩猎战，我们竟然都会选择相同的目标。”不过这种对峙并未持续多久，那神阁之主便率先微笑出声，说道。

“这第四殿主所遗留的地至尊秘藏，应该是这陨落战场中最强的秘藏，以往苦寻都未有结果，如今终于现世，我等自然得来凑份机缘。”在那万圣山的阵营中，一身星空白袍的万圣老祖淡淡一笑，苍老的声音犹如洪钟一般回荡在天地之间，引得灵力动荡。

神阁之主眼帘微垂，火红的眼睛中犹如有岩浆涌动，绚丽色彩之下，蕴藏着足以焚灭天地的力量，他轻轻一笑道：“本座在诸位之中，应当是最接近上位地至尊的人，只要能够得到这第四殿主至尊的灵神液，突破之事，轻而易举，而反观诸位，因为底蕴不足，所以有诸多风险。”神阁之主的话一传开，顿时令数位顶尖势力之主面色微沉，不过他却是丝毫不在意，继续说道：“所以诸位若是愿意割爱，待得我成功突破后，到时候不仅北界将由我们掌控，甚至，北界之外的地域，也将属于我们，天罗大陆浩瀚庞大，以诸位的眼界，应该不至于为这北界一隅所困吧？”

听着神阁之主此话，六大至尊目光皆是一闪，但却皆未说话，以他们的心性地位，显然不可能凭借神阁之主简简单单的一言就会改变心中的念头。

“你神阁算盘倒是打得精妙，不过这个世界上，还是属于自己的东西最让人信得过，所以你还是不要指望本帝会将这灵神液让予你，大家还是各凭本事吧。”在那妖门阵营中，一身黑甲，身形伟岸的妖帝在微微沉默后，缓缓开口道。

“嘶嘶，就怕到时候你突破之后，胃口不足还想将我等势力，尽数给吞了呢，这等养虎遗患之事，老夫虽然老眼昏花，但也不至于蠢到这一步。”那蛇神殿的天蛇老鬼也发出嘶鸣之声，声音沙哑道。

两大地至尊开口表态，显然对于神阁之主的提议嗤之以鼻，而其余的地至尊也显然有些不置可否。

“那可真是遗憾。”神阁之主笑笑，似乎并不恼怒，不过那犹如隐藏着岩浆的双目，似乎在此时变得更为灼热了一些。

“不用再废话了，灵神液归属，等先见到它再说吧！”曼荼罗金色眸子投向那座散发着古老气息的石岛，“灵神液应该就在这座石岛之中，不过这座石岛恐怕没那么容易踏足。”

听到曼荼罗扯回话题，其余六位地至尊也将视线转向那座古老石岛，眼神都微微一凝，凭借着他们超凡的感知，自然能够察觉到，这座古老石岛，似乎并不简单。

“这座石岛周围的空间被特殊的力量加固过，而且我能够感觉到一股强大的力量在守护着它。”那玄天殿的柳天道也在此时缓缓开口。

“试试便知。”幽冥宫宫主手掌猛然挥下，顿时间恐怖灵力犹如风暴一般自其体内爆发而出，那浩瀚灵力瞬间化为一道千丈大小的黑色手印，那手印远远看去，仿佛是黑色晶石所化，浩浩荡荡呼啸而下的姿态，将下方的大海都撕裂开一道巨大的裂缝。

这幽冥宫主随意一出手，便展现出了地至尊强者的可怕，如此看似轻描淡写的一掌，就算是天鹫皇，不，甚至是实力达到九品至尊的睡皇，恐怕都瞬间会被重创。

轰隆!

黑暗手印铺天盖地般往下压，恐怕任何阻拦在其前方的物体都将会被化为粉末，然而，那座古老石岛，却是纹丝不动。

在牧尘等人眨也不眨地注视下，那黑暗手印，迅速靠近石岛，短短一息间，便仅有千丈距离。

不过，就在临近的一瞬间，那古老石岛的上空，突然间有一道道光线浮现出来，那些光线闪电般交错，迅速化为一道犹如水晶一般的光罩，将下方的石岛，笼罩了进去。

轰轰!

黑暗手印重重轰击在那水晶光罩之上，顿时间灵力气浪滚滚席卷，肉眼可见的冲击波瞬间爆发出来，直接将这附近数万丈之内都笼罩了进去。

不过这等冲击波在临近曼荼罗等七位地至尊时，却是凭空消散而去，这也令他们后方的各方势力人马都安然无恙。

冲击波散去，众人目光立即投去，当即面色都微微一变，因为他们发现，在承受了幽冥宫主一击后，那水晶光罩，几乎纹丝未动!

“好可怕的防御力。”牧尘他们暗感震撼，光是这道水晶光罩，恐怕就足以将地至尊以下的所有人都阻拦在外了。

“果然是有些门道。”幽冥宫主淡淡道，不过却并不感到意外。如果第四殿主那等人物留下的防护如此轻易就会被击破的话，那他反而才会感到奇怪。

“诸位，既然都想夺宝，那就一同出手将其破了吧。”曼荼罗盯着那水晶光罩看了半晌，开口道。

其余六大地至尊互相对视一眼，皆是点头，以他们的谨慎，自然不可能蠢到去做那出头鸟，一人平白消耗力量来破阵，然后便宜其他人，所以这种时候，还是一同出手才是最好的。

达成共识后，七人没有任何迟缓，他们的身体缓缓凌空升起，然后悬浮在这座古老石岛的各个方向。

牧尘他们见状，迅速后撤，七位地至尊级别的超级强者同时出手，那等动静必然毁天灭地一般，若是不小心被波及了，那可真是没地方说冤了。

随着牧尘他们的后撤，曼荼罗七大地至尊则是缓缓抬起双掌，在那一刹那，牧尘等人清晰地感觉到这片天地间的灵力，在此时犹如油锅一般沸腾了起来。

浩瀚的灵力，自那七道身影背后呼啸而起，远远看去，仿佛是七轮巨大的太阳自他们身后升腾而起，那是灵力汇聚到一种相当可怕的程度后才会出现的异象。

轰！

曼荼罗七人并不迟疑，灵力运转间，一掌猛然拍下！

咔嚓！

七道灵力匹练在此时暴射而出，灵力匹练所过处，那里的空间尽数崩碎开来，一道道空间碎片不断飞舞着。

轰隆隆！

七道犹如巨龙般的灵力匹练贯穿空间，仅仅只是瞬间，便出现在了那石岛上空，然后毫不犹豫地重重轰击在那水晶光罩之上。

轰击的那一刹那，天地仿佛都寂静了一般，再接着，便是犹如龙卷风暴一般的冲击波肆虐开来……

下方的海洋，直接被掀起万丈浪涛，然后哗啦啦地向着远处横扫而去，所过之处，空间处处崩碎。

牧尘等人即便已经退得极远，但依旧还是被那等冲击波震得面色微微苍白，众人各自施展手段，这才勉强稳住身形。

在身形稳住后，他们互相对视，皆从对方眼中看出震撼之色，这就是地至尊强者的力量，举手投足间就能够毁灭天地。

如果他们真正打起来，恐怕就算是这片空间，都将会无法承受。

“如此可怕的攻击，就算那光罩是第四殿主所留，也应该破碎了吧？”众多强者心中闪过这道念头，然后那视线便立即投向遥远处的石岛，再然后，他们的瞳孔便是猛然紧缩，一口冷气，自他们嘴中倒吸着传出。

因为在那远处的天空上，石岛依旧静静悬浮着，在其上空的水晶光罩，依然光芒夺目，完全没有破碎的迹象。

这水晶光罩，竟承受了七大地至尊强者的攻击而依然完好无损！

这一下，不仅牧尘等人面色震惊，就连曼荼罗等七大地至尊眉头都皱了起来。

“看来这里有古怪。”曼荼罗沉声道。

神阁之主眉头紧皱，片刻后，他眼神突然一凝，视线猛地看向那水晶光罩之上，那里突然有光芒闪现，而后光点一点点凝聚起来。

曼荼罗等人也是有所察觉，当即目光投射而去。

水晶光罩之上，光点迅速凝聚，然后在这片天地间所有人的注视下，化为一道青袍人影。

那道身影，静静地盘坐在光罩之上，其双眉呈现白色，双眼紧闭。

牧尘他们望着这道突然间出现的青袍人影，却是微微一怔，不过还不等他们疑惑出声，便见到了曼荼罗他们突然变色的脸。

再然后，他们便听到了神阁之主那隐隐震惊的低喝之声，当即个个心脏猛地一跳，头皮发麻起来。

“这是……第四殿主?!”

“第四殿主……”

各方强者眼神震撼，这等人物，虽说早已陨落，可其威名依旧传扬天下。据说在那远古时代，上古天宫统治天罗大陆时，这第四殿主便是分管北界这片辽阔地域的统治者，如今的北界，只是群雄争霸，根本未曾出现过一位真正有实力成为北界霸主的人物。

而由此也能看出来，这第四殿主的实力与成就，在场的七大地至尊，恐怕没一个人比得上，所以当他们在见到这等人物再度出现时，才会感到如此震撼。

在各方强者为之震惊时，那古老石岛周围，曼荼罗等七人也眉头紧皱地望着那道青袍人影，一时间竟都有点不敢乱动。

眼前之人，的确是第四殿主，不过曼荼罗他们也清楚，这第四殿主必然真正陨落了，眼前之人，应该是他以某种特殊之法留下的灵身。

但就是这么一道灵身，却依旧令曼荼罗等人都不敢轻视。

地至尊之间，每一级别都是有天大的差距，虽然这第四殿主生前只是上位地至尊，听起来似乎也就比他们高上一个层次，但曼荼罗他们却非常明白，就是这么小小的一个层次，足以碾压他们。

七大地至尊凌空而立，眼神紧紧地锁定着那第四殿主，他们周身浩瀚恐怖的灵力都波动起来。

而在他们这般严阵以待下，那道青袍人影终于缓缓睁开了紧闭的双眼，而在其眼睛睁开的那一瞬间，下方浩瀚的海洋掀起了万丈浪涛，轰然声中，犹如在欢呼主人的再度回归。

一股比起曼荼罗他们任何一人都要恐怖的灵力威压缓缓从那青袍人影体内弥漫了出来。

在察觉到这股灵力威压后，就连曼荼罗他们瞳孔都忍不住一缩。

“这第四殿主留下的灵身怎么会拥有如此强大的力量？”那玄天殿的柳天道沉声道。一般说来，就算这第四殿主生前乃是上位地至尊，可不管如何，他已经陨落了，即便他留下的灵身还保持着力量，但也很难强到这种程度。

“这恐怕不是普通的灵身，他的眼中并没有任何神智。”妖门的妖帝眼中精芒一闪，道。

曼荼罗也点点头，她也发现了，第四殿主这道灵身的眼中，并没有一点灵光，一般说来这等人物留下的灵身，必然会保留一点神智才对，可眼前这灵身，却看上去如同傀儡一般。

神阁之主双眼微眯，片刻后淡淡道：“的确不是普通灵身，如果我所料不差的话，这应该是一道以特殊之法炼制的灵傀，但那第四殿主在陨落之前，将自身灵力灌注进了其中，再借助一些奇异之法，令它一直保存了下来，作为守护之用。”

听得神阁之主此话，曼荼罗他们也是微惊，这第四殿主果然厉害，竟然能够制造出如此厉害的傀儡。

“不管这灵傀有多厉害，我想总不至于它也是上位地至尊吧，只要它不是上位地至尊的实力，我们七人联手就不信解决不了它！”幽冥宫主冷笑一声，道。

“诸位，一起出手吧！”

听到幽冥宫主的喝声，曼荼罗等人皆是点头，想要进入这座石岛，就必须打败第四殿主所留下的这道灵傀，而想要将其打败，他们就必须联手。

轰！

七人周身，万丈庞大的灵力洪流呼啸而出，那浩瀚灵力中，竟飘荡着无数灵力晶块，流淌之间，连空间都无法承受那种压迫，进而扭曲，碎裂。

“去！”

七大地至尊再度出手，浩浩荡荡的灵力晶河贯穿长空，犹如张牙舞爪的巨龙，直接向那道青袍人影呼啸而去。

而在七大地至尊出手时，那第四殿主也自水晶光罩上站起，它眼神漠然地望着那浩浩荡荡呼啸而来的恐怖攻势，双手猛然一抬。

轰！

就在其双手抬起的那一瞬，那下方的浩瀚海洋突然震动起来，只见万丈海浪冲天而起，那些海浪并非是普通的海水，那同样是凝炼到极点的可怕灵力。

那灵力海浪席卷而来，迅速在第四殿主周围化为巨大的海水漩涡，漩涡旋转之间，只见这万丈空间尽数崩碎，一道道空间碎片被卷入漩涡之中，更是令那道漩涡拥有可怕的破坏之力。

砰！砰！

七道灵力晶河贯穿而来，狠狠地轰击在那巨大无比的漩涡之上，顿时天地都颤抖起来，每一道灵力晶河虽然将那灵力漩涡的旋转速度减缓了下来，但却始终未能将其击碎。

一道道灵力晶河接连不断地轰击而来，待到最后一道晶河也在对冲中爆炸开来时，那巨大的灵力漩涡才随之崩碎开来，化为漫天灵力暴雨，倾盆而下。

“这第四殿主，好生恐怖！”

远处的牧尘等人望着这惊天动地的交锋，都忍不住为之动容，特别是那第四殿主，明明已经陨落，但却依然能够在七大地至尊的联手对抗下游刃有余，此等手段，简直逆天。

在他们身前，就连睡皇、天鹫皇、灵瞳皇三人都面色凝重，他们的感知更为敏锐，自然能够察觉到那第四殿主的可怕，这也让他们感到不可思议，有点无法理解为何陨落后的第四殿主，竟然依旧如此可怕。

轰隆！

而在他们动容间，那远处的战斗却开始逐渐白热化，在见识了这第四殿主的灵傀之厉害后，曼荼罗等七人再不敢有丝毫保留。

七大地至尊将实力催动到极致，磅礴灵力在他们身后衍化出了一方天地，璀璨的灵力不断被晶体化，铺天盖地地向第四殿主轰砸而去。

在这等狂轰猛炸下，那石岛附近数万丈内的空间，尽数崩碎，下方的海洋，也被撕裂出一道道巨大无比的裂缝，许久后才被海水复原。

面对七大地至尊的狂猛攻击，那第四殿主依旧稳稳地守护在石岛上方，它并没有采取任何攻击之态，所有的手段，都是以防御为主，然而就是这等可怕的防御，却是让七大地至尊根本无法踏足石岛一步。

轰！

一道灵力晶石所化的匹练自曼荼罗小手中暴射而出，贯穿天际，直接射向那第四殿主，而在出手时，曼荼罗金色眸子中也是微微一闪。

拼斗到现在，她看了出来，这第四殿主所留下的灵傀并不会主动攻击，而是将所有的力量都用来守护着那座古老石岛。

而他们七人虽说联手，但曼荼罗也明白，这些家伙都留着手段，并没有真正全力而为，因为谁都不想在这种时候平白消耗力量，毕竟，灵神液可都还没出现呢。

但如果这样一直耗下去的话，没有尽头，他们没办法进入石岛，那就没办法得到灵神液，难道自身的力量就这样被这第四殿主灵傀的灵力给消耗干净吗？

那也实在是太过蠢笨了一些。

曼荼罗眼中光芒急速闪烁，片刻后，她眸子突然扫到石岛之外的那水晶光罩，当即眸子便轻轻眯了起来。

“这场战斗，不知道要持续多久。”在那遥远的后方，睡皇望着这场惊天动地的战斗，有些无奈地摇摇头，他也看了出来，这七大地至尊可没真正联手的打算。

牧尘他们也耸耸肩，对于这种局面，他们倒并不感到意外，这些顶尖势力之主本就各怀心思，怎么可能真正同心协力。

“大罗天域诸人听令，待会我会寻找机会，趁机将那水晶光罩撕裂开缝隙，你们抓住机会冲进去，然后将那灵神液找出来！”就在牧尘他们无奈间，突然间，曼荼罗凝重的声音猛地在他们耳旁响起。

突然间听到传音，三皇以及牧尘等人都微微一怔，旋即对视一眼，都微不可察地轻轻点头，看来七大地至尊都被缠住了，接下来的事，还得要他们来出手。

轰隆隆！

可怕的灵力冲击波不断在石岛周围肆虐着，那第四殿主所化的灵傀面对七大地至尊的攻势，虽说依旧是防守得滴水不漏，不过随着时间的推移，还是有一些灵力余波震荡在那水晶光罩上，将光罩震出一道道的涟漪。

此时的灵傀虽然继承了第四殿主的力量，但却并没有灵智，这就给了曼荼罗他们机会。

轰！

又是一记凶猛的对碰，这一次，曼荼罗等人都加大了力量，狂暴的冲击，竟将那第四殿主的灵傀都震得退后了数步。

“机会！”

就在第四殿主退后的瞬间，曼荼罗金色眸子中光芒一闪，旋即她屈指一弹，一道璀璨剑光竟自其指尖暴射而出，然后以一种无法形容的速度穿透灵傀的防御圈，狠狠地轰在了水晶光罩的一角。

嗤嗤。

那一道剑光锋锐到极致，竟连那坚固无比的水晶光罩都在此时被撕裂开了一道缝隙。

“就是现在！”

曼荼罗心中轻喝出声，只见一道灵舟化为流光猛地自后方暴射而来，然后在那缝隙即将合拢的瞬间，直接穿了过去。

在那灵舟之中，赫然有三皇和牧尘等人的身影。

“送进去了！”曼荼罗见状，心中顿时一松，不过还不等她一口气松下来，便猛地见到，在另外的几个方向，其余六位地至尊竟然也在同时间找到了破绽，运转强大力量，将那水晶光罩撕开一条缝隙。

而在缝隙出现的同时，他们后方，都有光芒掠来，冲进石岛。

这些狡猾的老狐狸，竟然都想到了相同的方法！

他们也将麾下人马送进了石岛，想要让他们在其中找寻灵神液，然后抢夺到手。

曼荼罗抬起头来，正好其余六位地至尊也互相对视一眼，旋即都露出皮笑肉不笑的表情。

“这些老狐狸。”

石岛之外，曼荼罗望着那些被其余势力之主趁机送进石岛的麾下人马，不由得撇了撇嘴。

“呵呵，真不愧是认识多年的老朋友，看来我们倒是想法很一致呢。”那神阁之主也在此时淡淡一笑，扫了其余六位地至尊一眼。

其余六位地至尊闻言，皆是皮笑肉不笑地扯扯脸皮。

“拼了，既然都各怀鬼胎，那就不要装模作样了，眼下我们只能先将这第四殿主的灵傀牵制住，至于灵神液，那就让各自麾下强者去搜寻吧。”曼荼罗冷声道。

其余六位势力之主闻言点点头，他们本就抱着这种打算，不管怎么样，至少也得先看见灵神液再说，不然的话，现在拼命，实在是太早了一些。

既然有了这等共识，七人倒是再不犹豫，当即出手，恐怖攻势铺天盖地地向第四殿主的灵傀席卷而去，将其死死拖住，不让它出手将潜入石岛的各方人马驱逐出来。

在七大地至尊牵制住第四殿主灵傀时，在那石岛内部，古老的气息弥漫着，而在那一片碎石之中，灵光闪烁间，有一道道人影闪现。

这批人影，赫然便是大罗天域的诸多强者，他们一出现，便立即运转灵力护住周身，警惕地扫视着四周，生怕这座石岛之上也有什么可怕的存在。

不过这种戒备似乎有些多余，整座石岛都寂静无声，也并没有出现任何突如其来的攻击。

牧尘见状，在心中轻轻松了一口气，不等他打算行动，却突然见到一旁的睡皇和天鹫皇等人的面色猛然变了。

“怎么了？”牧尘一惊。

“不对！”睡皇沉声道，他那以往素来睡眼惺忪的眼睛，却在此时精芒闪烁，散发着惊人的光芒，他眉头紧皱地握了握拳头，道，“我体内的灵力受到了极大的压制！”

在先前催动灵力的时候，他分明感觉到体内的灵力受到了一种极强的压制，原本强大的灵力，竟然运转得格外缓慢。

似乎有一种奇异的力量封锁了他们体内的至尊海，使灵力的运转受到削弱。

“我的灵力也被限制了！”天鹫皇与灵瞳皇面色也是微变。

诸王闻言，急忙感应体内灵力，紧接着面色一个个有些难看起来，显然，他们的感应，也是相同的结果。

牧尘眉头紧皱，他感应着体内灵力，然后也不出意外地察觉到了灵力的削弱，不过这种削弱似乎并不是特别强，总体说来，还算在他所能够接受的范围之内。

“我的灵力被削弱超过了七成！”睡皇面色难看之极，超过七成的压制，此时的他，论起灵力雄厚程度，恐怕也就仅仅堪比七品至尊的层次。

“我们应该是六成左右。”天鹫皇与灵瞳皇对视一眼，道。

“我们被压制了将近一半。”九幽和修罗王等一些踏足六品至尊的人也开口说道。

牧尘听到他们的各自汇报，微微一怔，旋即道：“我也受到了压制，不过压制很小，应该削弱了我两成的灵力。”

话到此处，众人也就明白了过来，这石岛之中，似乎实力越强的人，灵力的压制就会随之增强。

“这石岛果然不简单。”睡皇皱眉道，如此一来，他们一行人的战斗力，简直削弱到了一种惨不忍睹的地步。

“其他势力的人，应该也受到了相同的压制。”天鹫皇道，这种压制，不可能只出现在他们这里。

“一起行动，先找到灵神液再说。”睡皇抬起头，看向石岛深处，沉吟道。

修罗王等人闻言也点点头，眼下他们实力都受到了极大的压制，战斗力锐减，必须联合在一起，才能够应付一些突发事变。

众人取得共识，也就不再犹豫，当即身形化为光影，朝石岛中心的方向疾掠而去，因为谨慎的原因，他们并没有高空飞行，而是选择贴着地面不过十数丈低空掠过。

而在疾掠间，牧尘他们也察觉到这座石岛之辽阔，其中不仅有起伏的山峦，庞大的森林，甚至还有一片沙漠般的区域，只不过这一切都散发着一种莽荒般的气息，令人忍不住心怀敬畏之情。

不过让牧尘他们有些意外的是，在这一路上，他们竟然并没有受到任何阻拦与突袭，顺利得令他们都感觉有点不可思议

但不管怎样，在经过十数分钟的急速赶路后，他们的速度终于减缓了下来，因为他们已经开始抵达这座石岛的中心。

在一座青峰之顶，牧尘他们的身形闪现而出，他们的目光都在此时投射向前方，只见在那里，有一座方圆万丈的湖泊。

湖泊呈现翠绿色彩，仿佛玉液一般，湖水之中有幽香散发出来，淡淡的灵雾弥漫在湖面上，看上去令整座湖泊都有些虚无缥缈。

“此处就是这座石岛的中心，也是灵力最为雄浑的地域，灵神液必然也在这里！”睡皇盯着那座湖泊，说道。

灵瞳皇目光扫视开来，其眸子中灵光闪动，旋即他沉声道：“有人来了！”

就在其声音刚落之时，牧尘他们便察觉到破空声急促传来，再然后，只见数道流光疾掠而来，最后化为道道光影落在了这座庞大湖泊周围的山峰上。

这些光影，正是其他顶尖势力之中的人马，先前他们各自势力之主撕裂缝隙时，他们也趁机钻进了这座石岛。

“这些家伙，还真是阴魂不散。”裂山王忍不住骂了一声，有了这些家伙

的掺和，看来此次想要争夺灵神液也没那么容易了。

牧尘与九幽对视一眼，皆无奈一笑，这些各大势力之主果然个个都不是省油的灯。

随着各方强者的再度会聚，这里的气氛也变得剑拔弩张起来，一时间大家都在互相戒备着，倒并未直接就爆发争斗。

哗啦啦。

就在各方人马彼此戒备时，突然间，那庞大的湖泊中有清脆的水声响起，那声音悦耳至极，落在众人耳中，竟令人心境都平和了下来。

睡皇等人在听到这奇特水声时，眼神却是一凝，视线猛地投向那座湖泊，那里灵雾缥缈，令人看不清楚其中景象。

睡皇袖袍一挥，磅礴灵力卷起飓风横扫，直接将那弥漫的灵雾尽数扫开，顿时那巨大的湖泊便清晰起来。

随着湖面清晰起来，牧尘他们才发现，此时在那湖面中心处，竟出现了一道道巨大无比的漩涡，而在那漩涡内，光芒涌动，最后一道道光团，从那漩涡中被喷吐了出来。

牧尘他们所有人的目光都在此时猛地投射向那些被突然间喷吐出来的光团，只见那光团之内，万丈灵光暴射出来，璀璨夺目，犹如一轮轮烈日一般。

每一团光团内，都有惊人的灵力波动席卷出来。

“那些是……”牧尘他们望着那些光团，眼瞳都猛地一缩，因为从那些璀璨的光芒中，他们赫然看见了一些器物的形状，甚至还有类似卷轴或鼎之类的东西。

虽然无法彻底看清楚光团内究竟是什么，但光凭这种灵力波动，牧尘他们就知道，这些绝对都不是寻常之物。

“那些应该是这座秘藏内的灵宝！”睡皇眼中光芒闪烁，不断在那些光团中移动着，“灵神液应该也在其中！”

听到这句话，裂山王他们心头也是猛地一震，而后呼吸便忍不住有些粗重起来。

牧尘心头同样在此时微微一凛，他扫了一眼其他各方势力强者所在的方向，发现这些家伙个个眼睛通红起来。

不过虽然各方势力人马眼睛都渐渐通红，但出奇的是局面反而是有些诡异的安静。

牧尘双眼微眯，他知道，这种诡异的寂静，不过是暴风雨来临的前奏而已，眼下宝贝已经出现，想要争夺，必然会爆发一场惨烈的混战。

牧尘的预料没有错，这种脆弱的寂静，仅仅只持续了不过数十息的时间，那各方势力中实力最强的人便同时间爆发出了低喝之声。

“动手！一定要夺得灵神液！”

当这道声音响起的那一瞬间，睡皇、天鹫皇、灵瞳皇三人几乎同时间暴射而去，他们的目标，直指那庞大湖泊之中喷射而出的璀璨光团。

同一瞬间，其他的方向，各方最强者，也鬼魅般射出。

狂暴的灵力，几乎是在刹那间，就自这片庞大湖泊周围爆发，一场笼罩了七大顶尖势力的惨烈混战，终于在此时彻底展开！

第9章 三强对碰

唰！

一道道光影携带着尖锐破风之声，宛如雷霆一般，直奔那庞大的湖泊中心而去，在这些光影周身，都荡漾着狂暴的灵力波动。

为了争抢那些突然间从湖泊中冒出来的诸多光团，各方强者都毫无保留地展开了激烈的争夺。

因为那对于各大顶尖势力而言都无比重要的灵神液，说不定就蕴藏在这些光团之中！

各方势力所在的山峰，距那湖泊也不过数千丈的距离，以众人的速度，仅仅只是一个呼吸间，便冲到了那片湖泊的上空。

扑通！

就在众人冲进湖泊准备直扑那些光团之时，下方的湖面突然猛然炸裂开来，一道道碧绿色的寒光猛地暴射而出，向众人直射而来。

突如其来的攻击令各方强者大吃一惊，不过好在大家都有所防备，各方强者周身灵力猛然席卷开来，暴喝声中，只见各种灵光闪烁，拳风剑光横扫，强横的威势弥漫开来。

嗤嗤！

虽然有所准备，但众人显然还是小觑了这湖泊之中所蕴藏的危险，只见那一道道碧绿寒光射来，竟是在与众人接触的一瞬间，便洞穿了不少强者的灵力防护，惨叫声当即响起。

而待到此时，众人才彻底看清那碧绿寒光是什么。原来那光芒之内，竟是一条条约莫尺许长的碧绿小蛇，这些小蛇颇为奇特，其形状扁长，犹如刀锋，蛇鳞竖起间，整个身体就如同一抹剑刃，而且，最令人惊异的是，这小蛇通体布满了古老的符文，一股锋锐无匹的力量，从中散发出来。

牧尘周身的护体灵力，同样是在先前被一条小蛇所洞穿，而后小蛇直奔其咽喉，不过在即将射中他的那一刹那，牧尘手掌横挡，皮肤上顿时有暗金光芒绽放出来，龙吟声响起，直接将龙凤体催动了起来，瞬间他的肉身就变得强横无匹了。

铛！

那碧绿小蛇射在牧尘掌心之中，顿时有金铁之声响起，这般冲撞，竟令牧尘掌心传来刺痛之感，当即他面色一沉，反手一把将那碧绿小蛇狠狠地抓在手中，金光涌动间，一把便将那小蛇生生捏爆了。

不过小蛇在爆碎时，却并没有任何鲜血溅射出来，反而化为破碎光点，迅速消散而去。

“这些东西，竟然是被炼制出来的?!”

牧尘见到这一幕，顿时一惊，他还以为这是一种生物，但现在看来，这是被人以特殊之法炼制出来的，大致说来，有些类似神器的炼制。

这些小蛇，全部都拥有堪比下品神器的锋锐，而且数量叠加起来，它们的攻势，就连六品至尊一个不慎都会着道。

牧尘抬头望去，果然见各方除了类似三皇这种等级的强者外，其余大多都显得有些狼狈，有些倒霉者甚至浑身都在滴血，显然是受到了创伤。

牧尘迅速看向九幽，她也有些措手不及，但她毕竟乃是神兽体质，肉身强横程度并不比牧尘弱，所以身上倒未出现伤势，而大罗天域的血鹰王等人，身上却是见了血。

“都各自小心，这些东西乃是以神器之法炼制成的，专破灵力！”睡皇的喝声，突然在此时在众人耳边响起。

"你们各自抱团，天鹫皇，灵瞳皇，随我抢宝！"

睡皇看了一眼其他方向，这些突如其来的灵蛇虽然对各方强者都造成了一些阻碍，但却难以阻拦真正的顶尖强者，眼下其他势力的顶尖强者都在迅速朝湖泊中心而去，显然都打算抢先夺宝。

"好！"

天鹫皇与灵瞳皇面色凝重地点头，三人将灵力催动到极致，闪电般掠出这片灵蛇飞舞的区域，短短数个呼吸间，三人便率先接近了一道光团。

睡皇眼中精光闪烁，一把抓出，吸力暴涌，只见那道光团便迅速向其掌心射来。

"哼，给老夫放下！"

不过，就在睡皇试图染指那道光团时，一道惊雷般的怒喝声陡然炸响，紧随那喝声而来的，则是一道足以洞穿空间的阴寒掌风，那掌风呼啸，弥漫着极寒之力，呼啸经过之处，只见空气瞬间都被冰冻起来。

虽说进入石岛的各方顶尖强者，体内灵力都受到了石岛的压制，但他们毕竟是北界之中仅次于各大地至尊的顶尖人物，此时出手，依旧强悍之极。

然而，面对这般凌厉而阴寒的攻势，睡皇却是冷笑一声，反手便是一掌拍出，只见磅礴灵力直接在其掌下汇聚成一道巨大漩涡，漩涡之中，狂暴的波动肆虐开来。

咻！

漩涡呼啸而出，与那阴寒掌风硬碰在一起，灵力漩涡扭曲间，一口便将那阴寒掌风吞了进去，最后生生将之绞碎成漫天光点。

"哼！"

在那不远处，一道暴掠而来的身影微微一滞，喉咙间有闷哼声传出，旋即他身形停下，面色阴沉地望向睡皇。

此人一身灰袍，头发苍白，只是眼神却格外阴厉，他正是神阁的西阁主，八品至尊的实力。

不过先前在与睡皇的交锋中，他落入了下风。

"大罗天域睡皇之名果然名不虚传，今日我神阁倒要试试，你大罗天域三皇究竟有多少本事！"那西阁主阴沉道，而在其话音落下时，只见另外两个方向也有流光射来，然后化为两名老者凌空而立。

睡皇先是手掌一握，将那道光团吸入手中，光芒散去时，化为一柄三尺青锋，剑身之上，寒光流溢，古老的符文犹如蛇一般在其上攀爬，剑刃处寒光转动，竟是连空间都被切割开了一道裂纹。

这是一柄上品神器。

这里的收藏倒是颇为丰厚，仅仅只是随手一夺，便是一件上品神器，这种神器若是在北界的拍卖场里面，怕会引来诸多至尊的垂涎。

不过对于实力达到九品至尊的睡皇而言，能够让他心动的，却唯有达到绝品等级的神器，那才能够大幅地增强他的战斗力。

当然，绝品神器之上，还有更强大的至宝，只不过那种至宝，已非神器，而被称为圣物，但那等无上至宝，就连寻常的地至尊都无法拥有，因此睡皇也从未曾奢望过。

所以对于这件上品神器，睡皇只是瞟了一眼便收起来了，而后眉头微微皱了皱，那些从湖泊中冒出来的光团数量不少，却不知道究竟哪一个才是灵神液，眼下这种混乱局面，可没时间一个个去争夺。

睡皇心思转动，这才抬起头来望着前方那三名老者，而后目光一转，停留在居左那名老者身上，此人一身白袍，面带和善笑容，但从其身上，睡皇却察觉到了不逊于自己的灵力波动。

此人正是神阁四阁主之中实力最强的东阁主，其实力同样是达到了九品至尊的层次！

这神阁一开始就出动最强者来对付睡皇三人，很明显是在针对大罗天域，他们并不打算让睡皇他们有出手抢夺灵神液的机会。

“分开行事！”

睡皇对天鹫皇二人说道，两人闻言点头，旋即转向暴射而出。

“呵呵，阁主可是下过命令，决不让你们大罗天域染指灵神液。”那东阁主见状，呵呵一笑，他微微点头，只见另外两位阁主便掠出，直追天鹫皇和灵瞳皇二人而去。

“想要阻拦我大罗天域，就怕你神阁还没这份能耐。”睡皇那素来睡眼惺忪的双目，在此时却迸射出慑人寒芒，他盯着东阁主，缓缓道。

"是吗？"

那东阁主淡淡一笑，浩瀚灵力犹如风暴一般在此时自其体内爆发出来，在那等灵力的冲击下，这片区域的空间顿时变得扭曲起来。

睡皇淡漠地望着威势惊人的东阁主，双手缓缓抬起，一股丝毫不逊色于这东阁主的灵力威压，随之弥漫而出。

而在这两位仅次于地至尊的九品至尊对峙时，其余的各方强者都迅速退开这片区域，表示自己事不关己的态度。

咻！

后方的牧尘见到三皇被阻拦下来，当即眉头皱了皱，看来神阁对于他们大罗天域的确是深有敌意，这般动作，完全是要断绝他们夺取灵神液的念头。

不过，如果他们以为只要拦下了三皇，就能够挡住他们大罗天域夺宝的话，那未免也想得过于天真了一些。

一念至此，牧尘突然深吸一口气，他双手结印，顿时璀璨金光自其背后暴射而出，清澈的凤鸣声响起，一对庞大的凤翼直接从其背后伸展开来。

他凤翼扇动，立即将那些暴射而来的碧绿小蛇尽数弹射而去，旋即双翼一震，顿时速度暴涨，化为一道流光遁出这片区域，然后直接朝湖中心那片光团涌动之地掠去。

因为这片石岛实力越强的人，所受到的灵力压制也越强的关系，此时的牧尘，能够爆发出的灵力强横程度，反而要比诸王都更胜一筹。

不过，对于牧尘这匹在陨落战场中崛起的黑马，各方势力显然也早有所关注，因此，就在牧尘直奔湖心而去时，在那另外的两个方向，突然有流光射来，然后隐隐呈现包围姿态，将牧尘给堵截住。

牧尘目光扫向那两道流光，双眼忍不住眯了起来，眸子中寒光流动。

因为他发现那拦截之人，竟是那幽冥宫的幽冥皇子以及神阁的方毅。

说来也巧，这如今北界龙凤录上排名前三的年轻一辈中最顶尖之人，却对碰在一起，而且奇特的是，还是这排名第一第二的霸主，联手堵截排名第三的牧尘。

幽冥皇子凌空而立，手中血红长枪斜指，他眼神森冷地看向牧尘，道："失去了战意，你也敢横冲直撞，我奉劝你速速滚出此湖，还能保全性命！"

牧尘闻言，只是一笑，他没有说话，因为那自他体内爆发出的磅礴灵力，已经代替了他的回答。

幽冥皇子见状，眼神顿时寒光掠过，手掌缓缓紧握了手中血红长枪。

“既然你冥顽不灵，那今日我便让你知晓，失去了战意，你在我眼中，一文不值！”

幽冥皇子手持血红长枪凌空而立，狂暴的灵力一波波自其体内席卷而出，显得声势极为强横。

牧尘望着幽冥皇子，双眼眯了一下。他与对方只是在龙凤天内交过一次手，那时候的幽冥皇子，实力比起方毅都要弱上一线，但即便如此，牧尘拼尽了诸多手段才勉强将其拖住。

而现在，幽冥皇子的实力，按照牧尘的判断，应该是处于五品至尊顶峰的程度，距离六品至尊似乎仅有一步之遥。

这般实力，比起上一次在龙凤天时，这幽冥皇子显然这段时间是大有精进，而且，从牧尘得知的消息看来，在陨落战场中，这幽冥皇子与方毅也交过手，并且还将对方击败了。

这就说明现在的幽冥皇子，实力已经完成逆转，将原本实力强他一线的方毅给超越了，这般能耐，着实不简单。

“五品至尊顶峰吗？”

牧尘自语，如果是在他掌控战意的情况下，他要击败这幽冥皇子仅仅只是挥手间的事情，不过眼下他并不具备此等优势，不然的话，这幽冥皇子也不敢轻易跳出来与他为敌。

但是，若是这幽冥皇子以为他牧尘失去了战意就是无牙老虎的话，那真是太过天真了，之前牧尘与那实力堪比六品至尊的天龙虎的战斗，虽说有取巧之意，但也足以证明牧尘自身依旧拥有强大的战斗力。

任何想要将其当作软柿子捏的人，最后都会付出血的代价。

就在幽冥皇子准备对牧尘出手的时候，那一侧的方毅却是漠然而立。他冰寒的目光停留在牧尘身上，虽说他对幽冥皇子也不是很感冒，但此时他依旧将矛头对准了牧尘，这其中有神阁之主的命令，不过更多的，却是出于他自身对牧尘的怨恨。

原本在这北界的年轻一辈中，他称霸多年，即便是幽冥皇子也被他压制住，但在这短短一两年间，牧尘犹如彗星般崛起，如今更是超越了他。

面对这等天骄，方毅与幽冥皇子显然都是忌惮中怀着不甘，如今见有机会，两人几乎是不约而同地放下彼此间的不睦，直接联手，要将牧尘给打压下去。

牧尘此人，不仅天赋惊人，而且他还是一位战阵师，一旦他手中拥有军队，掌控了战意，那他的力量，恐怕就算是七品至尊都难以斩杀，所以现在牧尘失去了战意，这是最好斩杀他的机会。

只有将牧尘除掉，他们才有可能夺回北界年轻一辈的霸主之位。

幽冥皇子与方毅目光交流了一下，彼此眼中都有寒光掠过，杀意极为浓重。

“上次你拼尽全力才能缠住我，我倒是要看看，这次你能做到什么地步！”幽冥皇子眼神锐利地盯着牧尘，他猛地一步踏出，手中血红长枪化为一道枪虹席卷而出，磅礴灵力犹如山岳般铺天盖地向牧尘席卷而去。

这幽冥皇子出手没有丝毫留情，体内灵力也尽数奔涌而出。

然而，对于幽冥皇子这等凌厉攻势，牧尘却只是一笑，旋即双手猛然紧握，璀璨金光自其体内爆发出来，清澈的龙吟凤鸣之声，随之响起。

吼!

牧尘五指紧握，只见他的拳头表面金光涌动，一道真龙之纹迅速出现在拳头表面，张牙舞爪间，极其恐怖的力量爆发了出来。

龙凤体！真龙之纹!

牧尘一拳轰出，真龙之纹咆哮间，可怕的力量将空间震荡出一道道波纹，而后他直接一拳与幽冥皇子那一道枪虹硬撼在一起。

铛!

金铁之声爆响，肉眼可见的冲击波纹肆虐开来。

“嗯？”

幽冥皇子眼神猛地一凝，因为他发现牧尘竟然凭借一对肉拳便将他的攻势阻拦了下来，而且那等恐怖力量，反而将他的长枪都震得枪身有些弯曲。

这不禁令幽冥皇子心头一震。他这柄幽冥枪，乃是货真价实的中品神器，锋锐无匹，寻常五品至尊若是以肉拳相迎，恐怕瞬间就会被洞穿，然而眼下轰击在牧尘的拳上，却是如同与玄铁相撞，反而将枪身震得有些弯曲。

这等力量以及强悍的肉身，简直犹如人形神兽一般！

这个家伙，明明只是五品至尊的等级，但这等战斗力，却连他这五品至尊顶峰都难以企及。

轰！

那自枪身之上传来的力量越发恐怖，幽冥皇子只得一咬牙，手中长枪迅速后撤，与此同时，他的身形也被那股狂暴的力量震退了数十步。

第一次的交锋，他便明白牧尘拥有何等惊人的战斗力，即便牧尘此时无法调动战意的力量，但依然棘手无比。“五品至尊顶峰的实力，恐怕还没那等能耐让我退避。”牧尘黑色双眸中仿佛有金光浮现，他望向幽冥皇子，轻声道。

幽冥皇子面色阴沉。

“我说过你一人不是他的对手。”一旁的方毅终于淡漠开口，“而且你连底牌都不用就冲上去，简直是自取其辱。”

听到方毅此话，牧尘双眼微微一眯，这两个家伙果然还留有后手。

幽冥皇子面色阴沉，经过先前的试探，他已经明白，凭他一人的实力，的确很难胜过牧尘。他深吸一口气，阴厉的目光看向牧尘，森然道：“能够将我逼到这一步，也算是你的能耐了，不过，从今之后，我会让你消失在北界！”

话音一落，只见幽冥皇子双手猛然合拢，而后闪电般地变幻出道道残影印法，而随着印法的变幻，一道低沉喝声也猛然响起：“幽冥之术，幽冥入体！”

当幽冥皇子低喝之声响起时，只见这天地间顿时有幽黑阴寒的雾气弥漫而出，那雾气之中，蕴含着极端阴寒的灵力。

呼呼。

而此时，这些黑雾犹如长鲸吸水一般，源源不断地向幽冥皇子天灵盖涌去，在这些黑雾的灌注下，牧尘能够察觉到，幽冥皇子周身的灵力波动，开始以一种惊人的速度在暴涨。

短短不过十数息间，幽冥皇子周身的灵力便突破了五品至尊的层次，直接迈入六品至尊！

显然，幽冥皇子借助着某种秘法，在短暂的时间内，令他拥有堪比六品至尊的强大实力！

见到这一幕，就连牧尘眼神都忍不住一凝。

“今日这里，必是你葬身之地！”

在那另外一侧，方毅也眼神阴寒地盯着牧尘，他冷笑道：“上一次的屈辱，这一次，我会让你尽数还回来！”

话音落下，方毅手掌一握，一颗猩红浑圆的灵丹便出现在了其手中，那灵丹之中，浓郁的血腥气味弥漫而出。

方毅直接将灵丹塞进嘴中，下一刻，他的双目渐渐有血丝攀爬出来，而其周身灵力波动，同样在此时猛然暴涨！

短短数息，这方毅的实力，同样突破到了六品至尊！

牧尘感受到幽冥皇子与方毅两人那惊人的灵力波动，眉头缓缓皱了起来，难怪这两个家伙如此自信，原来真的是有备而来。

面对两位六品至尊，就算是牧尘，也不得不感到棘手。毕竟与那没有神智的天龙虎不同，眼前的幽冥皇子与方毅，都是狡诈之辈，真正交锋起来，必然会是一场激战。

不过，正是这种压迫，反而令牧尘浑身血液渐渐沸腾起来，这等战斗，正是他所需要的，修炼之道，本就艰难，而他每一次实力的精进，都是经历了一次次的生死之战后才拥有的。

他今日倒是要试上一试，这龙凤录排名第一与第二的天才，究竟能不能将他牧尘永远留在这里！

牧尘他们这边爆发出的动静不小，因此在这片混乱的区域中，也引起其他各方势力的注意，当即便有人私下议论起来。

“那方毅与幽冥皇子竟然联手堵截牧尘了。”

“看来神阁与幽冥宫都是想要除掉这个小子！”

“这牧尘乃是战阵师，任由其成长，日后必然成为不小的麻烦，而他此时失去军队战意，正是最为虚弱之时，的确是除掉他的最好机会。”

“那幽冥皇子与方毅竟然都突破到了六品至尊?!”

“如此看来的话，那牧尘此次倒是凶多吉少了，真是可惜了这匹黑马，不然的话，此次大狩猎战结束，北界年轻一辈第一人，非他莫属。”

在那诸多声音各自传开时，那妖门的红鱼、万圣山的苏碧月这些同样是北界年轻一辈的佼佼者，也美目微凝地望着远处的对峙。看到这一幕，她们倒是有些感慨，毕竟在那大半年前的龙凤天中，牧尘倾尽全力，也不过只是勉强缠住幽冥皇子而已，然而如今，他却已经成长到了需要幽冥皇子与方毅两人联手才能够抗衡的地步。

这等成长速度，实在是让人心惊。

“若是此战牧尘能够取得胜利，那他北界年轻一辈霸主的位置，将再无人能够撼动；但若是失败的话，恐怕以幽冥皇子与方毅的狠辣，必然取他性命，而他以往的成就，也将会烟消云散。”

湖泊上空，幽冥皇子与方毅凌空而立，两人的目光都犹如锋锐的刀芒一般，紧紧地盯着牧尘，犹如发现猎物的鹰隼一般。

两人周身的灵力，都已强悍到了一种惊人的程度，幽冥皇子借助秘法，而方毅则是借助灵丹之力，两人都在短暂的时间内拥有堪比六品至尊的力量。

显然，为了能够在这里彻底解决掉牧尘，他们两人也是下了血本。

而在他们两人那冰寒的注视下，牧尘缓缓吐出一团白气，那盯着两人的目光也渐渐冷厉起来，与此同时，他体内的血液，则慢慢炽热起来。

昂扬的战意，自牧尘心中涌起。

他手掌猛然一握，巨大的大须弥魔柱便闪现而出，最后矗立在他的面前，散发出滔天煞气，他手掌抚着魔柱，望着幽冥皇子二人，微微一笑，道：“你们想要压下我，正好，我也想要借你们为磨刀石，帮我更进一步！”

强者之路，本就是要一次次打败强敌，在那生死之间寻求突破。如今的牧尘已是稳定在了五品至尊，而且体内的灵力随着在这陨落战场中一次次的激战，也变得愈发的雄浑与凝炼，所以现在的他，愈发地需要这种真正的恶战。

“大言不惭，把我们当磨刀石，也不怕把你这把破刀直接磨断了！”幽冥皇子寒声道。

牧尘笑笑，却是不再言语，他的手掌缓缓握住大须弥魔柱，在其身后，空间波荡间，至尊海若隐若现，磅礴的灵力，同样携带着强横的灵力威压弥漫而出。

虽说此时的幽冥皇子与方毅皆已经达到六品至尊，但牧尘却是没有丝毫惧意，真要论起各自的实力的话，之前他所打败的天龙虎要比他们任何一人都要强上一分，双方间的区别只在于那天龙虎并无神智，而幽冥皇子两人却更为滑溜一些而已。

“动手！”

幽冥皇子一声低喝，两人几乎是同一时间化为光影暴掠而出，幽冥皇子正面袭向牧尘，而方毅则是身形一闪，直接出现在牧尘的后方。

两人都是北界年轻一辈中的天骄，所以出手之间也颇有默契，瞬间便将牧尘逼入前后被夹的局面。

“幽冥之芒！碎星！”

幽冥皇子双目寒芒涌动，枪出如龙，磅礴灵力席卷而来，然后疯狂地凝聚在枪尖一点，短短瞬间，只见那枪尖处便凝聚了一轮细小的黑洞，微微波荡间，竟连空间都被撕裂开道道痕迹。

这幽冥皇子看似平缓的一枪，却是将灵力压缩在一点，这等杀伤力，就算是寻常六品至尊都不敢撼其锋芒。

“通天神术，通天之印！”

在幽冥皇子凌厉攻势席卷而出的刹那，牧尘后方，方毅暴喝声响起，一股强大的灵力波动爆发出来，只见那方毅一掌拍出，掌心之间，形成一道古老的光印，那光印之中，似有通天之能，威能莫测。

如今的幽冥皇子二人对于牧尘早已有所了解，所以他们知道对方拥有诸多惊人手段，面对这种对手，他们根本没有丝毫要试探的想法，直接一出手，便是杀招，如此一来，就算斩杀不了牧尘，也要将其逼入下风。

前后两道凌厉的攻势袭来，那等劲风也令牧尘眉头微微跳了跳，下一刻，他那黑色双眸瞬间化为黑洞，幽深得令人心悸。

小心魔状态！

牧尘右手猛然紧握大须弥魔柱，磅礴灵力呼啸而出，再与大须弥魔柱之内的那股煞气相融，远远看去，仿佛大须弥魔柱表面化为一层血红的晶层。

那自然并非灵力晶体化，那是唯有地至尊级别的超级强者才有可能做到的，这种晶层，乃是牧尘体内灵力与大须弥魔柱煞气融合之物，虽说不能与真正的灵力晶体比，但其威力，依旧不可小觑。

嗡！

牧尘手臂一震，大须弥魔柱直接震荡着呼啸而至，魔柱洞穿虚空，快若闪电般地与那呼啸而来的幽冥枪芒，重重轰击在一起。

而在魔柱与枪芒相撞的刹那，牧尘又是反手一掌拍出，磅礴灵力涌动，那灵力之中，竟有紫炎燃烧，仔细看去，紫炎之中还有一种无形的雷霆，两者相融，更令牧尘灵力威压大涨。

铛！

咚！

金铁之声伴随着拳掌碰撞之声，在那接触的瞬间响起，而随之传来的，还有那巨大无比的灵力冲击波。

下方的湖水，被这种冲击波冲击得掀起阵阵浪涛，一些强者循声看去，顿时双目一凝，只见那里的天空上，牧尘三人成三角阵型而立，牧尘魔柱顶住幽冥皇子枪芒，反手一掌，则与方毅硬撼在一起。

三人接触之处的空间，都在此时震荡出一圈圈涟漪。

三人的面色都是一片冰寒，显然都在疯狂地催动着体内灵力，试图将对方压垮。

嘭！

那种灵力的僵持，终于在某一刻达到极点，只见灵力风暴自三人接触之点席卷开来，三人身体猛地一颤，竟被震得倒飞了出去。

牧尘身形暴射出上百丈，脚掌猛地一跺虚空，空间荡漾，强行将身体给稳了下来，而后抬眼望去，只见那幽冥皇子与方毅仅仅只是退后了数十丈，显然先前的对碰，两人还是占据了一点优势。

不过，虽说有点优势，但幽冥皇子与方毅的面色却不禁变得阴沉了许多，两人如今皆拥有六品至尊的实力，再加上联手攻击，竟然都未能占据绝对的上风，这种结果不是他们想要看见的。

而在这片混乱区域，其他的一些势力强者也在时刻关注着这边的局势，而当他们见到幽冥皇子与方毅两人联手都未能彻底压制住牧尘时，眼中皆是掠过一抹惊异之色。

虽然牧尘掌控战意的时候，众人都知道就算是六品至尊都无法与其抗衡，可眼下，他毕竟只能依靠自身那五品至尊的实力，在数量上，幽冥皇子二人占据上风，而在等级上，两人也占优势，但就是这种看似碾压的阵容，却并未出现意料之中的绝对压制。

“这牧尘果然不简单，今日这场三雄争锋，倒是有好戏看了。”

就在各方强者关注牧尘他们的争锋时，幽冥皇子与方毅对视一眼，眉头紧皱，彼此灵力传音。

“这个家伙，明明只是五品至尊的实力，但灵力控制却是极为精准巧妙，仿佛没有丝毫浪费一般。”

“而且他的灵力之中融合过一种奇特火焰以及雷霆，这令其灵力质量颇高，远胜同等级的强者。”

“这家伙，棘手。”

两人目光交汇，都忍不住咬了咬牙，这个该死的家伙，怎么会这么难缠。

“不要再留手了，尽全力解决掉他！”

幽冥皇子与方毅眼中掠过寒意，下一刻，两人双手迅速结印，强悍的灵力毫无保留地自他们体内席卷而出，竟在天地间引来飓风呼啸。

“大幽冥法身！”

“远古星辰法身！”

随着两人低喝声响起，只见天地间灵力疯狂向两人呼啸而去，短短数息，两道巨大的光影便出现在了他们身躯之外，强大的压迫感，随之散发出来。

牧尘望着突然间出现在两人身躯之外的万丈巨影，眼神一凝，那方毅的远古星辰法身他已经见识过，而那幽冥皇子的至尊法身，他倒是第一次看见。

那道至尊法身，通体幽黑，远远看去，仿佛一尊魔神般矗立在天地间，吞吐之间，天地灵力仿佛汇聚成风雷，呼啸不停。

在催动出了至尊法身后，那方毅与幽冥皇子周身的灵力，增幅强大了很多。

“竟然逼得幽冥皇子与方毅都催动了至尊法身，这两人所修炼的至尊法身，可都是在那九十九等至尊法身中，排名不低啊。”这片天地间，各方强者察觉到这边的灵力波动，都神色微变。

“九十九等至尊法身中，排名第六十八的大幽冥法身吗？”牧尘喃喃自语。这大幽冥法身名声不小，高达六十八的排名，是唯有一些大势力才拥有的修炼之法。

看来这幽冥皇子与方毅，并不打算将这场战斗拖延下去，毕竟眼下这里，战斗是次要的，抢夺那灵神液，才是最主要的目标。

“早点解决吗？也好。”

牧尘双目之中寒光凝聚，旋即他深吸一口气，双手猛然结印，顿时狂暴灵力犹如风暴一般肆虐开来，下一刻，璀璨的金光犹如一轮烈日，突然出现在这片天地之间。

各方强者面带惊异地抬头，只见一轮万丈金身巨影，缓缓出现在牧尘身躯之外，在那金身巨影脑后，一轮金色烈日悬浮，无穷的威压弥漫开来，令不少强者心头一颤。

这牧尘的至尊法身所弥漫的威压，竟然比起方毅二人的任何一座至尊法身，还要来得强悍！

只是不知，这三座至尊法身硬撼在一起时，又会是何等结果?!

第10章 震慑群雄

三座巨大的至尊法身矗立在天际，浩瀚的灵力犹如风云一般汇聚在周身，呼吸吞吐间，都是云雾成形，犹如三头远古巨兽一般，震慑心魄。

不过这三道至尊法身虽说都很强悍，但显然牧尘那一道大日不灭身不论是声势还是压迫感，都要比幽冥皇子的大幽冥法身、方毅的远古星辰法身还要来得强悍。

毕竟不管怎么说，这大日不灭身都是修炼万古不朽身的基础之一，而万古不朽身是什么？那是如今大千世界中硕果仅存的五座原始法身之一。

在那九十九等至尊法身榜上，排名起码前五。

如此强大的至尊法身，恐怕就算是天至尊级别至高强者，都难以拥有。所以，即便这大幽冥法身以及远古星辰法身都不是寻常法身，但与大日不灭身一比，无疑就黯淡了许多。

在那众多强者的目光注视中，只见牧尘的身影出现在了大日不灭身头顶之上，他脚踏着大日不灭身，能够清晰地感觉到这一道至尊法身之中所蕴含的那种天崩地裂的可怕灵力，随着他如今实力突破到五品至尊，这大日不灭身比起以往无疑也变得更为强大。

那种磅礴的力量，让他即便是面对对手两座强大的至尊法身，却依旧怡然不惧。

“这个该死的家伙，不知道从哪修炼而来的至尊法身，明明不在那至尊法身榜上，但却棘手得变态。”那幽冥皇子也出现在大幽冥法身之上，他眼神阴沉地望着大日不灭身，嘴角忍不住抽了抽，与方毅传音说道。

“这大千世界辽阔无尽，九十九等至尊法身榜虽说有一定的权威性，但并不代表所有，一些稀有的至尊法身同样能够名列前茅，但却并未被记载，没什么好奇怪的。”

方毅皱了皱眉头，冷声道：“就算这小子的至尊法身厉害，但我就不信，他能抵得过我二人联手！”

“今日若是不能解决掉这小子，以后这北界年轻一辈，哪还有我们立足之地！”幽冥皇子眼神愈发阴冷，森然道。

“那就全力出手，不要再拖了！”方毅深吸一口气，低喝道。

两人目光交汇，眼中都有杀意弥漫出来，下一刻，两人猛地弯身，一掌拍在各自至尊法身头顶，随着掌印的拍下，只见殷红的鲜血立即飞射出来，短短数息间，竟是化为一道刺目的鲜血光纹，然后蔓延在至尊法身头顶，最后一点点渗透进去。

轰!

随着那些鲜血图纹渗透进入至尊法身头顶，只见那两座至尊法身的身躯竟隐隐变得暗红起来，那原本璀璨夺目的双目，也添了一丝暗红。

吼!

两座至尊法身体内的灵力在此时变得极其狂暴，仿佛捆缚着的怒龙一般，不断传出兽吼之声，震荡着天际。

“以自身精血增加至尊法身，这幽冥皇子与方毅也太狠了。”

那妖门的红鱼，万圣山的苏碧月望着这一幕，俏脸忍不住微微一变。她们显然都没想到，这幽冥皇子与方毅不仅尽数召唤出了至尊法身，而且还要损耗自身精血来增加至尊法身的力量，这样一来，虽说可以令至尊法身短时间内变得愈发恐怖，但这之后没有个大半年的休养，恐怕难以恢复状态。

由此也可以看出，这幽冥皇子二人对于牧尘究竟忌惮到了何种程度。

立于大日不灭身头顶上的牧尘也察觉到了幽冥皇子二人此举，当即眼神一凝，此时的二人，已经让他察觉到了威胁。

不管如何，这幽冥皇子二人此时都拥有六品至尊的力量，再加上如今用秘法增加实力，他们联合起来的话，恐怕就算是遇见之前那天龙虎都能正面相战，寻常六品至尊遇见他们，都得绕道走。

一团白气自牧尘的嘴中缓缓吐出，他的面色也渐渐变得肃穆起来，而后双手相合，印法闪电般地变幻起来，化为道道残影。

他从不会对自己的对手抱有轻视，狮子搏兔，亦是全力，更何况，眼前的幽冥皇子二人，可不是什么温顺的兔子，而是红了眼的恶狼。

轰！轰！

在牧尘印法变幻间，那大幽冥法身以及远古星辰法身周身的灵力已经沸腾起来，彼此摩擦间，引来风雷呼啸。

方毅眼中血丝攀爬，他狠狠地盯着远处牧尘的身影，双手猛然结印，暴喝出声："至尊神通，星河古神枪！"

嗡嗡！

天地间的灵力，疯狂地在那远古星辰法身的巨手之间汇聚，短短数息，只见一把约莫千丈长短的巨枪，缓缓出现在那星辰法身巨手之间。

那一把巨枪，古朴厚重，上面铭刻着无数星辰，挥动之间，携带着星辰之力，足以碾碎山岳大地。

方毅上一次在与牧尘交锋时，便施展过这星河古神枪，不过显然，此时他再次施展这般至尊神通，威力比起之前，已经强悍了足足数倍之多。

上一次，方毅凭借着这般至尊神通与牧尘拼得两败俱伤，而这一次，他显然是打算借此真正斩杀牧尘！

"至尊神通，幽冥灭神戟！"在另外一侧，幽冥皇子那森然的喝声，也在同时间响起，随之传来的，还有那滔天般的阴寒之气。

滚滚黑气犹如黑云般在大幽冥法身身前凝聚，厚重得仿佛能够压垮天空，而那大幽冥法身则是伸出大手，抓进那厚厚的黑云之中。

当那大手再度伸出来之时，只见一柄造型狰狞的血红巨戟，出现在了手中，那巨戟之上有无数狰狞鬼脸，嘶啸声不断，令人体内灵力都沸腾扭曲起来。

“这两个疯子，直接动用至尊神通了。”

这片天地间，各方势力的强者见到这一幕，眼角都跳了跳。只有一些强大的至尊法身才有至尊神通，那算是撒手锏了，但眼下，却直接被幽冥皇子二人毫无顾忌地给用了出来。

“给我斩了！”

方毅与幽冥皇子那森然目光瞬间锁定牧尘，然后低吼出声，只见那一柄巨枪以及巨戟顿时犹如两条巨龙般暴射而出，两股可怕的灵力，直接锁定了牧尘。

轰轰!

两道枪虹如龙，所过之处空间都崩碎开来，直接在虚空中留下两道长长的痕迹，久久未能平复。

恐怖的杀气，随之弥漫开来，荡漾天际。

两道枪虹之龙暴射而来，那等灵力压迫，竟是封锁了牧尘所在的那片空间，他们打算借助这最强有力的一招，直接解决掉牧尘。

虹芒暴射而来，牧尘抬起头来，黑色的眸子中倒映着那两道恐怖的攻势，旋即他那道道残影的印法，也陡然凝固。

“九阳神通，开三阳！”

随着牧尘低喝声落下，只见大日不灭身庞大的身躯上，三道金色光芒猛然爆发开来，紧接着金光弥漫，犹如三轮金色烈日冉冉升起。

“哼，又是这一招，上次你能借此阻拦我，这一次，还以为能够奏效?!”那方毅见到这一幕，眼中顿时寒芒一闪。

这开三阳的力量，根本无法震慑住此时实力暴涨的方毅。

不过这一点，也在牧尘意料之中，他眼神淡漠地望着方毅，对方实力有所精进，而他，又何尝不是?

牧尘冷笑一声，那微微停滞的印法，再度陡然变化。

“九阳神通，开四阳！”

犹如雷鸣般的声音，在牧尘的心中回荡，只见声音落下的瞬间，那大日不灭身右掌之中，猛地有一道金色强光爆发，又是一轮金色烈日，冉冉升起。

一股恐怖的灵力，此时自大日不灭身体内席卷而出，引得风雷咆哮。

那方毅与幽冥皇子的面色，都不由得变得更难看了一些。

然而，牧尘望着他们的眼神，却是充满戏谑，他微微一笑道：“以为这就结束了吗？”

方毅与幽冥皇子闻言，心头顿时一震。

不过还不待他们说话，牧尘便深吸一口气，面色变得极其的肃穆，印法变化，在其身后，至尊海中翻涌不休，磅礴灵力源源不断地灌注进大日不灭身之中。

随着如今实力达到五品至尊，他能够感觉到，开四阳，似乎还并不是他的极限，所以，他倾尽全力地想要再度突破！

牧尘变幻的印法愈发缓慢，仿佛重如千斤，他体内的灵力，毫无保留地向大日不灭身左掌汇聚而去，那里的金光，也在这一刻，冲天而起。

又是一轮金色烈日，冉冉升起。

整个大日不灭身之上，竟在此时升起了五轮金色烈日！

“九阳神通，开五阳！”

暴喝声如雷鸣般在牧尘的心中响起，下一刻，五轮金色烈日爆炸开来，竟化为滚滚金色液体席卷而出，最后汇聚在大日不灭身巨掌之间。

金光弥漫，一柄千丈长短的犹如黄金所铸的金枪闪现而出，那一杆金色巨枪之上，犹如五轮烈日悬浮，运转之间，狂暴的灵力，震碎了虚空。

“九阳神通，五阳枪！”

轰！

当那一柄约莫千丈长短的金色巨枪出现在大日不灭身巨手之中时，顿时一股极其狂暴的灵力爆发出来，金色的波纹席卷开来，遍布了大日不灭身周全万丈区域。

一股惊人的压迫之力也随之弥漫而出，引得这方天地间各方强者面露惊容，那一柄金色巨枪，就连六品至尊见了，都有些胆战心惊。

牧尘立于大日不灭身头顶之上，他凝视着那一柄金色巨枪，那眼中有一抹惊叹之色浮现。

这大日不灭身的至尊神通格外玄妙，它的基本至尊神通，便是九阳神通，借此开启九阳之力，极大地增加自身战斗力。

而这所谓的九阳神通，却并不仅仅限于此，因为在这上面，还能够随之衍变出更为强悍的神通，比如以前牧尘曾经施展过的天阳黄金印，以及这一次施展的五阳枪。

从某种角度而言，这些都算是强大的至尊法身神通，不过想要将其施展出来，却有相当严苛的条件，那便是必须将九阳神通逐步修炼而成。

就比如此次的五阳枪，便是只有当牧尘将九阳神通开启到五阳之力时，才能够将其真正施展而出。

牧尘知晓，这些都不是九阳神通的极点，只不过那些由九阳神通衍变的更强神通，却只有等他日后将九阳神通修炼得愈发炉火纯青时，才能够见识其庐山真面目，对于那一天，牧尘心中格外期待。

不过眼下并非期待的时候，所以牧尘轻吸一口气便压抑下澎湃的心境，而后他抬起头，此时天空上急促的破空声传来，两道千丈虹光犹如巨龙般呼啸而来，正是方毅与幽冥皇子二人的全力攻势。

两道如龙般的枪芒在牧尘瞳孔之中急速放大，面对幽冥皇子二人如此厉害的攻势，牧尘脸上却掀起一抹笑容。

开启五阳之力后，现在的牧尘，不会畏惧任何对手。

轰！

随着牧尘心念一动，只见大日不灭身巨手顿时紧握住那犹如黄金所铸一般的五阳枪，在那枪尖之处，五轮金色烈日转动着，远远看去仿佛真的是五轮太阳一般，散发着无穷的压迫。

“就让我来试上一试，这必须开启五阳之力才能够施展的五阳枪究竟有多大的能耐。”牧尘喃喃自语，旋即他修长手指轻轻一弹。

嗡！

在其弹指的瞬间，只见大日不灭身手中拿着的那柄黄金巨枪陡然暴射而出，那射出速度之快，以至于直接产生音爆，将空间都炸开了一道道巨大的裂纹。

“五阳枪碎阳！”

牧尘眼睛轻轻一眨，那暴射而出的黄金巨枪之上，五轮盘旋的金色烈日竟在此时陡然爆炸开来，可怕的金色气浪滚滚席卷而来，一股狂暴而炽热的冲击波肆虐开来，竟是连空气都被燃烧起来。

随着那五轮金色烈日的炸裂，只见那五阳枪之上的金光陡然在此时强盛到极致，最后直接化为一道数千丈大小的金色光柱呼啸而出。

那一道金色光柱太过强烈，其中所蕴含的灵力也狂暴到了一种令人心惊的程度，以至于在那极远处，睡皇和天鹫皇这些顶尖的强者面色都微微一变。

而金色的光柱，则在这一刻直接洞穿虚空，然后便与那两道呼啸而来的如龙枪芒，重重撞在了一起。

锵!

在那轰击的刹那，惊天的巨声不出意外地随之响起，紧接而来的，便是那种可怕至极的冲击波，周围这片区域的空间，都在那种冲击之下，变得扭曲碎裂。

幽冥皇子与方毅瞪大眼睛望着那碰撞之地，不过下一刻，两人的面色便变得极其难看起来，因为他们见到在那种可怕的冲击之下，他们两人倾尽全力施展的枪芒攻势，仅仅只是坚持了数个呼吸，便被那一道巨大的金色光柱，以一种极端蛮横的姿态冲破而去。

咔嚓。

在枪芒碎开时，他们见到，那隐藏在其中的一枪一戟，也在这时化为漫天光点。

“该死的！”

幽冥皇子二人面色一片阴沉，他们没想到施展出了这等撒手锏手段，竟然依旧未能将牧尘给解决。

嗡!

不过，就在他们心中为此愤怒不甘时，牧尘那漆黑的眸子，却在此时不带丝毫情感地向他们投射过来，那种眼神，令两人心头猛地一寒。

牧尘遥遥伸出手指，面色漠然地向两人轻轻凌空点下。

咻!

指尖点下的瞬间，那方毅二人顿时惊骇地见到，先前斩断了他们两人最强攻势的金色光柱竟然并未直接消散，反而一分为二，一闪之下，便出现在了他们的前方，然后轰然席卷而来。

死亡的气息扑面而来，方毅与幽冥皇子满面骇然，那席卷而来的金色光柱让他们明白，若是被卷入其中，他们必死无疑！

"浑蛋！"

两人面色苍白，然后猛地一咬牙，身形立即暴退，而在他们退后的时候，他们脚下的至尊法身却扑了出去，直接用庞大的身躯硬生生与那金色光柱硬撞在一起。这两人都是狠辣果断之辈，虽说如此一来至尊法身被毁，对于他们而言也会受到重创，但至少比用自己肉身去硬抗要来得好，他们的肉身可不是牧尘那种人形神兽，一旦撞上，必然支离破碎。

轰隆！

两人暴退的时候，金色光柱轰击在那两道至尊法身之上，顿时天地间轰隆声响起，金光弥漫间，所有人都清晰地见到，一道道裂纹以惊人的速度从两道庞大的至尊法身身躯上蔓延开来，最后金光从缝隙中溅射出来。

砰！

两座至尊法身，直接爆碎成漫天光点。

扑哧！

在至尊法身爆碎的时候，身形急速撤退的幽冥皇子二人则是一口鲜血狂喷而出，面色惨白如纸，气息萎靡，竟直接昏死过去，显然受到了极为严重的重创。

牧尘这边的动静实在太大，明明从辈分上来说，三人都只能算作年轻一辈中的顶尖人物，可眼下这般交锋，竟然比睡皇和东阁主那些原本拥有九品至尊的强者还要来得动静大，当然这自然是因为这座石岛压制了所有人灵力的缘故，但这也依旧让各方震惊的视线都投射了过去。

一直都注意牧尘他们这边战局的红鱼和苏碧月等人望着那重伤昏死的幽冥皇子二人，则是轻吸了一口凉气，她们见证了幽冥皇子二人惨败的全过程。

但即便亲眼见证了，但这依旧无法让她们遏制住心中的震惊，她们原本以为牧尘能够在幽冥皇子与方毅两人联手之下保持不败就已经很了不得了，但谁能想到，最后牧尘直接把两人打成了半死状态。

"这家伙，真是越来越恐怖了。"

红鱼与苏碧月都暗叹道，在那龙凤天时，牧尘倾尽全力也仅仅只能够与幽冥皇子勉强缠斗而已，但眼下，就算幽冥皇子与方毅联手，都不是他的对手，难以想象，若是再过几年，牧尘又将会成长到何等惊人的程度?

天地间震撼的人一大片，不过牧尘那冰冷的目光则依旧盯着半死过去的幽冥皇子二人，旋即屈指一弹，两道灵力光束暴射而出，直指二人脑袋，看这模样，是打算彻底斩草除根。

咻!

不过在那灵力光束即将击中二人时，两道光影便出现在两人的前方，袖袍挥动，将那灵力光束震碎而去。

牧尘见状，眉头微皱，那出手之人，正是幽冥宫与神阁之中的两位六品至尊，看来这些家伙早就有心保护二人，眼下自然不会让牧尘轻易将他们抹杀。

那两位六品至尊出手救下幽冥皇子二人，却并未多出手，那看向牧尘的眼中，再没半点轻视，取而代之的是浓浓的忌惮。

因为就连他们都没信心打败那个状态下的幽冥皇子二人，牧尘却能够办到，这说明对方已经成长到足以媲美他们的程度。

所以两人救下幽冥皇子二人后便立即撤走，生怕牧尘再度对他们出手。

牧尘瞧见他们这干脆利落的速度，倒是笑了笑，没太过执着地要去斩杀幽冥皇子二人。他们之前使用了秘法，而且现在还被他伤成这样，必然会留下严重的后遗症，所以就算是救活了他们，他们的实力也会有所止步，而待他们彻底恢复时，那时候的牧尘，恐怕早就远远超越了他们。

牧尘收回目光，将视线投向了这片湖泊的中心，那里原本飞舞的众多光团，在他与幽冥皇子二人交手时，已经被收走了不少，不过并没有人得到真正的灵神液，不然的话，这里早就已经炸开了锅。

“灵神液依旧还在这里吗？”

牧尘盯着那为数不多的光团，所剩下的这些光团，只有五道，但它们却拥有极端明亮的光芒，而那些光团速度极快，不少强者试图捕获，都无功而返。

牧尘紧紧地盯着那五道光团，不过就在他试图感应光团之中的物体时，他心神突然一动，当即手掌一握，一块黝黑之物便出现在了他的掌心。

那正是他之前得来的神秘黑铁三角。

而此时，这块自从牧尘得到之后，就没有任何动静的神秘黑铁三角，却在此时，突然变得极为滚烫起来。

这是自从牧尘得到此物之后，它第一次有所异动。

此物来历神秘，而且它分明是被人故意隐藏在那空间裂缝之中，如果不是牧尘拥有那寻灵盘的话，决对是不可能将它找寻出来的。

按照牧尘的推测，此物应该是与这座地至尊秘藏有些关联，但此物仿佛有特殊的催动之法一般，不论牧尘如何灌注灵力，都难以将其掌控。

不过所幸的是，眼下这东西，总算是有点动静了。

“是因为这些光团吗？”牧尘目光微微闪烁，旋即眼神便投向了湖泊中心那五道飞舞的光团，此时不少强者都试图将它们堵截，但最终都未能成功，那五道光团，仿佛拥有灵性一般，躲避着众多的攻击。

这三角黑铁一直等到牧尘进入这湖泊中心才开始有所反应，所以此时的牧尘有九成把握，之前它的动静，是这些光团所引起的。

为了印证心中所想，牧尘突然加快速度，迅速向那些光团掠去，而随着他的接近，他果然发现，手中的神秘三角黑铁开始越来越炽热滚烫。

“果然如此吗？”

牧尘眼睛微亮，而且不知道是不是错觉，他发现当他在开始接近光团的时候，这些光团原本迅猛如电的速度微微迟缓了一下，那种感觉，就犹如察觉到了什么熟悉的东西一般。

“此物果然有大用！”

牧尘察觉到这种情况，顿时心中大喜，当即毫不犹豫地将速度催动到极致，直接向那最后五道光团之中，最为明亮刺眼的一道暴射而去。

他看得清楚明白，那一道光团格外明亮，其光芒体积甚至是其余光团的一倍之多，一看就知道并非凡物，之前也有不少强者试图抓住它，但最终都被它那躲避而去。

这些光团，似乎闪避之间能够洞穿虚空，速度就连六品至尊都望尘莫及，不过它们显然无法离开这片湖泊区域，不然的话，一旦遁走，恐怕就连睡皇他们这等实力的顶尖强者，都无法追上。

牧尘的目标极为明确，不过当周围那些强者在见到牧尘直奔那一道光团而去时，却不由地露出嘲讽的一笑。

因为在先前的时候，他们已经见识过这道光团的鬼魅，之前将近十位六品至尊试图联手堵截，最后却都被这道光团耍得团团转。

虽说牧尘先前战胜幽冥皇子与方毅时展现出来的战斗力让人忌惮，但眼下这里，光靠蛮力可一点作用都没有。

因此，一些原本在牧尘前方的各方强者，反而将路给让了出来，任由牧尘直向那一道光团扑去，显然是打算看他的笑话。

不过对于旁人的想法，牧尘已经懒得理会，因为少了各方的阻碍，他身形闪烁间，很快便接近了那道光团的百丈之内。

而那些视线见到牧尘冲进光团百丈范围，不仅不急，反而饶有兴致地微微减缓了速度，笑眯眯地望着这一幕，旋即牧尘的嘴角微不可察地微微一掀，因为他察觉到掌心中的黑铁三角，突然间犹如熔岩一般变得极其滚烫起来。

牧尘手掌抬起，直接将那滚烫的黑铁对准那震荡着光芒，正准备远遁而去的那光团。

在这一刻，牧尘能够清晰地感觉到，手中的黑铁剧烈震动了起来，仿佛有无法察觉的嗡鸣之声，在空气之中荡漾着传播开来。

嗡鸣声震荡着空气，那百丈之外，原本准备立即远遁而去的光团，突然间在这一刻停滞了下来。

咻！

就在这一瞬间，牧尘眼中精光涌动，在其背后，光芒绽放，一对凤翼伸展开来，他的速度，在此时达到了极致。

唰！

仅仅只是一个闪烁，百丈距离瞬间而过，牧尘的身形直接出现在了的那一道光团上方，然后掌风如电，根本不给任何人回过神的时间，一把便穿透了那道光芒，将其抓在了手中。就在牧尘抓住那一道光团时，这片湖泊的上空，则是陷入了一片诡异的寂静，那些原本似笑非笑地望着牧尘，准备看他笑话的各方强者脸上的神情瞬间凝固，那一副目瞪口呆的模样显得极为可笑。

“他……他……他抓住那道光团了？”好半晌后，终于有强者震惊出声，只是那结结巴巴的话语，显露出他心中震荡的心情。

他们怎么都未曾想到，之前那费尽他们众多强者联手都未能捕获之物，竟然会如此轻轻松松地被牧尘获得。

“怎么会这样……”

众多强者有些呆滞，紧接着便是一肚子的心痛。那一道光团可是此处最为夺目的一道，其中之物必然不简单，说不定就是他们所有人都想夺得的灵神液，而眼下，却被牧尘毫无难度地夺到手了。

这一幕，对于各方强者的冲击，比先前牧尘打败幽冥皇子二人时，还要来得更让人难以接受。

“呃……”

在周围那无数道呆滞目光的注视中，牧尘也微微怔了怔。这种结果，同样是出乎了他的意料，他先前只是打算试探性地捕获一下，但哪料到这道光团竟然真的纹丝不动，任由他轻轻松松抓在手中。

显然，这都是因为那神秘黑铁的缘故。

经过短暂的愕然后，惊喜之色迅速涌现到牧尘的眼中，旋即他立即抽身暴退，而与此同时，在那更后方，九幽和修罗王等大罗天域的强者则不约而同地暴射而出，打算接应牧尘，此时的后者，容易被红眼的各方强者所忌嫉。

牧尘的反应极快，再加上之前打败幽冥皇子二人的威慑力，一时间各方强者虽然有些蠢蠢欲动，但在微微迟疑间，终归还是让牧尘窜出了最为混乱的区域。

不过，就在牧尘为之松了一口气的那一瞬间，一道犹如惊雷般的厉喝声，却是猛地从天而降：“小辈，给老夫把东西交出来！”

轰！

当那厉喝声响起时，只见一道凌厉无匹的指风席卷而下，竟连空间都被撕裂开来，直指牧尘天灵盖，狠辣至极。

突如其来的攻击，令牧尘一惊，不过好在他随时紧绷着身体，当即背后凤翼扇动，身形侧移闪避开来。

咻！

那道凌厉无匹的指风擦着牧尘的后背而过，带来火辣辣的刺痛，不过牧尘却是无暇顾及，而是面色阴沉地抬起头，只见在其前方的半空中，一名红袍老者缓缓降落身形，此人面目冷厉，眼神犹如毒蛇一般狠辣，紧紧地锁定着牧尘，而在其周身，有着极为强大的灵力波动。

“神阁南阁主。”

牧尘见到这红袍老者，心头却是微微一沉，因为对方赫然便是那神阁四大阁主之中的南阁主，此人之前一直未曾出手，甚至连拦截睡皇三人的事，都只是由另外三位阁主出动，而他则是一直隐藏在暗处，伺机而动。

而眼下，他盯上了牧尘。

在那更后方，九幽等人见到牧尘竟然被那神阁南阁主盯上，面色顿时大变，急忙要加快速度，但前方空间扭曲，数道身影闪现而出，赫然便是神阁的那些强者。

“嘿嘿，我看你们还是就留在这里吧！”那领头的天龙主大笑一声，手掌挥下，身后众多强者立即如狼似虎地冲出，将九幽他们的救援给阻拦下来。

那远处后方的混乱被牧尘看在眼中，而当他发现九幽他们被拦住后，心头微微一沉。

“小辈，将东西交给老夫，老夫可以饶你一命，否则今日你必死！”红袍老者眼神森然地锁定着牧尘，缓缓道。

他知道以他的辈分亲自对牧尘出手，必然会引人嗤笑，但眼下他顾不得这么多了，不然一旦灵神液落在大罗天域的手中，神阁之主必然会震怒无比。

“你们神阁还真是不要脸皮，堂堂四大阁主之一，竟然舍得拉下老脸来对付我一个小辈？”牧尘面色阴沉，冷笑道。

“不要想拖延时间了，既然你不想主动，那就由老夫亲自来取吧。”

然而，对于牧尘的讥讽，那南阁主却是不为所动，他阴森一笑，大袖一挥，竟直接向牧尘暴射而去，一身红袍猎猎作响，磅礴的灵力爆发开来，那股压迫感，竟是令牧尘呼吸都变得有些艰难起来。

即便被这座石岛压制了灵力，但这南阁主的实力，依旧足以碾压任何六品至尊。

牧尘望着那犹如鹰隼般扑来的南阁主，眼神也变得凶狠起来，既然这老鬼如此咄咄逼人，那他也就只能拿出压箱底的手段了。

一念至此，牧尘的手掌中，一块古老的石盘，突然闪现而出。在那石盘上，有着复杂而玄奥的纹路，而且仔细看去，能够发现在那石盘中，竟有一座座精巧迷你的石像，这些石像栩栩如生，犹如活物，玄妙异常。

这方石盘，赫然便是当初在那死亡遗迹中，那位天阵皇前辈最后所赐予的战意神盘，这神盘之中有一千石军，威力极其强大。

不过此物乃是一次性之物，一旦使用，这些石军就会烟消云散，所以牧尘一直未曾轻易动用，可眼下这般危急时刻，他也不可能再藏拙了。

“哼，小辈还想顽抗？真是冥顽不灵！”那南阁主见到牧尘这般举动，倒是一声冷笑，牧尘手中的石盘有些奇特的波动，但却并未引起他的注意，毕竟即便眼下他体内灵力被压制，但要灭杀牧尘，依旧没有任何难度。

话音落下，他猛然张开手掌，掌心之中，狂暴如海般的灵力疯狂汇聚而来，短短数息，竟是化为一道赤红色的火羽，在那火羽之上，似乎燃烧着熊熊烈焰。

这片天地间的温度，瞬间在此时变得炽热滚烫起来。

“火凰神术，火羽焚天！”

不过虽说并不忌惮牧尘，但这南阁主好歹也是这北界的顶尖强者，心思也算是谨慎，所以一出手也根本就没有因为牧尘的实力孱弱就有所保留，这一手神术施展开来，就算是六品至尊也必死无疑。

“这神阁的老鬼还真是狠辣，对付一个牧尘，竟然连这等神术都施展了出来。”

这片区域之外，那些各方强者见到这一幕，也都忍不住一惊，一些实力达到六品至尊的强者都面露凝重与惧色，这南阁主的狠辣与果决，显然都有些出乎他们的意料，而遭受这般攻势的牧尘，恐怕凶多吉少了。

南阁主凌空而立，他眼神阴厉地望向牧尘，干枯手指猛然屈指弹下。

嗡！

在其指尖弹下的瞬间，只见那一枚火羽猛然暴射而出，滔天赤红火焰瞬间席卷开来，犹如将要吞灭天地，熊熊赤红火焰呼啸着，隐隐间，化为一头振翅火凰，携带着灭世之炎，直接向牧尘笼罩而来。

面对着南阁主如此可怕的攻势，就连牧尘心中都倒吸了一口凉气，这等攻击，如果没有战意神盘这等底牌的话，恐怕他今日还真是要付出极大的代价。

“这个老鬼。”

牧尘心中暗骂了一声，当即一咬牙，再没有丝毫犹豫，体内灵力瞬间便顺着掌心涌入那战意神盘之中。

嗡！

随着灵力的涌入，只见那一道古老的石盘之上顿时有光华溅射而出，而后只见一道道光影铺天盖地地暴射而出，刹那间，一股恐怖的战意猛然爆发开来，竟是化为一道战意之印呼啸而出，直接与那呼啸而来的火羽硬生生冲撞在一起。

砰！

可怕的灵力冲击波爆发开来，附近千丈之内的空间都荡漾起阵阵涟漪，那些靠得离此处略近的强者，都被震得体内气血翻涌，当即连连后退。

待他们稳下身形后，这才将视线投向那对碰之处，然后他们的脸上便有浓浓的惊愕与震惊之色涌现出来。

因为在那前方的天空上，牧尘依旧凌空而立，全身毫发无损，先前南阁主那等恐怖攻击，竟然未能伤起分毫?!

“那是什么?!”

他们的震惊仅仅持续了一瞬，而后便有惊呼声响起，他们此时才见到，在那牧尘的身后，竟有灰光绽放，而在那灰光之中，竟出现了一支规模不小，人数约莫千人的灰甲战士。

而那恐怖的战意，正是从这些灰甲战士体内散发出来的。

“看来老夫倒是小觑了你这小辈！”

在那天空上，南阁主有些震惊地望着那突然间出现在牧尘身后的灰甲军队，那苍老的面色变得阴沉了许多，他显然没料到，自己这必杀的攻势，竟然会被牧尘轻易抵挡下来。

“原来是战意神盘，你这小子，竟然还有这等宝物！”

南阁主面色阴沉，旋即咬着牙说道。他毕竟也是这北界顶尖的强者，见识也是不凡，所以一眼便将牧尘手中的石盘给认了出来。

而见到他一口道破战意神盘的来头，牧尘也有点讶异，毕竟此物可算是稀罕，没想到这老鬼眼力如此毒辣。

"既然知晓此物的来历，那今日就请南阁主帮我试试它有多大的威力吧。"牧尘咧嘴一笑，这战意神盘只能使用一次，而既然眼下都施展了出来，那自然得好好用上一场。

话音落下，牧尘便屈指在那战意神盘之上轻轻一弹。

嗡！

嗡鸣之声传荡开来，在其后方，那一千石军猛然睁开了双目，它们的眼中并没有任何神智，但却有一种狂热之色弥漫出来。

轰隆！

磅礴的战意，犹如火山一般自它们的体内爆发出来，然后在半空汇聚，仿佛是层层黑云，遮天蔽日，一种可怕的压迫之感弥漫出来，令这片湖泊区域中的诸多强者面色都猛地一变。

感受着这等可怕战意，那南阁主的面色也变得极为难看。如果是他全盛时期，自然是不惧这石军，可眼下他体内灵力被压制大半，若是真要动起手来，恐怕后果难料。

"那战意神盘需要灵力催动，只要以迅雷之势斩杀了那小子，那这些石军就会烟消云散！"

南阁主眼神变幻，最后眼神陡然凶狠下来，旋即他突然一步跨出，而在其脚步跨出的瞬间，他的人影就已经诡异地消失在了半空之中。

不过，这南阁主身法诡异，但牧尘却是早就有所防备，所以当南阁主身影消失的第一瞬间，他背后凤翼一扇，便闪电般倒射而出，一头就钻进了石军之中。

唰！

在先前牧尘所立之地，空间波荡，南阁主身影闪现而出，但扑了一个空的他，面色一片铁青，想来没料到牧尘竟然滑溜到这种程度。

钻入石军之中的牧尘则是冲南阁主一声冷笑，手掌握住战意神盘，灵力猛然灌注而进。

吼！

一千石军那空洞而狂热的眼神，陡然凝聚在南阁主身躯之上，只见它们上空那犹如层层黑云般的厚重战意猛然翻滚起来，下一刻，直接化为一柄约数百丈大小的战意石矛，在那石矛上，铭刻着密密麻麻的战纹，粗略看去，怕是不下数万之数。

咻！

石矛直接洞穿虚空，出现在南阁主的前方，暴射而去。

面对石军这等战意攻势，南阁主面色铁青，身形急退，而后双手印法变化，一声暴喝：“火凰掌！”

他猛然一掌拍出，磅礴灵力涌动，赤红火焰席卷，竟是化为一道巨大的火凰掌印，而后直接与那激射而来的石矛硬撼在一起。

咚！

两者硬撼，顿时有狂暴的冲击波爆发开来，那片空间都有些扭曲起来，而下方的湖泊，更是被这种冲击掀起万丈浪涛。

哼！

冲击波席卷，南阁主则是一声闷哼，身形竟是被震退了数十丈，而反观牧尘，则是躲在石军之中，安然无恙。

这次的交锋，显然是这南阁主吃了不小的亏。

而这一幕落在周围各方势力的眼中，却是心头略感震撼。南阁主这等人物，乃是货真价实的八品至尊，在北界之中拥有极高的地位，然而眼下，他却在牧尘的手中，屡屡吃亏，这对众人造成的冲击，可着实不小。

南阁主有些狼狈地稳住身体，老脸一片铁青，那望向牧尘的目光，恨不得将其碎尸万段，他知道，这一次他老脸算是丢光了。

原本以为只是对付一个不过五品至尊的牧尘，应当是手到擒来的事情，然而眼下的事实却让他明白，他不仅对付不了牧尘，而且还将自身陷入了狼狈之境。

“这个混账东西！”

南阁主心中暴怒，但却并未再度出手，经过先前的交手，他已经明白，凭借他现在的状态，根本就不可能打败这一千石军。

“如果是我全盛状态，要杀这小子，如屠鸡狗！可恨！”南阁主咬牙切齿，但最终只能阴狠地盯着牧尘，再不敢进入那石军的攻击范围之内。

而两人的交锋，同时也落在了各方顶尖强者的眼中，特别是正在对峙的大罗天域三皇以及神阁的另外三位阁主，他们对于这种结果，无疑是极其震惊的。

原本睡皇他们见到南阁主对牧尘出手，心中也是担忧之极，但哪料到结果会变成这样，牧尘不仅未被擒下，反而还将那南阁主逼得如此狼狈。

“这小子，底牌层出不穷，真是让人难以捉摸。”三皇对视一眼，都如释重负地松了一口气，旋即，都忍不住在心中赞叹了一声。

不过对于他们的赞叹，此时的牧尘显然无法得知，他见到借助石军之力逼退南阁主，也在心中悄悄松了一口气，然后手掌一握，先前被他夺到手的光团便闪现而出。

在石军的保护下，现在正是查探宝贝的最好时刻。

光团之外的光芒在此时迅速收敛，而后其中的神秘之物也渐渐清晰起来，牧尘定睛看去，片刻后，待他看清楚之后，忍不住愣了下来。

“这是……”

第11章 神秘陶罐

牧尘手中的光芒渐渐消退，而当他看见那光芒退去从而显露出来之物时，却是忍不住愣了一下，眼中满是错愕之色。

只见在其手中，那之前的光团已经消失，取而代之的，竟是一个约莫人头大小的黑色陶罐，在那陶罐的表面，有古老的符文，隐隐间有一些奇特的灵力波动散发出来，但却并不强烈，一眼看去，应该不是什么等级特别高的神器。

“这是……”

牧尘微微张着嘴巴，手掌忍不住紧捏了一下这古怪的黑色陶罐，手感也不是特别坚硬，仿佛再用力一些就能够将之生生捏爆一般。

牧尘将这黑色陶罐翻来覆去地仔细查验了一番，脸色便有些不太好看起来，因为这的确只是一个陶罐，其中也并没有任何东西，至于那所谓的“灵神液”，更是连影子都未曾看见。

这辛辛苦苦冒着风险夺来的东西，最后竟是如此不堪入目？

“那是什么东西？”

而在牧尘面色难看的时候，这天地间同样有不少强者紧紧地盯着他，所以当那黑色陶罐出现时，不少强者也将其收入视线之中。

“好微弱的灵力波动，这种波动，绝对不可能是绝品神器。”

"怎么可能？那道光团之中的灵性可是最为强大，为何取出来之物却是如此模样？"

"反正这绝对不会是灵神液！"

一时间，各种窃窃私语声都不由得传荡开来，不少强者都一脸的疑惑与茫然。

在那不远处，南阁主见到这一幕，则是悄悄松了一口气，如果牧尘真是从那光团中掏出了灵神液的话，恐怕今日他的罪过可就真是大了。

"哼，看来你这小子根本没这份气运！"南阁主放下心来，冷笑着讥讽道。他算是看出牧尘这战意神盘似乎有诸多的限制，不然的话，他不会到了这种危急关头才施展出来，但眼下对方付出了如此大的代价，最终却只是到手了一个无用之物，这口恶气，出得南阁主通畅之极。

在那另外的方向，大罗天域的三皇以及诸王也有些失望地叹了一口气，看来这灵神液，果然是没那么容易到手啊。

牧尘冰冷地看了那一脸得意笑容的南阁主一眼，也懒得理会这老鬼。他低头望着手中的古老陶罐，眉头却是紧紧地皱了起来，这东西应该不至于真是如此简单，不然的话那神秘的黑铁不会有这般动静。

这第四殿主费尽心机，难道只是出于恶趣味，搞出一个毫无作用的东西吗？

牧尘眼中光芒不断闪烁着，愈发觉得疑惑，他手掌紧握着陶罐，微微沉吟，便是一咬牙，直接催动灵力向这陶罐之中灌注而去。

他倒是要瞧瞧，这东西是不是真的这般无用！

灵力源源不断地自牧尘体内涌出，最后尽数灌注进入那陶罐之中，而随着灵力的灌注，牧尘则见到，那陶罐表面的古老符文在此时变得微微明亮了一点。

虽说这种变化极为细微，但依旧被牧尘看得清清楚楚，当即心头一动，再不犹豫，身后空间动荡，至尊海若隐若现，竟是化为灵力洪流呼啸而出，投入那陶罐之中。

陶罐表面的古老符文，迅速变得明亮。

周遭众多势力的强者见到这一幕，也是微微一怔，旋即摇了摇头，只是将牧尘的举动当作不甘心而已。

不过牧尘却是懒得理会他们心中所想，他瞧着那陶罐表面的符文越来越明亮，他心脏跳动的速度也突然间加快起来，因为他感觉到陶罐开始发出细微的震动。

那种震动越来越急促，突然，那古老陶罐突然一震，竟是直接从牧尘的手中缓缓升起，最后悬浮在牧尘的前方，那陶罐则开始一点点倾斜，将那罐口，对准了下方这片庞大翠绿的湖泊。

嗡！

奇异的嗡鸣声传开，在那陶罐之口，光芒凝聚，最后竟有一股奇特的吸力爆发出来。

哗啦啦！

当那股吸力爆发出来时，只见下方的湖泊，突然间翻滚起滔天巨浪，然后众多强者便惊愕无比地见到，一道道翠绿色的水柱，突然呼啸而出，最后直接被源源不断地吸入了那罐口之中。

这些翠绿色的水柱极为黏稠，而且厚重如山岳，甚至连空间都有些无法承受其重量，进而变得有些扭曲。

然而，这种连睡皇这等强者都不敢轻易踏足的湖水，此时却不断被吸进那古老的陶罐之内。

这般变故，让所有强者都目瞪口呆，这片湖泊之内的湖水，乃是那第四殿主灵力所化，极端的厚重狂暴，所以眼下虽然众多强者争夺，但却从未有人敢深入湖水之中，然而现在，连那些九品至尊都奈何不得的湖水，却被吸入那陶罐之中。

在那众多惊愕的目光注视下，只见那陶罐犹如无底洞一般，不断吸取着湖水，而随着那些灵力湖水的涌入，众多强者隐隐见到，在那空空如也的陶罐内，竟开始有一丝丝金色的水雾浮现，这些金色水雾渐渐汇聚，有凝聚成形的迹象。

一股极其恐怖的波动，悄然自陶罐中散发了出来。

而这片天地间，那些各方的顶尖强者都察觉到这股波动，面色瞬间巨变，骇然失声叫道："是灵神液！"

此言一出，这片区域瞬间爆炸了，各方势力的强者眼睛瞬间瞪大了，片刻后，终于有人明白过来，失声道："原来那陶罐是用来吸取此地的灵力，进而凝练灵神液的！"

各方强者倒吸一口冷气，原来这灵神液竟然要以这种办法才能够凝练出来，但此地的灵力，厚重得连九品至尊都不敢吸收，而唯有借助这种第四殿主所遗留的奇特之物，才能够凝练出灵神液。

那南阁主目瞪口呆地望着这般变故，下一刻他的面色便铁青无比，心中的懊恼简直要冲破胸口，他没想到牧尘虽然没得到灵神液，但却得到了凝练灵神液必需的器物。

"这个混账东西，竟然如此好运！"

南阁主咬牙切齿。若非此时的牧尘身处那一片石军的保护之中，恐怕他早已悍然出手，将那陶罐夺走，可眼下那石军战意恐怖，他自知不敌，不敢轻易闯入其攻击范围。

此时的这片区域，无疑因为牧尘的举动而彻底混乱起来，其余各方势力也不交战了，全部停下手，眼红地望着那陶罐。

三皇以及诸王也会合在一起，他们面面相觑地望着眼前的局面，惊喜的同时也有些担忧，毕竟万一引来众多势力联手进攻，他们大罗天域也讨不到好处。

"这……这玉瓶也能够凝练灵神液！"

就在他们担忧间，突然一道欣喜若狂的声音响起。众多目光猛地转移而去，只见那妖门的一位强者突然手举一个玉瓶，玉瓶之上有古老符文浮现，也开始吸取下方的湖水，凝练灵神液。只不过这玉瓶吸取以及凝练的速度，比起牧尘手中那陶罐，显然弱上了不止一个档次。

此人这个玉瓶也是之前那五道光团之内之物，在一番争夺后，则落在了他的手中，原本他还对其极为失望，但经过牧尘的那番启发，他也试探了一下，没想到还真是将其催动了起来。

那些妖门的强者见到这一幕，顿时大喜，不由分说急掠而去，将那名强者以及玉瓶团团护住，眼神戒备而忌惮地望着其他眼睛发红的势力。

“此处能够凝练灵神液之物，必然不止一个！”

心思敏捷的强者沉声喝道，旋即先前那些夺得光团的各方强者连忙探测刚才所得之物，一时间场面混乱至极。

“哈哈，我这也有！”一番探寻，很快就有人惊喜出声。在其手中，赫然有一个不过巴掌大小的杯盏，当他催动起来时，那杯盏竟然也开始吸取湖水，只不过那种速度，比起之前那玉瓶还要弱小。

“我这也有！”

“哈哈，我也有！”

在经过一片混乱之后，众人真还发现了一些稀奇古怪之物，而且催动起来，的确能够吸取湖水，凝练灵神液，但那种吸取的速度，实在是有些迟缓。

各方势力瞧见这一幕，再瞧瞧牧尘手中那陶罐磅礴吸取的速度，顿时心头一寒，与牧尘那陶罐的吸取速度比起来，他们这些实在是上不得台面。

“不行，差距太大，那小子手中的陶罐太过厉害，这样下去会将湖水抢完，凝练出最强最完整的灵神液！”

“必须得到更强的凝练器物！”

各方势力强者眼神闪烁，下一刻，猛地抬头，直接锁定了湖泊上空，在那里，还有三道光团在飞舞，强大的灵性从中散发出来，显然相当不凡。

那其中，必然是相当厉害的凝练器物！

各方视线聚集在那三道光团上，气氛反而诡异地安静了下来。

轰！

“出手！”

“全力抢夺！”

这种安静仅仅只是持续了瞬间便被引爆，各方强者都犹如疯狗一般冲出，全部冲向那三道光团。

“混账东西，谁敢与我神阁争夺，我神阁绝不饶恕！”

原本与睡皇等人对峙的神阁三皇，也耐不住性子，率先暴射而出，同时怒喝声传出，他们神阁仅仅只得到一个小小的玉杯，那吸取湖水的速度太过缓慢，这样下去，凝练而出的灵神液必然也太过稀少。

而到时候他们将如此稀少的灵神液交给神阁之主，必然会引来震怒。

“哼，僧多粥少，当我们怕你神阁不成?!”

眼下光团已是仅剩三道，这关系到到手的灵神液强大与否，所以根本就没有任何人理会神阁，各方强者，全部冲了过去。

轰隆隆!

恐怖的灵力冲击波爆发出来，将这片空间震得尽数碎裂开来。

在那远处，大罗天域的三皇、诸王等人则并未再去抢夺，因为牧尘那一个陶罐，已经碾压了全场，因此，他们只面面相觑地对视一眼，脸上有一抹哭笑不得的神色浮现出来。

“牧尘此次，可真是立了天大的功劳啊。”

湖泊上关于那最后三道光团的争斗，在短短十数分钟内便结束，不过争夺的激烈惊险程度，却是连旁观者的牧尘都看得眼皮子急跳。

为了争夺那仅剩的三道光团，各方势力的顶尖强者都全力出手，那等交锋，连此处的空间都尽数崩碎，想来若非这座石岛并不是一般的石岛，恐怕此时早已尽数崩碎了。

而那激战的结果，也导致三道光团各自落入神阁、幽冥宫以及万圣山三大顶尖势力手中。

当然，这倒并非是说其余顶尖势力实力不济，只是这等混战，非常依靠运气，而己方，正好是棋差一着。

三道光团一落入手中，神阁，幽冥宫以及万圣山的强者便立即将其取出，果然发现其中有三只晶莹剔透的玉壶。

在这三个玉壶上，都铭刻着古老奇异的符文，显然，这种器物，正是眼下他们最为需要的东西。

玉壶到手，三方势力立即在那众多眼红的视线中将其催动起来，顿时玉壶倾斜，光华绽放，也开始爆发出吸力，一股股湖水呼啸而出，源源不断地涌入玉壶之内，在那壶口处，隐约可见金光闪烁，一股可怕的灵力波动，渐渐凝聚。

这一幕，让神阁这三方势力都格外惊喜，这玉壶果然不凡，比起之前他们得到的那些凝练器物要强大不少。

那神阁的四位阁主也悄悄松了一口气，但那望向牧尘的眼神，依旧充满不甘，因为牧尘手中那犹如脸盆大小的陶罐，吸取湖水凝练灵神液的速度，依旧远远超越了他们。

“该死的小子！”四位阁主咬牙切齿，想来对这最大的好处竟然被牧尘取走恼火不已。

不过这种时候，他们也没有再出手的欲望。牧尘周身那支石军并非凡物，而且还有大罗天域三皇在不远处保护，他们即便全力出手也毫无用处，既然如此，还不如赶紧催动玉壶，多多吸取湖水，看看能否凝练出雄厚的灵神液。

哗啦啦！

原本混乱激战的湖泊上空，此时却反而全部平静了下来，所有的杀气内敛，各方势力盘踞一隅，然后守着各自的那些凝练器物，拼了命地吸取着下方湖水，于是，整个石岛上，再无激斗之声，只有那清脆的水流声，哗啦啦响起。

不过，在石岛上争斗渐渐平息的时候，在那石岛之外，却是灵力滔天，空间都在那一重重恐怖的灵力冲击下，尽数破碎。

而这些灵力冲击，正是来自曼荼罗等七大地至尊与那第四殿主的灵傀之战。

轰！

一道犹如晶石般的灵力长虹贯穿天际，携带着毁天灭地之威，而在其前方，一道娇小身影站立在那里，赫然便是曼荼罗。

她望着这道奔袭而来的恐怖攻击，小脸微微显得有些凝重。之前，这原本只是出于防守之中的灵傀，竟然开始主动进攻，而且攻势也变得越来越恐怖，甚至连她这等实力，都有些忌惮起来。

轰隆！

曼荼罗金色眸子中金光涌动，白皙的小手一掌拍出，看似柔弱无力，可那一掌落下时，空间都崩碎成碎片，而后直接与那数千丈大小的晶石长虹硬撼在一起。

冲击波爆发开来，曼荼罗退后一步，而那晶石长虹则爆碎开来化为漫天光点，消散而去。

在曼荼罗抵挡下这等攻势的同时，其余六位地至尊也施展手段，将呼啸而来的攻势震碎，旋即个个面色凝重，想来都察觉到了那灵傀攻势的加强。

在七人阵型中央处，第四殿主灵傀那空洞的眼中似乎有光芒浮现，它低头看了一眼石岛，喉咙中发出了一道低吼之声，可怕的灵力自其体内爆发出来，竟在其身后化为一圈圈晶体化的光圈，绚丽之极。

曼荼罗七人望着灵力波动暴涨的灵傀，神色忍不住微微一变。

“看来他们找到灵神液了！”神阁之主目光闪动，灵傀的这种变化，显然是因为石岛内的变故。

其余势力之主神色也是一动，旋即眼中有一抹喜色浮现，但紧接着，那抹喜色便化为猜疑，因为他们也不知道此时的灵神液落到了哪一方人马的手中。

咻!

而在他们心中念头急转间，只见那灵傀身形飞快降落，显然是打算落入石岛之中。

“它要去守护灵神液，截住它！”

曼荼罗见状，立即一声轻喝，旋即她一掌凌空拍下，灵力掌印呼啸而出，在那掌印之下，竟有风雨汇聚，只是那雨能洞穿空间，风能撕裂天地，一掌之威，可怕如斯。

轰!

曼荼罗神来一掌，直接将那道灵傀震退，与此同时，其余几位地至尊也联手发动攻击，那等狂暴攻势，立即将灵傀死死困住，令它无法进入石岛守护灵神液。

被曼荼罗等人紧紧纠缠住，那灵傀发出一道道低吼声，可怕的灵力席卷开来，逼得曼荼罗等人不得不谨慎小心。

“区区一道灵傀，还真妄想阻拦我等?!”

不过就在此时，一道冷喝声陡然响起，然后曼荼罗他们便有些微微错愕地见到，那神阁之主突然暴射而下，竟直接出现在了灵傀前方，一掌拍出。

这突如其来的变故，让曼荼罗他们都愣了一下，旋即个个面色古怪，在与这灵傀交手的这段时间中，他们弄清楚了对方的实力，如果真是要一对一的话，恐怕他们谁都难以将灵傀压制，所以之前的交手，他们都不敢轻易靠近灵傀，而是采取联手围攻的办法。

然而现在，这神阁之主不知道突然间抽什么风，竟然这么拼命。

轰隆！

在他们面色古怪间，那神阁之主已是一掌拍下，掌心五彩神光爆发，照耀天地，威力可怕至极。

吼！

灵傀也在此时低吼出声，它那空洞的眼中似乎有光芒绽放，然后也一掌横拍而出，在其掌风拍出的瞬间，其身后那一道道犹如晶体化般的光圈，也汇聚而来。

曼荼罗等人望着这一幕，双眼都忍不住微眯了一下，这个时候其实他们都可以联合出手，然后将灵傀压制住，但出于不同的心思，竟是一人未动。

如今这里，彼此都是竞争对手，而这神阁之主更是势强，若是能够借助灵傀之力，削弱其战斗力，对于其他人而言，都是好事。

砰！

两双掌印，重重硬撼在一起，顿时可怕的冲击波肆虐开来，附近十数万丈内，空间直接崩碎，甚至连下方那奔涌的大海，都仿佛被一刀两断，出现了一道深不见底的深深沟壑。

冲击波肆虐，第四殿主的灵傀被震得倒射而出，在其手臂上，竟是出现了一道裂痕，犹如将要碎裂一般。

而反观那神阁之主，同样是不好受，他嘴角一抹血迹浮现，身体犹如炮弹一般暴射而出，然后狠狠射进了下方的大海之中，扑通一声，不知道射进了多深的海底。

在那天空上，曼荼罗他们望着这一幕，嘴角倒是忍不住微微动了动。他们有些不明白素来冷静狡诈的神阁之主怎么会突然间如此冲动，眼下这般硬碰，虽说伤了灵傀，但他自己必然也受伤不轻，这对于之后的争夺，可百无一利。

“呵呵，看来神阁之主是被灵神液冲昏头了。”那蛇神殿的天蛇老鬼怪笑一声，有些幸灾乐祸道。

其余几位地至尊也目光闪烁了一下。

“好了，不用理会他，我们继续出手拖住这灵傀，让岛内之人有足够的时间取得灵神液。”曼荼罗淡淡道。

诸位地至尊闻言都轻轻点头，这个时候的确没心思去关注神阁之主伤得如何，而且彼此都是对手，神阁之主伤得越重，他们就越乐见。

于是，六人再度联合出手牵制第四殿主的灵傀，而在亲眼见识了对方先前一掌震飞神阁之主的威力后，他们也更多了一分谨慎，不敢如同神阁之主那般鲁莽地靠近灵傀，然后与其硬碰硬。

对于那半天未曾出现的神阁之主，曼荼罗等人也不在意，想来这个家伙尝到了苦头，此时正躲在海底，抓紧时间恢复伤势，免得状态不佳，待到灵神液出现时，无法全力争夺。

轰隆隆！

石岛上空，狂暴而恐怖的灵力冲击再度出现，那灵傀无法远离，因此面对曼荼罗等人的远程攻势，只能处于防御之中，不过从它那逐渐暴躁的状态来看，曼荼罗他们知道，恐怕石岛内部，那灵神液已经有所归属了。

而在他们全力牵制着灵傀时，却并未有人察觉到，在那下方的深海之中，碧绿的海水中，有丝丝黑气弥漫开来。

那番模样，犹如在那大海之底，有魔神即将复苏一般。

哗啦啦！

巨大无比的湖泊之中，此时一道道水流冲天而起，这些水流呈现翠绿色彩，而且极其黏稠，若是看得仔细的话，会发现在那水流之中竟蕴含着碎晶，那乃是灵力压缩到了一种极为恐怖程度之后的产物。

这片湖泊，乃是第四殿主陨落后毕生灵力精华所化，甚至连之外的那片无边无际的海洋，都由这片湖泊所衍生而出。

原本说来，面对这种高度凝练的灵力精华，就算是实力达到九品至尊的强者也不敢轻易吸纳，因为地至尊凝练出来的灵力太过强大，一旦侵入体内，极有可能会反客为主，反而将自身的灵力侵蚀，得不偿失。

但眼下，这些连九品至尊都忌惮的灵力精华，却在源源不断地冲天而起，最后被吸进那些奇特的瓶瓶罐罐之中。

牧尘立于石军守护之中，那古老的陶罐悬浮在其面前，一道数百丈大小的水柱被它强行抽取，犹如长鲸吸水一般，吸入看似微小，实则深不见底的罐体之内。

他这只古老陶罐的吸取速度，显然远远超出了其他所有的器物，如果按照效率来说，就算是神阁他们之后所夺取到的玉壶，那等吸取速度，也不及牧尘这陶罐的十分之一。

所以，每当他们见到牧尘前方壮观的水柱时，眼睛都忍不住有些发红。这片湖泊之中所蕴含的灵力精华并不是无穷无尽的，它也有极限，而眼下这么多人都在抢着吸取灵力精华，按照这种速度，恐怕要不了多久时间，这片湖泊就将会彻底枯竭。

而到时候，牧尘凝练出来的灵神液，将会最为完美。

灵神液关乎各自势力之主能否突破的大事，这是至关重要的，因为不管他们这些人争斗得如何激烈，其实对于真正的大局，根本没有影响，而能够动摇一方顶尖势力根基的事，只有一点，那就是坏其顶梁支柱。

而显然，各方势力之主便是其中的顶梁支柱。

若是此次神阁之主能够借势突破到上位地至尊，牧尘他们都清楚，整个北界的格局都将会因此改变。之前他们还怀疑这一个层次的差异，应该不至于太过可怕，毕竟眼下，七大地至尊中，当属神阁之主最为接近上位地至尊，但即便如此，他也不敢说有绝对的把握斩杀另外一位下位地至尊。

但如果他能够突破到上位地至尊的话，那局面则会彻底不一样，这一点，光从第四殿主凭借一道传承了自身力量的灵傀便将七大地至尊都阻拦在外一事上就能够明白。

一位上位地至尊，足以打破北界现有的平衡。

清脆的水流声，不断地在这片安静的石岛中响起，而那各方势力的强者，都目光微微闪烁，显然都在转动着诸多念头。

这大狩猎战，到了这一步，已经接近尾声，但真正的危机，恐怕才刚刚来临。

因为那最后的结果，谁也无法预料。

时间，在众人心思闪动间迅速流逝，转眼之间，大半日便已过去，而在时间的流逝中，众人也发现，下方湖泊中的湖水，变得愈发稀薄，其中的灵力精华逐渐被吸取殆尽。

而在湖水稀薄的同时，湖泊的上空，却有诸多恐怖的灵力波动散发出来，而这些波动的源头，正是那些奇特的瓶瓶罐罐。

“灵神液凝聚成功了！”

突然间，有狂喜的声音响起。各方势力强者猛地抬头，只见在那神阁的阵营中，一尺原本倾斜的玉壶，竟在此时缓缓断绝了吸取湖水的姿态，而在那壶口处，竟有淡淡的金光喷薄而出，那金光呼啸出来，连天空都被渲染成了金色。

一股极其恐怖的灵力波动荡漾出来，在那等波动下，就连神阁的四位阁主都感觉到了一些压迫，当即暗暗咂舌。

嗡！

就在神阁这边异动传出的同时间，另外的几个方向，也有喜悦的声音传来，金光涌动间，占据了各自的一方天际。

那是同样获得了玉壶的幽冥宫与万圣山，他们借助玉壶之力，同样在此时凝练出了不弱的灵神液。

而在他们之后，陆陆续续也有一些金光绽放，显然其他的一些器物同样凝练出了灵神液，但这等光华，却是与那三支玉壶凝练而出的灵神液差了许多。

“总算成了。”

神阁四位阁主笑容满面地望着这一幕，心中如释重负地松了一口气，辛苦一番，总算是勉强完成了任务，将这灵神液夺到手了。

“那小子那边竟然还是没有动静，哼，这小子不知天高地厚，想要凝练完美灵神液，看这样子说不得会失败！”那南阁主目光突然一转，转向了牧尘所在的方向，因为眼下这里，竟然只有牧尘那边依旧还没有灵神液成形的迹象。

“若是失败，那就最好，待得阁主完成突破，必要将这大罗天域从北界除名，到时候，他们全部都是丧家之犬！”其余三位阁主也面露阴冷之色。

此时湖泊上空，其余各方势力，也不由自主地将视线投向了牧尘所在的方向。毕竟牧尘获得的古老陶罐太过厉害，它吸取了最多的灵力精华，但眼下看这情况，似乎吸取了过多的灵力精华，反而多了一些风险。

不远处，睡皇和天鹫皇、九幽等人对视了一眼，眼中掠过一抹紧张之色，毕竟这灵神液对于他们大罗天域而言，实在太过重要了。

对于那天地间无数的目光，牧尘倒是一脸的平静，他紧紧地盯着面前的古老陶罐，它依旧在源源不断地将下方湖泊中的灵力精华吸收进去。

然而此时，那湖泊里的水已经将近枯竭，最后一缕黏稠的湖水冲天而起，没入了陶罐之中。

在将这最后一缕湖水吸收而进后，古老陶罐陷入了一阵沉寂，毫无动静。

见到这一幕，那神阁四位阁主顿时眼露狂喜之色，竟然真的失败了？这个蠢货！

轰隆！

不过，就在他们心中惊喜之间，突然天地间有惊雷之声陡然炸响，诸多强者心头一惊，急忙抬头，然后他们便见到，在那远处牧尘所立之地，他面前那安静许久的古老陶罐，竟在此时突然间爆发出了金色闪电，闪电撕裂天地犹如金龙一般，散发着恐怖至极的威压。

一道道金色闪电不断喷薄而出，目光看去，只见那陶罐之中金光疯狂凝聚着，金色的雾气荡漾着，雾气之中，隐约可见一枚犹如金色元胎般的东西在发出轻微的跳动声。

咚！

那种跳动，极为细微，但那种细微的声音传出时，整个天空都随之颤抖。

各方势力强者目瞪口呆地望着这一幕，旋即眼中有浓浓的羡慕之色涌出，这个时候就算是傻子都看得出来牧尘凝练出来的这一道灵神液的不凡。

神阁四位阁主脸上的冷笑早已凝固，取而代之的是一片铁青，他们盯着牧尘的眼睛，恨不得将其碎尸万段。

咻！

大罗天域三皇暴射而来，直接穿过石军，出现在了牧尘的四周，强悍灵力爆发出来，将牧尘守护在其中。

他们显然也知晓牧尘这一道灵神液的强大，所以赶紧出手保护，免得有人忍不住嫉妒得要暴起出手。

呼。

牧尘如释重负地吐了一口气，他伸出手掌将那古老陶罐握在手中，经历这么多辛苦，总算是将这灵神液给凝练出来了。

砰！

在陶罐落手时，牧尘周围那些石军顿时崩碎开来，化为漫天光点消散而去，显然，这战意神盘已到了极致，再也无法支撑了。

牧尘低头望着手中空空荡荡的石盘，上面已经没有了石像的存在，当即有些惋惜地叹了一口气。

“呵呵，牧尘，此次你立了大功，待到事后，域主必会补偿你，到时候可不是一道战意神盘的事。”睡皇笑眯眯道。

牧尘闻言也是一笑，倒并未去在意什么赏赐。他来到这北界，大罗天域给了他诸多的庇护，而曼荼罗也给了他诸多指点，所以他才会全力帮忙争夺灵神液，至于赏赐，他却并未像其他诸王那般期盼。

“走，离开此处，将灵神液交给域主。”

睡皇三人对视一眼，然后手掌一握，一道玉印闪现而出，睡皇一把捏碎此物，那是通知曼荼罗事成的信号。

而与此同时，其余的那些势力也纷纷取出联络之物，一时间，光华涌动。

就在他们捏碎传讯之物不久之后，只见石岛上空的光罩便开始震动起来，一道道裂纹，开始悄然浮现。

“准备动身。”睡皇将大罗天域诸多强者召集了过来，吩咐道。

牧尘仰头望着那逐渐出现的裂纹，然后深吸了一口气，手掌渐渐紧握陶罐，灵神液已经到手，不知道曼荼罗能否借此突破。

此次的大狩猎战，终于到了最为关键的时候了。

无边无际的海洋上空，石岛悬浮，在那石岛之外，便是一层厚重的光罩，光罩将石岛遮掩得严严实实，令外人无法窥探其内。

而此时，这片固若金汤的光罩之上，却荡漾着一道道涟漪，只见一道裂缝正在迅速从那光罩表面蔓延开来。

这道裂缝，自然便是曼荼罗等六位地至尊的联手杰作，在收到了各自麾下人马的传讯后，他们便立即联手，再度撕裂光罩。

而这一次，他们并未再多此一举地各自撕裂裂缝，而是联手撕裂同一处的光罩，如此一来，自然比之前要容易许多。

咻！

裂缝浮现，很快便有动静传来，只见一道道光影快若闪电般地自那光罩内暴射而出。

轰隆！

就在这些光影暴射而出的时候，在那光罩上空，那道灵傀猛地发出愤怒的低吼声，那空洞的双目含着恐怖威压，扫向了那些光影，显然，从这些光影身上，它察觉到了自身灵力精华的波动。

砰！

不过，还不待这道灵傀出手，只见六大地至尊已经瞬间出手，六道庞大如山岳般的掌印从天而降，重重轰在了那灵傀身躯之上。

而在出手阻拦灵傀的同一时间，六大地至尊袖袍一挥，一道灵光席卷过天际，直接洞穿虚空，各自卷上自家人马，然后闪电般地远远退走。

短短十数息间，只见各方人马便在各自势力之主的保护下退出数万丈，而随着他们远远退去，那灵傀因为守护石岛的限制，竟并未追击，它望着那些远去的光影，突然愤怒地低吼一声，猛地低头，将那视线锁定在了正在仓皇逃窜的一批人马身上。

那赫然是神阁的人马，因为神阁之主并不在场，在场的各大地至尊也没心思分神顺手将他们救走。

神阁人马领头者，便是神阁四位阁主，当他们在察觉到那灵傀将愤怒的目光投向他们时，顿时头皮猛地发麻起来。

虽说他们四人也算是神阁中仅次于神阁之主的顶尖强者，可面对连六大地至尊联手都奈何不得的灵傀，他们简直就如蝼蚁般脆弱。

灵傀空洞的眼中光华闪现，旋即它猛地出手，掌心之间，竟有万千霞光暴射而出，犹如捆龙之绳一般，便出现在了神阁诸多人马上空，然后席卷而下，恐怖的威压，竟瞬间凝固了空间，将神阁诸多人马全部都封锁在了虚空之中。

面对灵傀的出手，神阁四位阁主面色骇然，体内灵力毫无保留地爆发出来，但这依旧无法撼动那垂落下来的道道霞光。

他们与地至尊之间，差了太多太多。

那远处被曼荼罗带走的大罗天域众人见到这一幕，也不由得暗暗咂舌，这灵傀竟然恐怖到这种程度，仅仅只是随手一掌，便将神阁如此豪华的阵容逼入死地。

咚！

不过，就在众人以为神阁诸多人马将要就此倒霉时，突然间下方的海洋猛然呼啸而起，溅起万丈海浪，一道虹光自其中呼啸而出，化为光罩，将神阁人马笼罩在内。

砰！砰！

那道虹光狠狠地冲击在光罩上，顿时惊雷之声响起，涟漪浮现，但却并未将光罩击碎，而后那光罩便带着神阁人马迅速遁走，一闪之下，便在数万丈之外。

在这生死之间走了一遭，就连神阁四位阁主都有些腿软，背心满是冷汗。

在他们前方，空间泛起涟漪，一道人影踏空而出，他负手而立，气势滔天，连天地都为其所震慑，而这道人影，自然便是神阁之主。

“多谢阁主相救！”神阁诸多人马见到这道伟岸身影，顿时恭敬弯身。

“可惜。”大罗天域诸王见到这一幕，顿时惋惜地摇摇头，这神阁之主终归还是在这关键时刻出手了。

曼荼罗金色眸子微微一眯，她望着现身的神阁之主，此时的神阁之主，倒是与之前一般无二，而且其周身灵力波动也极为平静，先前与那灵傀硬撼所造成的伤势，似乎早已全部恢复。

“这家伙……”

不过，出于某种直觉，曼荼罗眉尖却是轻轻蹙了一下，隐约感觉到有些不太对劲，但却无法细察，只能摇了摇头，然后将心神拉回到如今最为重要的事情上，她那金色眸子看向牧尘等人，道：“灵神液如何？被谁夺到了？”

在说及灵神液时，即便是以曼荼罗的定力，眼中都泛起了涟漪波动，显然是对其极其看重。

三皇对视一眼，旋即皆是一笑，而后将目光投向牧尘。

牧尘手掌一翻，那古老陶罐便出现在其掌心，只见那陶罐之中，有金光绽放出来，顿时金霞笼罩天际，一道金色流光，缓缓从陶罐之中升起。

而到此时，三皇和九幽等人才彻底看清楚牧尘凝练出来的这一道灵神液是何模样，但出乎他们意料的是，这所谓的灵神液，竟然并非所谓的液体之状。

金色的光芒内，金光凝聚，竟是形成一道约莫巴掌大小的金色元胎，那元胎之上布满了极端古老的纹路，微微跳动之间，犹如活物。

此物一出，九幽他们便清楚地感觉到周围天地间的灵力瞬间变得黏稠起来，深吸一口气，竟是连体内灵力都变得迅猛起来。

蕴含着如此恐怖灵力精华之物，恐怕就算是睡皇这等人物都不敢轻易吸收炼化，对于他们而言，胡乱吸收，如同毒物。

“灵神液竟然是这模样？”九幽他们望着眼前的灵神液，顿时忍不住惊叹出声。

“竟然是……完美级的灵神液！”

当犹如金色元胎般的灵神液出现时，曼荼罗那金色的眼睛瞬间便瞪大起来，一抹震惊浮现她的脸颊，失声道。

无怪乎她会如此震惊，在这些年北界的大狩猎战中，灵神液出现的次数虽然不多但也不算少，可能够达到完美级别的灵神液，却一只手都数得过来。

她从未想到过，牧尘他们进入石岛，竟然能够为她带出如此完美级别的灵神液！

睡皇望着有些失神的曼荼罗，也微微一笑：“此次多亏了牧尘，若非他抢夺到最佳的凝练之物，并且还独自挡住南阁主的话，恐怕我们也只能得到普通的灵神液。”

曼荼罗收回心神，她深深地看了牧尘一眼，道：“我记下了。”

她并未多说任何言语，仅仅只是一句简单的话，但清楚她性格的牧尘却知道，这简单一语代表什么。

而且从她的这一句话中，也能够听出曼荼罗并未将牧尘当作真正的下属，毕竟如果是修罗王他们做出相同事情的话，她或许会给予大功，而对于牧尘，她却并未允诺什么功劳。或许从最开始，她与牧尘的交流就放置在同等的层面，虽然牧尘与她的实力，还差了很远的距离。

牧尘冲曼荼罗笑了笑，并未矫情地说什么，只是屈指一弹，便将那金色元胎般的灵神液送到了曼荼罗面前。

曼荼罗白皙小手伸出，轻轻地握住了灵神液，而当其握住时，她能够清晰地感觉到远处射来一道道充满着嫉妒的目光。

那些目光来自其他的地至尊，显然，他们都感应到了曼荼罗这灵神液的可怕。

而在大罗天域这边一片欢庆时，那神阁诸多人马，却是噤若寒蝉，因为面前的神阁之主，正手握着一颗犹如金丹般的东西，这是他们凝练而出的灵神液，但与曼荼罗那颗比起来，差了一个档次。

“阁主，都是那个叫作牧尘的小子坏我们大事！”南阁主咬牙切齿道。

“牧尘吗……”

神阁之主双目微眯，旋即淡淡一笑，道：“无妨，就算曼荼罗获得了一颗完美级的灵神液，不见就能完成突破，本座在这一步上，本就领先于她。”

“想要和本座比一比谁更先突破到上位地至尊吗？”

神阁之主嘴角掀起一抹冰冷笑容，他的眼中，有充满野心的火焰在涌动，他低声轻笑，喃喃道：“从今往后，这北界，本座便是真正的霸主了。”

话音落下时，他再不犹豫，直接将手中的灵神液一口吞服而下，同时袖袍挥动，只见恐怖灵力席卷开来，化为光幕，将神阁的众多强者尽数笼罩，而他则在那光幕的保护下，凌空盘坐。

在神阁之主一口将灵神液吞服而下的同时，另外的方向，其余那些获得了灵神液的势力之主，也是眼神一阵变换，最后猛地吞下了灵神液。

“帮我护法。”

曼荼罗也是一声轻喝，不再犹豫，小嘴微张，便将那金色元胎般的灵神液吞了进去，而后金光绽放出来，将其身形淹没。

牧尘等人立于其后方，他们望着遥远处，那里的六个方向，皆有光华涌动，显然，其余六位地至尊，也在此时选择了借助灵神液来突破。

而一旦突破成功，必将引得整个北界为之动荡！

所有人的心，都在此时猛地提了起来，因为这大狩猎战拼斗到现在，才是真正决定谁存谁亡的关键时刻！

牧尘与九幽对视一眼，神色都变得凝重起来，如果那神阁之主突破的话，那么恐怕他们大罗天域，将会成为丧家之犬！

第12章
孰胜孰败

浩瀚的海洋上空，各方人马远远退去，各自占据一方天际，最后铺天盖地的霞光绽放，竟将这片空间渲染得色彩缤纷。

大罗天域诸多人马所在之地，牧尘他们面带惊叹地望着这一幕，七大地至尊同时修炼。

他们的视线渐渐收回，在他们的前方，有紫色霞光在绽放，而在那紫光的中央，能够隐隐看见一道盘坐的娇小身影。

虽说曼荼罗并未特意将自身威压散发出来，可在修炼时，那恐怖的灵力翻涌，依旧有极其恐怖的灵力压迫弥漫，令大罗天域诸多强者头皮微微发麻。

而类似的光华，在另外的天空，还有整整六道！

而且，随着曼荼罗等人修炼时间的推移，他们都能够感觉到，那七道强大的光芒正在迅速扩张，而凡是其弥漫之地，连空间都随之变得扭曲起来，显然是无法承受这种压迫。

原本距曼荼罗不远的牧尘等人，也不得不开始后退，不然的话，一旦被那紫光包裹进去，恐怕将会直接被那等灵力压迫压制得动弹不得。

“这等修炼，可真是吞纳天地。”九幽美眸望着这天地间壮观的一幕，忍不住一声感叹，眸子中充满着向往。

如果说大千世界中只有踏入了至尊境的人才能够称作强者，那么地至尊就真正是雄霸一方的大人物，这等实力，就算是在大千世界的那些超级势力之中，也绝对能够称得上是进入了顶尖的层次。

那一步，是无数修炼之人梦寐以求的，即便是冷艳的九幽，也是如此。

“你迟早也能有这一天的。”牧尘站于九幽身旁，微微一笑道。

九幽也是笑了笑，她微微偏头，美眸带着一丝奇特意味审视了牧尘一圈，他来到大罗天域的短短两年时间里，似乎长高了一些，原本在离开北苍灵院时，牧尘还因为年轻而显得有一丝青涩，然而如今这一抹青涩，则在一次次的搏杀之战中渐渐隐去。

在这短短不到两年的时间里，牧尘也成长了不少，这让九幽心中有一种特殊的情绪，那仿佛是亲眼看见原本需要自己庇护的少年，渐渐成长，最后将自己超越的欣慰之感。

“怎么了？”察觉到九幽的目光，牧尘笑道。

“现在的我，真要交起手来，恐怕也不见就能胜过你了。”

九幽冷艳的脸上扬起一抹明媚的笑容，道：“想当初在刚离开北苍灵院时，你可是连至尊法身都尚未凝练出来的小菜鸟。”

而如今，那时的菜鸟，却在这北界声名鹊起。九幽毫不怀疑，如果此次大狩猎战后他们大罗天域依旧屹立在北界，那么牧尘的名声，必然将会超越如今北界年轻一辈所有的天才，甚至，一些老一辈的强者面对他都会极为忌惮。

“就快两年了啊……”

牧尘也感叹了一声，短短不到两年的时间中，他从当初连至尊法身都未曾修炼出来的菜鸟成长到如今的五品至尊，甚至若是借助着战意的力量，即便是七品至尊他都敢放手一搏，这等进步，的确是让人叹为观止，但对此牧尘却并不是特别满意，因为他知道，这还远远不够。

因为在那绿荫葱葱，散发着温润平和气氛的灵院中，他郑重地告诉了那个女孩，终有一天他将会成为那盖世强者。

而现在，他虽然变得强大了，但离所谓的盖世强者依然还有极为遥远的距离。

在见识了曼荼罗他们这些地至尊的力量后，他明白那个层次有多么可怕，而显然，洛璃所在的洛神族将会比这北界更为危险。

那洛天神所拥有的力量，比曼荼罗他们更为强大！

所以他如果想要前往洛神族的话，那么最起码，他必须拥有不弱于洛天神的力量，因为只有到了那一步，他才有可能站在那个清丽如仙般的坚强女孩身前，为她遮挡那席卷而来的狂风暴雨。

只是那一步，可是相当遥远的啊。

牧尘的手掌缓缓紧握，那年轻俊逸的面庞上，却有一抹坚毅之色浮现出来。这一路而来，那一重重的艰难险阻不仅未能将他阻挡，反而将其心灵打磨得坚如磐石。

他的成长之路，固然充满着凶险，常常游走于生死之间，然而，他也相信，或许别人只是将他要成为盖世强者之言当作初生牛犊的莽撞之语，但那个清清淡淡的女孩，却是从一开始就毫不动摇地相信，甚至，比他相信自己还要相信，终有一天，他会成为那盖世强者，出现在她的面前。

呼。

牧尘仰起头，深吸了一口有些冰凉的空气，纷乱的心境渐渐平复下来，只是那嘴角的笑容，在悄然间变得更为自信与坚毅。

洛璃，等着我吧。

九幽望着牧尘眼神的变幻，看到他再度恢复自信，也是微微一笑，能够让这个心静如水的家伙心境如此波动的，恐怕也就只有洛璃了。

“等此次大狩猎战结束后，我或许会暂时离开一段时间。”九幽白皙玉手将额前的青丝捋起，顿了一下，突然说道。

牧尘闻言神色顿时一怔，问道：“去哪？”

“我已经突破到了六品至尊，而且进化成了九幽冥雀，所以我需要回去一趟，尝试能否点燃传承血脉。”九幽冲牧尘眨了眨眼睛，笑道，“如果我成功了的话，实力便会出现大幅度的精进，到时候你就又得被我抛下了。”

牧尘盯着九幽那俏丽的脸颊，她虽然在笑，但以牧尘对她的了解，却分明从其笑容中察觉到了一些不自然的神色。

那是隐藏得极深的忧虑。

“是点燃传承血脉有危险吗？还是其他的一些什么？”牧尘轻声问道。

九幽一怔，没想到牧尘会如此敏感，当即抿着红唇轻轻摇了摇头。

牧尘望着她这般模样，心头却是微微一动，道："是因为……你与我的血脉链接？"

九幽想要点燃传承血脉的话，难免会触及血脉，而这个过程，很容易被人察觉牧尘与她之间的血脉链接，这一点九幽不在意，但却并不代表她的族人不在意。

九幽冥雀本就是神兽榜上名列前茅的强大神兽，如果再度进化的话，那就是真正的超级神兽，那是媲美天至尊级别的恐怖存在，也绝对是整个大千世界中顶尖般的人物。

而九幽天赋绝佳，乃是九幽雀一族中罕见的天才，所以族内高层对其寄予厚望，而此时如果让他们知道九幽竟然和他这么一个人类，而且还是仅仅五品至尊实力的人类缔结了血脉链接，想来必然会雷霆大怒，到时候事情必然不会容易平息。

九幽贝齿紧咬着红唇，她冲牧尘一笑，坚定道："放心，我不会允许他们动你丝毫！"

牧尘眉头则是紧紧皱起来，在与九幽缔结血脉链接时，他就隐约料到过一些有可能会出现的麻烦，而如今，这种隐忧总算要爆发出来了。

"九幽姐，这些年你一直保护我，我很感激。不过这一次的事情因我而起，我不会再让你一个人独自去面对。"牧尘深吸一口气，眸子紧紧盯着九幽，缓缓道。

九幽一怔，她抬头望着牧尘，此时的他眼神坚毅，年轻的脸不再有青涩气息，那种自信，让人也受到感染，进而让心情平静下来。

而在察觉到心情的变化后，九幽感到有些欣慰，现在的牧尘，的确不再是当初那个青涩少年了，在某些时候，甚至连她，都会因为他的存在而变得更为自信。

在离开北苍灵院这短短不到两年的时间中，少年已是真正成长起来了。

九幽螓首轻点，并没有再多说什么，眉宇间的忧虑，似是微微舒展了一些。

牧尘见状也是笑了笑，待到九幽目光转开时，那面色才变得有些凝重起来，因为他知道此事究竟有多棘手。

不过眼下似乎还并不是考虑此事的时候，当务之急，是眼前这一关，如果眼下曼荼罗未能成功突破，反而让神阁之主取得先机，那他们大罗天域必然难逃灭亡，到时候，他们也将会成为丧家之犬。

而在面对那九幽雀一族时，曼荼罗将会是眼下牧尘所能借助最大的“势”，但如果眼前这关过不了，那牧尘就基本不具备与九幽雀一族说话的资格，到时候，他也只能另想其他的办法。

所以说，牧尘必须祈祷，曼荼罗能够在他那完美级别的灵神液下，成功突破!

牧尘的目光穿透那铺天盖地的紫色霞光，在那其中，一道娇小的身影静静盘坐，可怕的灵力波动，一波波从其体内席卷而出。

七道磅礴的霞光，笼罩在这片空间之中，恐怖的灵力威压从中散发出来，连空间都发出了难以承受的扭曲之声。

随着六位地至尊修炼的持续，那从他们体内散发出来的压迫感也越来越强大，到得后来，他们甚至已经没有多余的心思压制，压迫感尽数扩散，逼得在场的各方强者都再度远退出数万丈。

而这些各方强者，此时也没有了任何再彼此争斗的心思，他们所有的心神都投注在那七道磅礴霞光上，因为他们都很清楚，当事情进展到这一步的时候，他们的争斗已经没有多大的意义，真正能够决定北界格局的，只有眼前这七位北界真正的顶尖强者。

大罗天域诸王彼此对望着，都从对方的眼中看出了紧张之色，这种时候，即便是连牧尘这般定力，都感觉手心冒汗。

这种层次的博弈，万一曼荼罗棋差一着，恐怕到时候就会面临覆灭之灾，而一旦曼荼罗失手，他们这些人，也将会成为丧家之犬，到时候或许就只能逃出北界，另觅修行之地了。

而这显然不是牧尘愿意看到的情况，他来到这北界，最终的目的是找寻上古天宫，并且得到其中有关“万古不朽身”更进一步的进化，而这种争夺，以他一人之力极难完成，因此他也必须借助大罗天域的力量，如果大罗天域被神阁所灭，那他这两年的苦心经营，也将会付诸流水。

“曼荼罗，你可一定要成功啊。”

嗡！

就在牧尘心中喃喃自语声落下时，突然间，这扭曲的天地间竟有一道数万丈大小的虹光冲天而起，那虹光犹如擎天巨柱，将这片空间都给洞穿了一般。

这般变故，立即引得牧尘等人面色一变，急忙灵力灌注双目，凝神望去。只见那一道数万丈大小的虹光之中，一道身着星辰白袍的苍老人影静静盘坐着，天地间的灵力犹如潮水一般在其身后汇聚，隐隐间，竟有潮汐之声传出。

“是万圣山的万圣老祖！”灵瞳皇双目灵光闪动，眼神洞穿了那灵力潮汐而且看清楚了其中之人，当即沉声道。

“他的实力有所精进，不过应该并没有突破。”睡皇紧接着说道，那万圣老祖应该是借助着灵神液的力量有所进步，但却还远远达不到真正上位地至尊的层次。

牧尘等人闻言，顿时悄悄松了一口气，虽说他们大罗天域与这万圣山没有太多恩怨，但这种时候，平衡一旦被打破，会发生什么事情谁也说不准。

就在继万圣老祖完成修炼后不久，又有一道道庞大虹光冲天而起，每一道虹光之内，都有一道人影负手而立，那从他们体内散发出来的恐怖威压，令这天地间的灵力都为之颤抖。

“那是玄天殿的柳天道，他实力也变强了不少。”

“还有妖门的妖帝、蛇神殿的天蛇老鬼、幽冥宫的幽冥宫主。他们都将各自的灵神液吸收炼化了，虽然实力都有所增强，但都未曾突破！”

牧尘等人目光不断闪烁着，也暗暗感到震惊，没想到这上位地至尊竟会如此难以突破，眼下这五位地至尊的突破，已尽数失败。

在那遥远的天地间，那五位地至尊眉头微皱，显然对于自身的失败有些不满，但对此他们也是无可奈何，这地至尊之间，每一层次都差距极大，每一次的突破，都很不容易。

“眼下五大地至尊都已修炼完毕，接下来就只有那大罗天域的大罗域主，以及神阁的神阁之主了。”天地间各方势力的强者都忍不住将视线投向天地间依旧明亮的两道霞光上，甚至连那完成修炼的五位地至尊，都面色变得凝重了一些，因为他们心中很清楚，在他们七人之中，最有可能完成突破的，应该就是神阁之主与大罗域主。

前者本就距上位地至尊不远，而后者则拥有完美级的灵神液，很有可能借此一举而上，完成突破。

而显然，不管最后谁突破到了上位地至尊，北界的势力格局都将会因此而改变。

而在那天地间各方势力紧张的等待中，曼荼罗与神阁之主所在的区域，终于有动静传出，只见那两道霞光之中，突然有惊雷之声响起，那并非是真正的雷霆之音，而是灵力在摩擦之间，所爆发出来的惊天之音。

那种音波荡漾开来，直接引得灵力爆炸，顿时天地间轰鸣不断，连站在遥远之处的各方强者都体内气血沸腾，皮肤表面，竟有鲜血渗透出来。

而这般动静也引得各方势力面色惊疑不定，他们自然看得出来，曼荼罗与神阁之主两人的声势，比起之前的五位地至尊，还要来得强悍。

莫非，他们两人都突破到了上位地至尊?

各方势力的强者面面相觑，旋即他们的目光投向天空上的五位地至尊，发现他们虽然面色凝重，但却并未变色时，才悄悄松了一口气，如果曼荼罗与神阁之主真的突破的话，想来这五位地至尊神色不会如此平静。

轰隆隆!

天地间的轰鸣声越来越响，到得后来，犹如排山倒海一般，令人感到震撼，而在那雷音强盛到极点时，突然那片天地间竟有暴雨倾盆而下，那并非是寻常雨滴，而是无数灵力凝聚而成，进而铺天盖地呼啸而下。

牧尘等人望着这等天地异象，都忍不住暗暗咂舌，这就是地至尊的力量吗?仅仅只是这种修炼，便能够引得天地气象变化，简直让人感到不可思议。

哗啦啦!

灵雨铺天盖地降落下来，但这些灵雨却并未平白浪费，而是在降落到一半的时候迅速汇聚成一条条灵力水柱，最后没入那两道光霞之中。

光霞之中，隐约可见两道人影张开了嘴，犹如长鲸吸水一般，将那些精纯的灵力水柱，尽数吸入嘴中。

这般吸取了足足十数分钟，那天地间的异象才缓缓消退。

漫天霞光也开始收敛，最后霞光散去，而两道人影，也清晰地出现在了各方强者的紧张注视之中。

曼荼罗依旧一身黑裙，娇小的身躯丝毫没有地至尊所拥有的霸气，只是那对金色眸子变得更为深邃了一些，她白皙小脚赤足而立，静立之间，仿佛一方镇天之石，令万物都随其宁静下来。

而在另外一处，神阁之主则是一身白袍，他面目虽然普通，但却有一股凛然霸气自其体内隐隐散发出来，令万物臣服。

两人凌空而立，视线对碰在了一起，那一刹那，对视处的空间竟猛然被撕裂开来，下方的海洋，也在此时崩碎而开。

两人的身后，都有滔天灵力在呼啸，其中仿佛有山川河流若隐若现，玄妙无比。

“灵力化山河……”

当万圣老祖这五位地至尊在见到曼荼罗与神阁之主身后那灵力所化的山川河流时，瞳孔顿时一缩，这般异象，唯有触及上位地至尊的层次时，体内的灵力才能够与天地间灵力取得共鸣，引发这般异象。

但现在，曼荼罗与神阁之主却不具备真正上位地至尊的威压，那么显然只有一个结果，两人都触及上位地至尊的层次。

用简单的意思来说的话，那就是现在的曼荼罗与神阁之主，都达到了半步上位地至尊的层次！

现在的他们，距那上位地至尊，已经只有半步之遥！

虽说这看似仅仅只迈出了半步，但幽冥宫主等五位地至尊却明白，如果此时再度单打独斗的话，他们根本不会是曼荼罗与神阁之主任何一人的对手。

“半步上位地至尊吗？”

牧尘等人望着这一幕，都悄悄松了一口气，虽说曼荼罗并未突破到上位地至尊，但这种结果已经出人意料，并没有落后那神阁之主。

如此一来的话，神阁想要灭了他们大罗天域，就是痴人说梦。

“呵呵，大罗域主果然非凡，竟能够，追赶上本座。”那神阁之主感应了一下自身的状况，旋即微微一笑，道。

曼荼罗金色眸子淡漠地看了他一眼，却并未理会。

神阁之主并未在意曼荼罗的反应，反而将目光转移向另外的五位地至尊，他那平静的脸上有一抹意味深长的笑容浮现出来，而后开口说道："五位，我有一个建议，不知你们可有兴趣？"

听到神阁之主此话，那五位地至尊双眼顿时微眯起来，心中则是咯噔一下，这神阁之主，此时又想如何？

"不知神阁之主想要怎样？"万圣老祖沉声说道。

神阁之主微微一笑，看似温和的笑容中，却有掩饰不住的霸道涌了出来，他那雄浑之声，如雷霆般回响在这片空间。

"北界分离已久，本座今日欲要整合北界，集合力量，让我们北界在这天罗大陆真正崛起，此等大势，不知五位可愿支持本座？"

当神阁之主雄浑的声音响起时，不仅各方势力强者眼中露出震惊之色，就连那五位地至尊，神色都忍不住一变。

这神阁之主明明未曾突破到上位地至尊，而且一旁还有同样步入了半步上位地至尊的大罗域主，他竟然敢说要统一北界?!

他究竟哪来的信心?!

无边无际的海洋上空，霞光涌动，绚丽至极，然而此时各方势力强者都无心于此，他们的视线，都震惊地望向远处那屹立在霞光中，散发着一股慑人威严的伟岸身影，那是神阁之主。

他们都被神阁之主先前之言所震动。

那简简单单的一言，其中表明的意思却是再明确不过，这神阁之主竟是试图将分裂的北界统一！

此等雄愿，在这近千载中，也有不少北界的超级强者试图做到，但最终都以失败而告终，原因无他，只是这北界群雄并起，始终难以出现一个真正能够震慑住其他顶尖势力的霸主。

然而现在，这神阁之主，难道就想要成为这多年未曾出现的霸主不成?!

可他这般念想，其他顶尖势力之主又怎么可能会让他如愿？毕竟这些地至尊谁不是心高气傲之人，他们怎么可能会舍弃这身傲气，对神阁之主低眉弯腰？

当然了，如果这神阁之主真的能够在实力上绝对超越他们，或许其他的顶尖势力之主还会审量一番，然而现在，这神阁之主虽然实力更进一步，直接达到了半步上位地至尊的层次，但这显然还不可能让其他地至尊畏惧。

而且，最为主要的是，在场的，除了神阁之主这半步上位地至尊外，曼荼罗同样也处于相同的层次，以大罗天域和神阁之间的恩怨，那必然不可能让神阁之主如愿以偿。

所以，这神阁之主突然间公开这般念想，实在是让各方势力都感到匪夷所思，但隐隐间，又都戒备起来。

五大地至尊目光微微闪烁，视线彼此交汇，最后都不约而同地投向了曼荼罗。面对此时强势的神阁之主，他们一时间竟有些忌惮，所以也不敢轻易开口，反而指望曼荼罗能够率先出头。

然而，在他们的注视下，曼荼罗则是淡漠一笑，金色眸子微垂，犹如什么也没有听见过般。这北界各大顶尖势力彼此间恩怨也有不少，她虽然对神阁之主也极其厌恶，但显然也不会白白替这些家伙出头。

五大地至尊见到曼荼罗这般反应，也是有些悻悻然，而后那万圣山的万圣老祖才笑眯眯地开口："大罗域主，此事关系到北界格局，所以还望能够表态一二，我等感激不尽。"

他的话显然有一些恳请服软之意，而且他也很清楚，随着这一次的大狩猎战，曼荼罗的实力大为精进，已经超越了他们一线，日后在这北界，看来他们万圣山也得多多与大罗天域走近一些才是。

其余的数位地至尊眼神变幻，最终都认同了万圣老祖之言，唯有那玄天殿的柳天道面色有些不自然，以往他与曼荼罗之间恩怨同样不少，而如今曼荼罗得势，倒是压了他一头，由不得他不服软。

曼荼罗见状，这才淡淡一笑，平静道："神阁之主有这魄力，倒是让人佩服。不过我大罗天域并无此意，所以你们还是另寻他人吧。"

见到曼荼罗表态，其余势力之主才暗松了一口气，那万圣老祖、妖帝、天蛇老鬼也随即点头，表示附和。

只有那柳天道未曾确切表示，目光闪烁，也不知道在想些什么。

牧尘等人望着眼前这一幕，都是面面相觑。这种对峙已经超出了他们的界限，无论他们做什么都无法让局面有所变化，所以也只能眼睁睁地看着局势变化。

“呵呵，看来几位对本座的提议并不怎么感兴趣。”神阁之主见到这般回应，并不意外，只是脸上那意味深长的笑容，令万圣老祖等人心头微微一凛。

“哼，你神阁胃口未免过大了一些，我看你是想吞并我们，进而独霸这北界吧？”妖门的妖帝性子冷傲，虽说有些忌惮神阁之主，但却也并未步步退让，当即针锋相对，冷声说道。

“不过我也得说句不客气的话，想要称霸北界，恐怕光凭你这半步上位地至尊的实力，还没那资格！”

此言一出，那神阁之主双眼顿时微眯起来，他一声轻笑，道：“原来是嫌我实力太低，并未真正踏足上位地至尊吗？”

各大顶尖势力之主闻言不置可否。

神阁之主见状，嘴角顿时掀起一抹诡异的弧度，下一刻他神色陡然变得凌厉，暴喝之声，犹如雷霆一般，轰隆隆回响在这天地之间，引得天地激烈动荡，各方势力强者都面色巨变。

“既然如此，那本座今日让你们亲眼看看，突破到上位地至尊，于我而言，又有何难？”

此言一出，不仅万圣老祖等人猛然色变，就连曼荼罗金色瞳孔都是陡然一缩，震动之色再也掩饰不住地出现在了其小脸之上。

“他说什么？他还能够再度突破?!”各方势力阵阵骚乱，那睡皇三人也一脸的难以置信，先前的灵神液显然已经被神阁之主消耗殆尽，除非此时他再有完美级别的灵神液，不然的话，绝对不可能突破那最后一步！

牧尘与九幽对视了一眼，看到对方眼中的震惊之色，而在震惊过后，牧尘的面色不由得阴沉了许多。这神阁之主所言虽然让人难以置信，但这种时候，他必然不会大放厥词，如此说来的话，他可能是真的拥有其他手段来做到这一步。

难怪他之前敢放出那等豪语，原来真的有隐藏的底牌。

在那天地间诸多震惊的目光注视中，只见那神阁之主突然面带诡异笑容地张开了双臂，而就在他双臂张开的刹那，只见他的双目竟变得一片漆黑，紧接着，浓郁如墨般的黑气瞬间席卷而出，那遮天蔽日之态，竟是令这片空间都碎裂了。

那种黑气，强大得无法形容，而且在那其中，蕴含着一种与这片天地格格不入的诡异力量，那种力量，阴冷之极，令人心中发寒。

而那神阁之主便立于漫天黑气之间，他张开双臂，猛地一吸气，只见那滚滚黑气便顺着其鼻息，源源不断地涌入他的体内。

随着这些黑气的涌入，神阁之主的头发则在迅速生长，而那从他体内散发而出的威压，也在以一种惊人的速度暴涨着。

短短不过十数息的时间，那威压便超越了同为半步上位地至尊的曼荼罗！

曼荼罗以及另外数位地至尊，面色都变得难看起来，他们难以置信地望着这一幕，那种诡异的黑气，竟连他们都感到一股寒意。

“那黑气究竟是什么?!为什么会与这天地间灵力格格不入。”

“而且如此的邪恶，侵蚀之力极强！”

“这股力量太强，它根本就不属于神阁之主，这家伙究竟从哪得到的?!”

几大地至尊再也忍耐不住，彼此传音交流，声音中都满是震惊。

曼荼罗死死地盯着威压暴涨的神阁之主，片刻后，她想起了什么，猛地倒吸了一口冷气，咬着牙道：“这股力量，根本就不是大千世界所有，而是那域外邪族的力量！”

“神阁之主，你真是疯了，竟然连这种力量都敢去碰！”

“域外邪族之力？”听到此话，其余几大地至尊也面色惊骇起来，这神阁之主，竟然疯狂到这种程度，连这种不容于大千世界的力量也敢吸收?

“我知道了！这必然是那吞天邪帝所遗留的力量！据说那场远古大战，吞天邪帝在陨落战场被第四殿主所阻拦，爆发惊天大战，而那场大战之后，第四殿主陨落，而那吞天邪帝则被封印镇压！”万圣老祖猛地暴喝出声，神色震惊，显然是猜想到了来龙去脉。

“此处乃是第四殿主至尊海所化，如果说要镇压封印的话，那至尊海海底就是最有可能之处，先前神阁之主被灵傀打进海底，半天不曾出现，想必就是那个时候，他偷偷破开了封印，得到了这吞天邪帝所遗留的一股力量！”

妖帝等人听到万圣老祖这番分析，心头也是一动，终于明白过来，为什么在那个时候，神阁之主会突然鲁莽行事。原来这并不是他蠢，而是他故意借此潜入海底，进而在他们的眼皮底下，将那第四殿主所封印镇压的吞天邪帝的力量给放了出来。

曼荼罗小脸铁青，显然是没想到会让神阁之主在他们的眼皮底下完成这种偷天换日之事。

“呵呵，你们总算是明白了。”

就在诸位地至尊震惊时，只见那天空上，遮天蔽日的黑气之中，神阁之主微微一笑，只是他的笑容在此时变得邪恶了许多。

他享受着那股强大力量在体内涌荡的感觉，笑道：“不过你们却并不知道，这吞天邪帝早就在这数万载的封印下就化为灰烬，唯有一股力量残留，这种力量虽然邪恶，但还不足以侵蚀本座，待得本座将其彻底化为己有，便能够借此踏出最后一步，成为真正的上位地至尊！”

话到此处，他嘴角的笑容变得愈发的诡异阴森。

“而现在，你们觉得，本座可有足够的势力成为这北界的霸主了？”

第13章 星辰镇魔塔

滔天的黑气弥漫着这片空间，那种毁灭一切的邪恶之意在空间荡漾着，令在场的数位地至尊面色都变得有些难看。

他们谁都未曾想到，这神阁之主进入这座地至尊秘藏，原来不仅仅只是打着灵神液的主意，还有那被第四殿主镇压封印的吞天邪帝遗留的力量。

而借助着这两样东西，神阁之主突破到上位地至尊，显然并不难。

牧尘的面色变得极为凝重起来，从眼前的情况来看，这神阁之主显然早就有所准备，难怪之前敢说那种狂言。

他能够看得出来，那神阁之主体内散发出来的恐怖威压，虽说并未稳定在上位地至尊的层次，可比起曼荼罗来，却已经强大了数倍。

如果眼下交手的话，就算是曼荼罗，都敌不过这神阁之主。

“真是好算计！”

曼荼罗同样是察觉到变得恐怖起来的神阁之主，当即紧咬银牙，寒声道：“你也真是丧心病狂，这种域外族的力量，与我大千世界格格不入，你借此突破，日后必然会让你后悔莫及！”

虽说这吞天邪帝早已被镇压抹杀，但这种力量毕竟不属于大千世界，即使这神阁之主眼下能够镇压，可必然也会为日后留下隐患。

不过神阁之主闻言，却只是哂然一笑，道："这世间哪有不付出代价的好事，不过这种代价还在本座的承受范围之内，待到日后本座获得远古天宫的传承，说不得就能成为天罗大陆的霸主，令我神阁跻身这大千世界的超级势力之中。"

"嘿，真是好大的野心！"听得此话，就连那万圣老祖都忍不住讥讽出声，他原本以为这神阁之主只是想要一统北界，但哪料到这家伙竟然还想君临整个天罗大陆。

这可是大千世界的超级大陆之一，如果能够占据那等资源与疆域，必定可怕到无法形容，即便要堆积出一个超级势力，也并非是不可能的事情。

但想要霸占天罗大陆，这又谈何容易？除非这神阁之主能够踏入天至尊的层次，不然的话，此言不过是痴人说梦而已。

"远古天宫的传承？"

而在万圣老祖讥讽时，曼荼罗与牧尘的眼中却是精芒猛地一闪，听这神阁之主话中的意思，他竟然知晓这天罗大陆上最大的秘密，也就是那所谓隐匿无数年的远古天宫！

那是在远古时代就威名赫赫的超级势力，其中强者如云，强如第四殿主这等上位地至尊的超级强者，在那远古天宫内，也非一手之数，而那远古天宫的宫主，更是踏入天至尊的层次，可怕之极。

如果能够寻到这远古天宫，获得这一宫传承遗物，恐怕还真有可能让这天罗大陆再度出现一方真正的超级势力。

当然，最让得牧尘在意的，倒并非是这远古天宫的传承，而是他最迫切需要的"大日不灭身"进化体的修炼之法。

按照他所知道的信息来看，想要将这"大日不灭身"进化成为"万古不朽身"，这第二阶段的进化，必不可少。

只要他能够将大日不灭身进化成为真正的万古不朽身，牧尘相信，那个时候，这大千世界，必然将会有他一席之地。

那时，即便是面对娘亲所在的那神秘一族，他也有抗衡的本钱，而不用再如同如今这般，小心翼翼地连大浮屠塔都不敢轻易动用。

"你竟然知晓远古天宫的秘密？"曼荼罗盯着神阁之主，冷笑一声，道。

这远古天宫存在的秘密，在天罗大陆上并不算太过隐秘，但这么多年下来，诸多超级强者费尽心思，但却始终未能发现远古天宫隐匿之地，所以对于这神阁之主的话，曼荼罗也抱着几分怀疑的心态。

不过对于曼荼罗的话，神阁之主只是不置可否地一笑，而后他那漆黑如墨，令人感到邪恶的双目便盯着诸位地至尊，一抹笑容从其脸上浮现出来：“不知道现在，你们还觉得本座有资格统率北界吗？”

漫天寂静，鸦雀无声，就连万圣老祖和妖帝这些地至尊面色都一片铁青，局面转变成眼下这副模样，显然出乎他们的意料。

他们的目光闪烁，最后看向了曼荼罗，眼下这里，恐怕也只有曼荼罗才能够对神阁之主造成一点威胁了。

曼荼罗的小脸此时也有些难看，她死死地盯着神阁之主，片刻后深吸一口气，沉声道：“我大罗天域，可没兴趣与你神阁一个鼻孔出气！”

她的话，明明白白地表露了立场，显然，她可不想屈居神阁之主之下，成为其帮凶打手。

不过对于曼荼罗的立场，那神阁之主似乎并不意外，只是淡淡一笑，漠然道：“既然如此，那今日，大罗天域也就不用存在于北界了。”

他的话平淡传出，但其中流露出来的森寒杀意，却是令大罗天域诸多强者都变了脸色，甚至连牧尘，瞳孔都是猛地一缩。

其余那些顶尖势力也是面色变换，人人自危。

“是吗?!那就得看你有没这个本事了！”曼荼罗同样语气冰寒，她的周身，恐怖的灵力犹如风暴一般呼啸了起来，撕裂空间。

她一步跨出，空间动荡，锐利目光犹如雷霆一般射向神阁之主，明白今日妥协已无可能，那就只有死战到底了!

“呵呵，真以为你这半步上位地至尊就能与此时的本座抗衡吗？”神阁之主一声轻笑，那言语之间，杀意却宛如实质一般弥漫开来。

“看来我神阁欲要统率北界，你大罗天域就是最大的绊脚石，将你清除掉后，想来其余势力，应当就会顺从了。”

神阁之主微微笑着，旋即袖袍挥动，顿时滔天黑气涌动，那黑气之中有诡异的力量散发出来，一时间天空都变得污秽起来，而且，天地间的灵力，似乎也被逐渐污染，这些被污染的灵力，即便是地至尊级别的强者也无法再将其操控。

曼荼罗望着那逐渐污秽的天地，面色也愈发难看。这神阁之主竟然打算借助这种域外族的力量，将这片空间尽数污染，到时候这里就犹如囚笼一般，他们想逃都无法逃出。

“诸位，一起出手，撕裂空间撤退，只要能够离开此处，到时候将消息传出去，到时候看他神阁还如何在北界立足！”妖帝眼神变幻，旋即厉声喝道。

在这大千世界，诸多生灵都对那域外族极度戒备，一旦这神阁之主的手段败露，必然会引来诸多势力围剿，到时候恐怕连北界之外的那些顶尖势力，也不会坐视不管。

“一起出手！”

那万圣老祖等人也明白过来，当即不再犹豫，竟是齐齐出手，可怕的灵力晶虹呼啸而出，狠狠地轰击在那弥漫的邪恶黑气之上。

嗤嗤！

不过当他们的攻击落在那黑气之上时，却只是将黑气震散开来，仅仅瞬间，黑气再度席卷而来，污染力度反而变得更大。

万圣老祖等人见到这一幕，面色皆变得难看起来。

“呵呵，不要再白费力气了，此时本座已踏入上位地至尊，再借助这吞天邪帝遗留的力量，凭你们这几位下位地至尊，又如何能奈何得了我？”在那铺天盖地的黑气之外，神阁之主那虚无缥缈的声音传来。

牧尘也在此时轻吸了一口冷气，想来是没料到这上位地至尊的层次竟然会如此强大，他转头看向曼荼罗，此时的她也是脸色难看。

“有破局之法吗？”牧尘低声问道。

“这家伙如今实力暴涨，即便我与其余几位地至尊联手，也只能堪堪自保。而且最棘手的是他动用了那吞天邪帝的力量，如果任由他将此方空间灵力污染，我们最后必然会被围困至死。”曼荼罗咬了咬牙，道。

“眼下之局，还是力量不足，如果再有一位地至尊加入，应该就能打破僵持。”上位地至尊的力量虽强，但也不是强到没有底线，若是下位地至尊数量多的话，同样能够抗衡。

牧尘闻言，却是无奈地一声苦笑，现在北界的地至尊，全部都齐聚此处，哪里还能够再出现一位，这地至尊，可不是什么小猫小狗，能够随随便便出现的。

心念到此，他神色突然一动，双目微眯望向遥远处，在那石岛的上空，可不就是有一位堪比上位地至尊的灵傀吗？

如果能够将其引动的话，想来应该足以对付神阁之主，不过，这灵傀只有守护之能，绝不会踏出那石岛范围之外。

牧尘紧皱着眉头，他沉吟了半晌，突然手掌一握，只见一道黝黑的三角之物便出现在了其手中。这正是他先前得到的那神秘黑铁三角，此物应该与这座地至尊秘藏有不小的关系，不然的话，先前也不会助牧尘轻易将那古老陶罐捕获了。

虽然牧尘也不太清楚眼下使用它能否有作用，但这般绝境，也只能死马当作活马医了。

呼。

牧尘深吸一口气，旋即便不再犹豫，猛地屈指一弹，手中这黑铁便化为一道黑光暴射而出，趁着那黑气尚未彻底聚拢，然后闪电般地暴射而出，直奔远处石岛上空那灵傀而去。

他的目光，死死地盯着那射向灵傀的一抹黑光，心脏都因为紧张急促跳动了起来，若是此法无用的话，恐怕他们此次，还真会凶险万分！

一抹幽光犹如闪电般地掠过虚空，直奔那石岛上空的灵傀而去，不过牧尘此举虽说隐蔽，但终归不可能逃脱神阁之主的感知。

“哼！”

虽说并不太清楚牧尘此举有什么意义，不过神阁之主毕竟老辣谨慎，不愿意在此时多生变故，当即一声冷哼，手掌隔空一抓，只见空间扭曲间，就欲将那道幽光截留而下。

轰！

不过，就在这神阁之主出手的同一时间，曼荼罗金色眸子中则有寒芒掠过，只见她纤细手指猛地伸出，直接在虚空陡然按下。

在其手指按下的瞬间，浩瀚灵力席卷而出，竟是化为一只数千丈大小的灵力光指，在那光指之上，灵力晶层一层层覆盖着，坚不可摧。

那灵力光指一出现，就直奔神阁之主而去，与此同时，其余数位地至尊也毫不犹豫地出手，各自施展手段，强横的攻势，携带着毁天灭地之力，铺天盖地向神阁之主笼罩而去。

面对曼荼罗等人突然出手，神阁之主眉头微微一皱，不得不放弃堵截那一抹幽光，而是反手一掌对着虚空按下。

砰!

在其手掌隔空按下时，这片空间竟然崩塌了，若是在那九天之上俯瞰下来，则会发现，这一片空间，塌陷出了一个巨大无比的虚无掌印。

这一掌之下足以毁灭山河。

而一掌覆盖下来，不论是曼荼罗还是其余数位地至尊的攻势，竟然都在那一掌之下，尽数崩碎，化为漫天光点。

曼荼罗等人都不约而同地一声闷哼，想来都有所受创，而紧接着他们的面色也愈发难看，没想到几人联手，竟然都无法与神阁之主抗衡。

这上位地至尊，果然可怕!

“呵呵，负隅顽抗，取死之道罢了。”神阁之主脚踏滔天黑气，淡淡的笑容浮现在他的面庞，那射将而来的目光中充满着蔑视，以他如今的实力，足以横行北界。

曼荼罗等人脸色铁青，手掌皆是紧握起来。面对这般局面，也只有拼命一搏了，他们眼下唯一能够期望的，便是这神阁之主未曾彻底掌控上位地至尊的力量，他们倾力之下，说不定还有一线生机，而只要逃离此处，到时候将消息一传开，这神阁必会自取灭亡。

在那曼荼罗身后，牧尘也因为这神阁之主的强势微微色变，而后其视线一凝，只见那遥远处，那道幽光终于出现在了石岛上空。

不过，让牧尘心头微沉的是，当这幽光接近之后，那盘坐在石岛上空的灵傀竟然依旧纹丝不动，似乎与其毫无感应一般。

“怎会如此？”

牧尘眉头紧皱，此物颇为神秘，按照他的推测，极有可能便是当年的第四殿主所留，但眼下怎会无法与那灵傀取得什么反应？

牧尘目光闪烁片刻后，他猛地一咬牙，屈指一弹，便将那覆在幽光之外的灵力引爆，然后狠狠射向了灵傀额间。

面对这道幽光的射来，灵傀依旧毫无反应，最后竟是任由牧尘将那一道幽光，狠狠射在了它的额头上，顿时火花溅射，幽光竟是镶嵌在了其眉心处。

原本牧尘此举也是无奈之举，纯粹是想要尝试一番，但出乎他意料的是，就在那幽光镶嵌在了灵傀眉心时，它那一直紧闭的空洞双目竟然再度缓缓睁开了。

眉心处的幽光绽放，竟有古老的纹路攀爬出来，在灵傀的眉心处化为一片奇异而古老的符文，最后那符文竟蠕动起来，一点点钻进了灵傀空洞的双目之内。

而当这些符文钻进灵傀双目时，那原本空洞的眼瞳内，竟有奇特的光芒凝聚，一股奇异的波动，开始从灵傀的体内扩散出来。

灵傀突然间爆发出来的奇异波动，很快被远处的神阁之主等人察觉，当即他眉头便是一皱，眼神阴沉地看向牧尘，显然灵傀会有此变故，正是因为牧尘先前的举动所导致。

牧尘心中则在此时微松了一口气，看来他的猜测果然是没错，这神秘之物，的确是第四殿主所留，只是不知道此物究竟能够取得什么样的作用。

灵傀突然间的变化，令这边的对峙出现了片刻的停滞，面对这一道继承了第四殿主生前绝大部分力量的灵傀，就算是此时的神阁之主都不敢有丝毫小觑。

虽说他此时突破到了上位地至尊，实力与第四殿主当年乃是相同的层次，但两者之间的战斗力，依旧还有不小的差距。

嗡嗡。

在各方强者的注视下，那灵傀双目中的光芒越来越强烈，到后来，竟有强光射出，那等光芒，连空间都被照射得扭曲起来。

而待到强光散去时，灵傀再度出现，不过让众人有些失望的是，它并没有出现什么奇特的变化。

“不对，它的眼睛！”牧尘眼神却是突然一凝，沉声道。

众人闻言，视线急忙投射而去，这才猛地发现，那灵傀眼中的空无在此时消退了，取而代之的，竟有一些茫然以及沧桑感。

此时的灵傀，多了一丝生气！

在众人那震惊的目光中，那灵傀缓缓低头注视着自己的手掌，片刻后，其眼中的茫然之色开始消退，与此同时，所有人都感觉到，一股威严莫测的气息，开始从那灵傀的体内弥漫出来。

“这股气息……”

曼荼罗等人察觉到这股气息，当即瞳孔便是一缩，下一刻，齐齐失声叫道：“是第四殿主！”

牧尘心头也是一震，旋即轻吸一口凉气，恍然道：“原来此物之中竟然蕴藏着第四殿主所遗留的一丝神智。”

正是先前牧尘误打误撞将那黑铁之物射进灵傀眉心，这才令其中的神智涌出，进入灵傀体内，进而令那一道神智掌控灵傀，从而出现了第四殿主的气息。

“没想到万载之后，竟还有人能够将我这一道神智唤醒。”就在他们震惊之时，那灵傀，现在或许应该说是第四殿主，缓缓抬头，那视线洞穿虚空，直接锁定在牧尘身上，双目之中充满了威严。

“嗯？”

不过，这第四殿主视线刚刚投射向牧尘时，其眼神就猛地一变，那目光锁定在弥漫此处空间的滔天黑气上，那黑气之中弥漫的那股力量，令他感到熟悉并且厌恶。

“吞天邪帝的力量?!”

第四殿主周身的空间在他蕴含着震怒的声音之下爆碎开来，无数空间碎片犹如风暴一般汇聚在其周身，可怕至极。

他那沧桑的双目中，此时竟有滔天般的杀意弥漫而出，他袖袍一挥，只见那滔天黑气就被撕裂开来，露出躲藏在其中的神阁之主的身影。

“身为大千世界之人，竟敢吸收那域外邪族之力，当真是容你不得！”虽说如今仅仅只是一道神智留存，但这第四殿主对于这吞天邪帝的力量依旧敏感，当即那充满杀意的视线便锁定了神阁之主。

察觉到第四殿主的目光，神阁之主的面色也变得难看起来，不过他忌惮归忌惮，但也并未过于畏惧，只是冷笑道：“大言不惭，若是你本尊在此，或许本座还忌惮三分，但如今不过是一道神智借助灵傀之力罢了，也想斩杀本座？”

此时的他毕竟是上位地至尊，即便面对第四殿主本尊，也能够抗衡，所以眼下这般局面，并未令他惊慌失措。

不过，原本稳操胜券的局面，眼下却变得非常棘手，这无疑令神阁之主极为头痛，当即那狠辣的目光便转向牧尘，极为痛恨他唤醒灵傀之举。

对于神阁之主那狠辣的目光，牧尘有点头皮发麻，不过心中却松了一口气，有了这第四殿主的掺和，眼下的局面，已经脱离神阁之主的掌控，如此的话，即便他们无法打败神阁之主，但若是逃生，应该有几分把握。

曼荼罗也在此时看了牧尘一眼，她也为此松了一口气。眼下局面，倒是被牧尘打开了一线生机，下面就该看看这第四殿主是否还有什么手段，到时候他们也可借此出手，联手将那神阁之主镇杀于此。

在诸人心中念头转动时，那第四殿主眼目冰寒地盯着神阁之主，旋即他冰冷一笑，道：“一个刚刚突破到上位地至尊的后辈，竟也敢在本殿主面前大放厥词，倒是可笑。”

“若是在外面，或许本殿主这种状态还真奈何你不得，不过此地乃是本殿主归葬之地，恐怕容不得你放肆！”

“既然你如此喜欢这等域外邪族之力，那就永远留在此处，与那吞天邪帝陪葬吧！”

当那第四殿主冰寒之声落下时，他伸出手掌，只见那原本镶嵌在其眉心处的那黝黑立体三角铁缓缓飘落下来，落在其掌心。

见到这一幕，牧尘眼角顿时忍不住跳了跳，这被他视为无用之物，难道还有其他什么玄妙不成吗?

嗡嗡。

泛着古老光泽的立体黝黑三角铁悬浮在第四殿主手掌之上，而后缓缓旋转着，震动之间，有奇异的嗡鸣之声传出。

一道道古老的光纹，悄然在上面浮现出来，犹如一株古树伸展开来的茂密枝叶，与此同时，这片空间内所有人都突然间感觉到，这片空间都震荡了起来。

甚至连下方的海洋，都在猛然间狂暴起来，万丈巨浪层层重叠，铺天盖地的一幕，蔚为大观。

曼茶罗等人都惊疑不定地望着眼前这股动静，此时此刻，他们察觉到一股极其强大的力量正在穿透空间，然后迅速降临此处。

“这股力量……”

那神阁之主的面色同样微微一变，下一刻，他猛地抬头，眼神阴沉地望着高空，只见那里原本漆黑如夜空般的空间，竟如水波一般荡漾起来，而后神阁之主瞳孔猛地一缩，因为他见到，在那涟漪波动处，竟有一道庞然大物，正在穿透空间，缓缓降临。

那一道庞然大物一眼看去，竟是无法察觉其尽头，它缓缓降临，一股可怕的威压笼罩下来，令诸位地至尊强者眼神都一凛。

牧尘他们同样抬头震撼地望着那突破空间降临的庞然大物，片刻后，才有些口干舌燥地喃喃道：“竟然是那一座黑暗金字塔。”

出现在眼前的庞然大物，赫然便是牧尘他们在踏入地至尊秘藏后所见到的那一座悬浮在空间深处的黑暗金字塔！

“那个东西竟然能够将这座黑暗金字塔召唤来?!”牧尘忍不住轻吸一口凉气，到此时他才猛地明白过来，那小小的立体黝黑三角铁不就是缩小了无数倍的黑暗金字塔吗?

而在此时，随着这座黑暗金字塔的出现，在那金字塔的表面，开始有金色的光点出现，这些光点，宛如星辰一般点缀着，而后光线从其中蔓延而出，彼此相连，仿佛金色锁链一般缠绕在金字塔之外，令这座金字塔拥有无可撼动之威。

到了这一刻，牧尘他们如何看不出这座黑暗金字塔，显然是一件威力莫测的可怕之物，而这一点，在他们进入这座地至尊秘藏时，竟然都未曾发现。

“没想到这座黑暗金字塔竟然是一件圣物。”曼茶罗的小脸也在此时变得极为凝重起来，片刻后才遗憾地摇了摇头，“不过此物之前倒是被第四殿主隐藏得好，竟然连我都未曾察觉。”

“圣物?!”

牧尘闻言心头顿时一震，在这大千世界中，所谓神器，并非最为强大之物，在其之上，便是圣物，只不过这种圣物颇为罕见，其强大之处，就算是地至尊都会为之眼红。

只是这么多年以来，牧尘还从未见过真正的圣物，毕竟那种层次的东西，对于他眼下的实力而言，实在是有些遥远。

当然，不只是他，甚至连他们大罗天域，都不曾真正拥有一件神器作为镇域之宝。然而眼下，这座黑暗金字塔，竟然便是一件货真价实的圣物，这如何不令牧尘心中震撼。

“这应该是一件小乘圣物，据我所知，那远古天宫共有八大圣物，其中有一件，名为星空镇魔塔，如果我所料不错的话，应该便是眼前这一件了。”曼荼罗感叹道。

“八大圣物。”

牧尘再度深吸一口凉气，真不愧是远古天宫啊，连如此强大的圣物，都有八件，由此可见，这远古天宫在那巅峰时期比起他们大罗天域究竟有多么强大。

“如果我能拥有一件圣物的话，就算是面对此时的神阁之主，我也能够与之抗衡。”曼荼罗无奈一笑，道。

“我们大罗天域倾尽全力，都搞不到一件圣物？”牧尘有些惊愕地问道，如果圣物真是如此强大的话，那他们大罗天域倾尽全力，总归还是能够有些把握的吧？

“按照我的估计，在这大千世界中，一件圣物的价值，起码需要上千万的至尊灵液。”曼荼罗道。

“上……上千万的至尊灵液？”

牧尘目瞪口呆，一脸的难以置信，想当初他在商之大陆，那足以媲美大圆满级别的九龙九象术也不过才拍卖出几万的至尊灵液，他们九幽宫一年下来的诸多收入，算起来也就几万至尊灵液的样子，而眼下，这一件圣物的价值，竟然超过了上千万？

如此高昂的价格，恐怕将他们大罗天域榨干了，都很难将这上千万至尊灵液给凑出来。

“没什么好惊讶的，圣物太难炼制，而且往往炼制起来都需要漫长的时间，数百年上千年都炼制不出来一件也是极为正常的事情。”

曼荼罗倒是对此很平静，道：“另外它所具备的力量，也的确堪称是毁天灭地，甚至足以改变一场地至尊级别的强者之间的战斗结果。”

“而且在这大千世界，对于一些重量级别的顶尖势力，衡量他们底蕴的标准之一，便是看这方势力是否拥有一件圣物镇压，所以从某种角度说起来，咱们北界在这天罗大陆上，还真是算不得什么。”

牧尘哑然，最后只能苦笑着点点头，之前他也见识了地至尊之间的差距，而如果一件圣物能够弥补这之间的差距的话，那它能够具备如此恐怖的价值，那也还能够理解。

这也难怪就算他们大罗天域即便是北界的顶尖势力之一，也拿不出一件圣物了。

在牧尘与曼荼罗交谈之时，这片空间中其他的强者也发现那座黑暗金字塔的底细，当即就连数位地至尊眼睛都忍不住红了一下。

想来此时如果不是那黑暗金字塔乃是在第四殿主的掌控下，他们都忍不住想要出手抢夺了。

“没想到那远古天宫的星辰镇魔塔竟然是在这第四殿主的手中，传闻此物拥有镇压与防御之能，这一次，那神阁之主要倒霉了。”

万圣老祖等人目光对视，都微松了一口气，他们总算明白为什么先前第四殿主会如此自信，即便面对此时突破到了上位地至尊的神阁之主也充满蔑视，的确，如果借助星辰镇魔塔的力量，今日这神阁之主，难逃一死！

在数位地至尊意念交流时，在那滔天黑气之中，神阁之主的面色变得极为难看起来，他死死地盯着那穿透空间而来的黑暗金字塔，从那上面，他感觉到一股令他心悸的波动。

而且，在此时，他体内原本被吸收的吞天邪帝的力量也翻涌起来，似乎在惧怕着那一座黑暗金字塔，因为在那远古时期，吞天邪帝最后便被第四殿主以这星辰镇魔塔硬生生地镇压封印，并且在岁月的流逝下，化为乌有……

“星辰镇魔塔吗……”

神阁之主眼神变幻，最后脚掌猛然一跺虚空，空间荡漾，只见那滚滚黑气席卷，竟是化为万丈黑蟒，直接震碎虚空，直奔第四殿主而去。

在这种危急时刻，他竟是选择率先出手，抢夺先机。

然而，面对神阁之主惊人的攻势，第四殿主却是古井无波，只是印法一变，只见一道薄薄的黑光从天空坠落而下，最后在其面前垂落，在那光幕中，能够见到一颗颗星辰彼此相连，宛如星空之图。

而那道黑光的源头，赫然便是那一座黑暗金字塔。

轰！

万丈黑蟒重重地冲击在那黑色光幕上，然而看似薄弱的黑光却仅仅只是荡漾出道道涟漪，并没有任何要破碎的迹象。

这般防御之力，看得曼荼罗等人都忍不住抽了抽嘴角。

从正常角度来看，此时的第四殿主借助着灵傀之力，顶多只是与神阁之主处于相仿的层次，但借助了那星辰镇魔塔的力量后，后者的攻击，竟是无法突破其防御。

这星辰镇魔塔，的确拥有惊天防御之力。

神阁之主望着这一幕，面色愈发阴沉，而后他目光闪烁，下一刻，却猛地一掌拍在身后空间，顿时空间直接被撕裂开来，他身形一动，就欲躲进空间裂缝。

“他要逃了！”

曼荼罗他们见状，眼神顿时一凝，这神阁之主竟是果断到这种程度，一见奈何不得此时的第四殿主，竟然就打算逃走。

而一旦让神阁之主成功逃走，那必然是大患。

不过，就在曼荼罗他们面色难看准备出手试图阻截神阁之主时，只见那第四殿主却是淡淡一笑，而后他袖袍挥动，那星辰镇魔塔顿时笼罩下来，那片阴影，直接将这片空间覆盖。

星辰镇魔塔最终覆盖了神阁之主逃离的空间，无数道星辰之光延伸出来，竟是穿透空间而去，短短数息，星光猛然收回，而在星光收回时，一道狼狈身影也就从那空间裂缝之中强行被扯了出来。

那道身影，赫然便是试图逃离的神阁之主！

“既然吸收了吞天邪帝的力量，那就留在此处吧。”

第四殿主漠然的声音响起，旋即他印法一变，只见那星辰镇魔塔中，再度射出无数道星辰锁链，直接捆缚住神阁之主四肢，不顾神阁之主的奋力挣扎，扯了回去。

星辰镇魔塔表面，星光蠕动，化为一个黝黑的黑洞，犹如大嘴一般，一口便将那神阁之主给吞了进去。

随着神阁之主被吞进去，牧尘他们顿时见到，那星辰镇魔塔的表面开始虚幻，并且露出其内景象，在那漆黑的星空中，神阁之主被无数道星辰锁链捆缚住，如何挣扎都难以逃脱。

曼荼罗等人心头也是一片震惊，这才短短不过数分钟的时间，那不可一世的神阁之主，便被第四殿主轻易困住。

这星辰镇魔塔，真是恐怖!

“第四殿主，你想如何?!”在那星辰镇魔塔之中，神阁之主面色铁青地低吼道，他没想到原本被他掌控在手的局面，竟然会突然间变成如此情况，而这一切，都是因为那该死的第四殿主。

第四殿主面色漠然，道：“将不属于你的东西拿出来。”

话音一落，只见那漆黑星空中，突然有熊熊火焰升腾而起，那种火焰极为奇特，仿佛是星光所化，璀璨而绚丽。

然而，当神阁之主见到那些火焰时，面色却变得极为难看起来，他的心中，升起一股深深的不安来。

第14章 神阁之主陨落

熊熊大火！

星空中，仿佛由星光凝聚而成的火焰铺天盖地地燃烧起来，最后火焰席卷，竟化为一头头庞大的火炎巨龙，响起震天龙吟声，火炎巨龙正对着那被一条条星辰锁链捆缚住的神阁之主呼啸而去。

神阁之主的面色忍不住有骇然与恐惧之色浮现出来，他现在感到了深深的后悔，他没想到，他一时贪心试图借助吞天邪帝的力量完成突破的举动，竟然会引来如此弥天大祸。

而且，他也未曾料到，这原本已经早已陨落的第四殿主，还留有这一手。

“都是那个该死的小子！”

神阁之主内心怨恨地咆哮着，如果不是之前牧尘突然间出手将这灵傀唤醒，恐怕此时的他早已压制了其余的地至尊，获得了最后的胜利。

不过此时此刻，无论他如何恼恨也无济于事，当那星光炎龙重重地冲击而来时，他本以为自己会被这火焰灼烧而死，却惊奇地发现那火焰并无高温，但越是这样，神阁之主的面色却是愈发的惊恐。

因为他现在虽然表面看上去什么危险都没有，可他体内却已经天翻地覆了，特别是其体内的至尊海中，灵力更是疯狂沸腾着，隐隐间，竟是要脱离神阁之主的掌控，破出至尊海。

“你究竟想怎么样?!莫要欺人太甚，真要鱼死网破，你我都讨不了好处！”神阁之主察觉到至尊海内的变化，面色顿时巨变，咬牙切齿道。

“呵呵，你与我一个陨落之人说鱼死网破？”在那星空镇魔塔之外，第四殿主闻言失笑道，“我说过，要将不属于你的东西取回来！”

话音落下，第四殿主印法陡然变化，顿时那星空之炎猛然暴涨，竟化为无数道火流，沿着那神阁之主的皮肤毛孔和鼻息之间源源不断地钻进了他的身体之中。

啊!

凄厉的咆哮声自那神阁之主嘴中传出，而后他身体猛地一震，只见一道磅礴的灵力光束自其嘴中喷薄而出，那光束之中的灵力，浓郁到了要化为实质的地步。

那是神阁之主至尊海内的本源灵力!

而在那一道灵力光柱中，牧尘他们察觉到了一股熟悉的波动，当即心头一震，眼中有一抹骇然之色浮现出来。

那是灵神液的波动!

这第四殿主手段竟然霸道如斯，竟将先前神阁之主吸收的灵神液硬生生地给炼化了出来，如此一来的话，失去了灵神液的神阁之主必然会被打回原形!

“这第四殿主真是好深的心机，竟然留了这般手段!”曼荼罗等人见到这一幕，眼神忍不住一凝，愤然道。

“怎么回事？”牧尘不明所以。

“我们之前所吸收炼化的灵神液中，应该都被第四殿主暗中蕴藏了一丝印记，这印记隐藏得极深，竟连我都未曾察觉。”

曼荼罗小脸凝重道：“不过这印记并无恶毒之处，只要随着时间的推移，应该很快就能够从我们体内消失，但是，一旦是在这之前，再度被这第四殿主操控的话，那么他就能够轻易将我们体内之前所吸收掉的灵神液，再度提炼出来。”

牧尘闻言心头一惊，难怪那第四殿主能够如此轻松地将神阁之主打回原形，原来留了这么阴狠的一手，不过好在他只是冲着神阁之主去的，不然，恐怕连曼荼罗他们都会因此受到重创。

这第四殿主，能够成为那远古天宫中的顶尖人物，显赫一时，的确不是什么好相与的，这次神阁之主，真是倒霉透顶了。

而在牧尘他们说话时，那星辰镇魔塔内，随着那磅礴灵力光束冲出神阁之主的体内，他浑身的灵力也在此时疯狂锐减，短短数息间，竟然便从上位地至尊的层次掉落，再度恢复到了下位地至尊顶峰。

如此一来，这神阁之主此次大狩猎战中的辛苦争斗，在此时，彻底付诸流水。

神阁之主的眼神也因为体内这般剧变出现了瞬间的呆滞，紧接着，他眼中便有疯狂的猩红色涌了出来。他为了突破到上位地至尊，筹划了不知道多少年，然而眼下，这多年努力，却被第四殿主彻底打破了。

这般打击，即便以神阁之主的定力，都无法承受。

“第四殿主！”

神阁之主仰天咆哮，那咆哮声中怨毒之意直冲云霄，而后他体内猛地传出极其狂暴的灵力波动，周身的星空竟然都在此时扭曲起来，那捆缚住他的星辰锁链，也截截崩碎。

“这家伙疯了，竟然要引爆至尊海！”曼荼罗他们见状，面色顿时剧变，这神阁之主竟然如此疯狂，引爆至尊海，完全就是不顾自己死活了。

远处神阁的诸多人马见到这一幕，都是面色惨白，眼神绝望而灰暗，到了这一步，恐怕他们神阁今后，将再也无法屹立在北界了。

轰！

此时的神阁之主无暇顾及神阁之后的结果，他眼神疯狂地望着虚空，只见他身体表面开始出现一道道裂纹，那裂纹之下，有灵光绽放出来，下一刻，光芒强烈绽放，神阁之主的躯体，便这般疯狂地爆炸了。

轰隆隆！

无法形容的灵力冲击疯狂肆虐开来，那星空都被震碎开来，整座星空镇魔塔都剧烈颤抖着，那金字塔的表面，有涟漪出现，似乎要被那股可怕的灵力冲击撕碎开来。

即便此时的神阁之主被打落回下位地至尊，可一旦疯狂引爆至尊海，那等破坏力，也堪称毁天灭地，如果此时不是有星空镇魔塔在抵御着，恐怕此时此地，除了少数几人外，这里不会有人能够保存性命。

在那星空镇魔塔外，第四殿主望着那将要被破开的星空镇魔塔，眉头微微一皱，显然神阁之主的疯狂与果断有些出乎他的意料。

如果星空镇魔塔一旦被冲破，这神阁之主隐藏在其中的神魄就能够趁机遁走，日后一番修炼，又会是不小的祸患。

"与我这已死之人拼命，你这算盘恐怕打错了。"

不过第四殿主最终只是冰冷一笑，他早已陨落，如今仅仅只是一道借助灵傀的神智力量而已，既然这神阁之主都有这等魄力，那他身为曾经的北界霸主，又何曾需要犹豫?

一念至此，第四殿主双手结印，下一刻，他这具灵傀之躯，竟然也开始崩碎出一道道裂纹，恐怖的灵力波动肆虐开来。

他双手印法不断变化，最后那灵傀之躯也陡然爆碎开来，可怕的灵力洪流呼啸而出，疯狂地灌注进入那星空镇魔塔中。

有了第四殿主如此惊人的灵力协助，星空镇魔塔的抖动缓缓平息下来，如此约莫数十息后，那神阁之主引爆至尊海所爆发的恐怖冲击，便被彻底抵挡了下来。

在那星空镇魔塔中，星空再度恢复，只见一道灵光浮现，最后膨胀开来，竟化为一道人影，赫然便是那神阁之主。

只不过此时的他身躯虚幻，显然肉身已毁，仅仅只剩下了神魄，而到得此时，他的脸上终于有恐惧之色浮现了出来。

他没想到即便是他引爆了至尊海，都未曾逃出这星空镇魔塔!

"第四殿主，我与你无仇无怨，如今更是自爆肉身，你还待如何?!"神阁之主喝道，声音中已有认输服软之意。

在那星空镇魔塔中，空间波荡，一道灵影浮现，正是那第四殿主，他居高临下地漠然望着神阁之主，淡淡道："试图沾染域外邪族之人，皆是大千世界的叛徒，宫主曾经下令，一经发现，便即灭其神魄！"

话音落下，第四殿主再不犹豫，印法一动，便催动起这星空镇魔塔，顿时天空上一丝丝星空之力降落，最后竟化为一道星光立体三角形，在那星光之中，弥漫着古老的符文，拥有一种镇压万物的可怕力量。

“要怪，就怪你太过不择手段！”

星光封印直接困住了那神阁之主，而后不顾他疯狂的挣扎，星光封印便在第四殿主猛然一握之下，迅速缩小，短短数息，便化为巴掌大小，最后轰然一声，直接狂暴地爆炸开来，化为无数星光碎片，暴射开来。

牧尘等人目瞪口呆地望着那无数星光碎片，都忍不住一阵头皮发麻，谁能想到，这北界最为强横的超级强者，竟是在这里，硬生生地被这第四殿主强力抹杀。

虽说这个过程大多数时候都借助那星空镇魔塔的力量，但最后的引爆也显露出了这位曾经的北界霸主是何等的霸气凛然。

不过令他们大松一口气的是，如今这神阁之主被除，他们大罗天域的危机，也迎刃而解，而且以后凭借曼荼罗这半步上位地至尊的实力，他们大罗天域在北界的声望，无疑将会扶摇直上，甚至超越神阁，成为这北界最为强横的顶尖势力！

庞大的海洋上空，各方势力人马都目瞪口呆地抬着头，他们眼中满是难以掩饰的骇然之色，即便是强如几大地至尊，此时的神情都难以平静。

当然，任谁看见一位上位地至尊在他们眼前陨落，恐怕都难以保持平静的心态。

此时的天空上，巨大无比的星空镇魔塔静静矗立着，表面的涟漪渐渐消散，但那自金字塔中散发出来的压迫感，依旧令此处无人胆敢将这般寂静气氛打破，那模样，生怕因此招惹上大祸一般。

牧尘也震撼地望着那神阁之主陨落的一幕，禁不住暗暗咂舌，这第四殿主真不愧是这北界曾经的霸主，这等手段，狠辣而无情，根本不给那神阁之主丝毫活命的机会。

“好厉害的星空镇魔塔。”

牧尘感叹道，这一次如果不是这第四殿主拥有星空镇魔塔这等强大圣物，就算能够挫败神阁之主，但也绝对不可能将他真正斩杀。

毕竟想要彻底抹杀一位地至尊，可并不是那么简单的事情。

“若是不厉害，又怎能左右一场地至尊强者之间的交手。”曼荼罗也是一笑，看得出来，伴随着神阁之主这个大敌的陨落，她也放轻松了许多，以后这北界，他们大罗天域无疑将会如日中天。

“能不能夺走它？”

牧尘目光微微闪烁，对曼荼罗传音说道。如此强大的圣物，如果落在他们大罗天域手中的话，必然会令其实力暴涨，即便不能制霸北界，但也足以稳固大罗天域在北界的最顶尖地位。

曼荼罗闻言，目光一闪，显然面对这等强大的圣物，即便强大如她，也不得不为之心动。

“这等圣物太过引人垂涎，还是不要轻举妄动，不然的话，这神阁之主就是前车之鉴。”不过在心中沉吟了片刻后，曼荼罗还是轻轻摇头，有了这神阁之主的榜样，她对于这第四殿主也忌惮到了极点，毕竟谁也不知道，这第四殿主是不是还留有什么后招。

牧尘也点点头，而后他目光扫视开来，发现其余数位地至尊强者，也在此时眼露贪婪之色地盯着那星空镇魔塔，不过他们显然都极为忌惮那第四殿主，所以即便垂涎不已，但却都不敢出手强夺。

嗡！

就在各方势力眼红那星空镇魔塔时，突然间，那黑暗金字塔前方的空间微微波动，一道人影缓缓浮现而出，众人视线望去，心头顿时一凛，因为那出现者，赫然便是那碎裂了灵傀的第四殿主。

只不过此时的他身躯透明，仿佛即将消散一般，但即便是这等虚弱状态，在场的数位地至尊，却依旧无人敢强行向其出手。

“我的归葬之地会被你们闯入，看来我天宫如今应是消逝了。”第四殿主居高临下地望着众人，而后轻叹一声，神色落寞道。

曼荼罗闻言，点点头，道：“传闻天宫宫主在远古域外族侵入到天罗大陆时，与那域外族一位王者交手，虽然打败了那域外族王者，但自身也重创陨落，最后整座天宫，都在大战后消失隐匿而去。”

第四殿主神色暗淡了一些，喃喃道：“连宫主也陨落了吗？”

他的神色暗淡了一会，便回过神来，旋即似笑非笑地望向了曼荼罗等人，道：“想来你们应该是为了我这座归葬之处来的吧？”

曼荼罗、万圣老祖这些地至尊闻言，顿时神色有些尴尬。

“不过这倒也无碍，本座早已陨落，所留之物能够让人物尽其用也是理所应当之事。”第四殿主淡淡一笑，他指向悬浮在上空的星空镇魔塔，道，“你们都想得到这件东西？”

听到此言，在场的数位地至尊都呼吸微微加重了一点，由此可见这星空镇魔塔对他们的吸引力。毕竟对于他们而言，如果得到了此物，就算是面对真正的上位地至尊，他们也能够全身而退。

“原本说来，此等圣物，应该有力者得之，而以你们这下位地至尊的实力，也勉强够资格，所以……”第四殿主道。

听到第四殿主这句话，数位地至尊眼睛都是一亮。

瞧见他们这般反应，那第四殿主嘴角顿时一掀，旋即他目光突然直接转向那站在曼荼罗身后的牧尘，缓缓开口：“小辈，那灵塔印是你找出来的吗？”

牧尘一愣，旋即便明白过来，这第四殿主所说的灵塔印，应该便是之前那一道小型的黑暗金字塔，于是他点点头。

“此物被我隐藏得如此巧妙都能被你寻到，看来你我倒是有缘。”

第四殿主淡淡一笑，神色倒是变得缓和了许多，道：“如果不是你将我遗留的一丝神智激活，恐怕今日就得被人将那吞天邪帝的力量给带走了。”

牧尘尴尬地一笑，他可没想这么多，当时只是试图将这灵傀也牵扯进战局，进而牵制住那神阁之主而已，最后能把这第四殿主给招出来，全是误打误撞。

“不管你的初衷是什么，总归是帮了本殿主一次，否则的话，这无数年的镇压，又有什么意义。”第四殿主似是知晓牧尘所想一般，当即笑了笑，“而本殿主也不喜欢欠人情。”

他这话一出，在场的诸多强者心头都是猛地一跳，特别是除了曼荼罗之外的其他数位地至尊，心中都涌上一抹不妙的感觉，再然后，他们便呼吸急促地见那第四殿主手掌一抬，只见天空上那庞大无比的星空镇魔塔便在震动中迅速缩小，短短数息，竟然化为巴掌大小的金字塔，落在了第四殿主手掌之中。

“此乃星空镇魔塔，是我天宫圣物之一，原本留它是要镇压那吞天邪帝，不过如今那邪魔已经化为虚无，此物再留在此处，便也毫无用处了，既然如此，就让它随有缘人去吧。”

他话音落下，屈指一弹，只见那星空镇魔塔便化为一道星光坠落而下，然后蛮横地冲进了牧尘眉心之中。

星光自牧尘眉心间渐渐消散，而他本人则是目瞪口呆，身旁大罗天域的诸王也是眼中泛着红光，有掩饰不住的嫉妒之色浮现了出来。

这一幕显然出乎所有人的意料，谁都没想到，第四殿主竟然会将如此强大的圣物，给予一个仅仅只是五品至尊实力的牧尘。

以这少年现在的实力，根本就不可能发挥出这圣物的威力，如此行为，简直就是暴殄天物!

万圣老祖和妖帝等地至尊都看得眼睛通红，想来如果不是忌惮曼荼罗以及尚未消散的第四殿主，他们早就忍不住强行出手抢夺了。

“在这星空镇魔塔内，还留有一滴灵神液，是从先前那人体内提炼而出的，其分配权，也交由你自己做主。”

第四殿主冲牧尘一笑，而后他懒洋洋地挥了挥手，身躯愈发的淡薄：“当年远古天宫，应是最后被宫主封印的，凭借这星空镇魔塔，或许能够感应到。”

听到第四殿主此言，牧尘顿时倒吸一口冷气，如此说来的话，借助这星空镇魔塔，就能够找寻到那失落的远古天宫了？

如果真是如此的话，那这星空镇魔塔价值也太可怕了，这突然间落在他的手中，以他的不温不火的个性，一时间都有点忐忑不安起来。因为他很清楚，这消息如果传出去，他恐怕会被无数势力盯上。

这星空镇魔塔虽然是宝贝，但显然也是一个烫手山芋!

牧尘望着身躯越来越淡薄的第四殿主，一声苦笑，不过就在他忐忑间，一道声音，突然在其心中响起：“小辈，你身怀大日不灭身，若是能够进入远古天宫，倒是可以尝试一下，机缘足够，指不定能够进化出那不朽金身。”

突入其来的声音，令牧尘一怔，旋即心头微凛，没想到他根本没施展出大日不灭身，都被这第四殿主察觉了出来。

“不朽金身？”

这名字倒是让牧尘双眼微眯了一下，然后瞳孔一缩，莫非，这所谓的不朽金身，便是那大日不灭身的进化体?!

一念至此，牧尘连呼吸都加重了起来，毕竟他为了这件事，已经找寻多年，然而今日，终于得到了更为清晰的信息，而这不朽金身，显然就是迈入万古不朽身的更进一步!

“多谢前辈！”牧尘抬头，冲那第四殿主即将消散的身影抱拳行礼，以表示其将此等信息告知于他的感激之情。

不过对于他的感激，那第四殿主只是淡淡地挥了挥手，而后那淡薄的身躯愈发的透明，最后在众多人的注视下，彻底消失而去。

“想我远古天宫，称霸天罗大陆，却依旧是落得烟消云散，真是造化弄人啊。”随着第四殿主身影的消散，他那一道苍凉的声音，悠悠回荡在这片空荡荡的空间之中。

各方势力的强者见到消散而去的第四殿主，如释重负地松了一口气，再然后，那一道道眼红的目光，便犹如狼盯着猎物一般投向了牧尘。

不过对于他们的目光，牧尘却是犹如未见般，他微微沉吟，而后手掌一握，那黑暗金字塔便出现在了其手中，然后他在曼荼罗那错愕的目光中，把东西递了过去。

此物虽好，但却太过烫手，这会令他成为众矢之的，而且这等圣物，以他这五品至尊的实力，根本就没有能力将其潜力发挥出来。

落在他的手中，反而是灾祸。

这一点，性子素来谨慎沉稳的牧尘，可是看得极为清楚。

当牧尘将那星空镇魔塔递出之时，不仅这片天地间的各方强者目瞪口呆，就连曼荼罗本人也神色惊愕，不意牧尘会有此举动。

对于星空镇魔塔这等圣物，她虽说也有些眼热，但却并未到那种必须得到的地步，而且如今此物落在了牧尘手中，这种结果对于曼荼罗而言，比落在其他的顶尖势力手中要好上无数倍。

当然，她也明白得到此物，必然会为牧尘招惹来不小的麻烦，但从今往后，他们大罗天域在这北界，将会无人敢轻易招惹，她也有这个信心，给予牧尘足够的庇护。

所以，在牧尘将星空镇魔塔递给她时，她也微显错愕，旋即她眉头微皱，道：“你不必如此，此物虽然有些麻烦，但既然有我在，就没人能动得了你。”

她显然是以为牧尘担心这星空镇魔塔太过烫手，进而不得不将其主动交过来。

牧尘闻言，则是一笑，道：“此物落在我的手中，实属暴殄天物，以我这等实力，根本发挥不出它的威力。”

此话倒是不假，想要催动这星空镇魔塔就必须动用极其庞大的灵力支撑，而牧尘这区区五品至尊的灵力，远远达不到这种程度。

“而且这星空镇魔塔，在大罗天域的手中，所能够发挥出来的价值，也远比在我的手中更强，如今神阁之主陨落，北界局势也会发生改变，所以我想，这个时候的大罗天域会更需要这星空镇魔塔。”

牧尘望着脸色变幻的曼荼罗，微笑道：“另外你可不需要有什么心理负担，大罗天域越强，我所能够借助的力量也就会随之增强，所以，你就当我是在投资吧，说不定以后，我还需要你的帮忙。”

曼荼罗望着面带微笑但眼神却颇为认真的牧尘，最终将拒绝的话给咽了回去，牧尘的这般举动，令她惊讶之余也有些感动，毕竟拥有如此强大的圣物，就算是地至尊级别的超级强者都会心动，但牧尘却能够平静地交给她。

他其实本不需要如此，他应该非常清楚她是决对不会强迫他将星空镇魔塔交出来的。

不过，也正如牧尘所说，现在的她，如果能够拥有这星空镇魔塔的话，那么就算是面对上位地至尊，她也拥有一战之力。

这对于大罗天域在接下来的北界动荡中，将会有至关重要的帮助。

曼荼罗盯着那悬浮在牧尘掌心之上的黑暗金字塔，片刻后，终于一咬牙，道：“这星空镇魔塔可以先由我掌管，不过这只是暂时的，待得日后你拥有独自掌控它的能力时，我会将它还给你！”

牧尘闻言笑了笑，也并未多说什么，只是点点头，如果真到了那个时候，他想，或许一座星空镇魔塔，已经不足以打动他的心了。

“另外，”曼荼罗小脸上突然微红了一下，有些吞吞吐吐道，“你能不能将这星空镇魔塔之内的那一滴灵神液给我？以后，我会给你补偿。”

对于现在的曼荼罗而言，那一滴灵神液的吸引程度，恐怕要甚于这星空镇魔塔，因为如今她已是半步上位地至尊，只要再踏出那一步，就能够真正突破。

牧尘见状忍不住一笑，然后点点头，那灵神液的确强大，但对于他而言，和这星空镇魔塔没什么两样，都是他只能看不能碰的东西。

以那灵神液的浩瀚与精纯程度，他根本就不可能将其炼化，强行吸纳的话，恐怕肉身都会被那恐怖的灵力涨爆。

他会将星空镇魔塔给予曼荼罗，自然也包括了那一滴灵神液。

见到牧尘点头，曼荼罗小脸反而更红了一点，那模样再没有半点大罗域主的威严，看上去倒是犹如一个可爱的邻家小女孩一般。

“不过我也有条件，”牧尘微微一笑，“之前那第四殿主说过，凭借着这星空镇魔塔，有可能感应到远古天宫，我希望你能够尽全力帮我探测一下。”

远古天宫遗迹乃是这天罗大陆上无数势力垂涎的宝地，牧尘可不认为这能够躲避诸多超级强者探测的遗迹能够轻易被他探测出来，所以这件事，他只能拜托曼荼罗帮忙。

另外，就算到时候真是侥幸探测了出来，这等惊天遗迹，一旦现世，必然会惊天动地，到时候还不知道会引来多少顶尖势力，所以即便找寻到了远古天宫遗迹，牧尘想要在其中获得“不朽金身”的修炼之法，那也决对不是他一个人就能够办到的。

那时候，他必然需要曼荼罗的全力相助，不然，他恐怕没多少资本与天罗大陆上那些超级势力争夺。

所以，他之前所说的所谓投资，其实也并非只是场面话而已，而是在他尚未真正独当一面之前，他的确需要曼荼罗这等超级强者的帮助。

曼荼罗闻言，反倒收敛了她的难为情，她郑重地点点头，道：“如果探测到了远古天宫，到时候我会全力相助。”

她知晓牧尘修炼了大日不灭身，而这大日不灭身的最终进化体，便是那传说之中的“原始法身”之一的万古不朽身。

而在那远古天宫之内，便有那大日不灭身的进化体！

她能够猜测到牧尘来到这北界，最终的目的，便在于此！

在这大狩猎战中，她算是欠了牧尘数次人情，眼下更是还要将这星空镇魔塔与灵神液都取走，这等人情已经难以衡量，所以她之后唯一能够做的，便是尽全力帮牧尘获得那大日不灭身的进化体。

一念到此，曼荼罗再没有多少犹豫，伸手接过那座星空镇魔塔，掌心一翻，便将其收了起来。

而在曼荼罗收走星空镇魔塔时，这片天地间的其余几位地至尊面色都忍不住微微一变，而后眼中开始有浓浓的忌惮之色涌了出来。

如今的曼荼罗已经踏入了半步上位地至尊，如果再借助另外一滴灵神液，很有可能成为真正的上位地至尊，到时候再手握星空镇魔塔，就算是在上位地至尊中，都不算弱者。

此等实力，日后恐怕这北界，根本无人再能与其抗衡。

万圣老祖等人目光微微闪烁，最后还是暗暗一叹，看来以后，他们也得摆好心态，对这即将崛起的北界霸主多一些敬畏了。

不过让他们稍微松一口气的是，至少曼荼罗比起那野心极大的神阁之主来说，更让人要容易接受一点。

咻！

就在天地间各方势力心中念头转动间，突然，这天地间猛地有尖锐的破风声响起，那破风声，显得格外的惊慌仓促。

牧尘等人也有所察觉，抬头便见到远处突然疯狂撤退的诸多身影，那些人，赫然便是神阁的那些人马。

他们在逃。

如今神阁之主已经陨落，谁都清楚，这在北界屹立多年的神阁，必然会面临倒塌之局，所以这时候，这些神阁强者哪里还敢在这里停留，当下都拼命逃离此地。

不过，在他们疯狂逃窜时，曼荼罗和万圣老祖这些曾经与神阁颇有恩怨的地至尊，目光却是微微闪烁，下一刻，竟是同时出手，袖袍一挥便有恐怖的威压弥漫开来，远处的空间都在他们的出手下凝固了下来。

而那逃窜的神阁诸多强者身形也被强行凝固下来，即便是那神阁四位阁主，都是个个面色惊恐，再不复之前的半点威风。

他们都极为清楚，今日之后，神阁必然会崩塌，而他们这些神阁余孽，也将会成为被以往仇家打击的首要目标。在场的诸位地至尊强者也明白，神阁中那实力最强的东阁主，他已是九品至尊，若是放任逃离，以后万一侥幸突破那一步，也突破到地至尊的话，那无疑又将会成为在场诸位的心腹大患。

既然要斩草，那就必须要除根！

而那幽冥宫和玄天殿这些平日与神阁还算有一分交情的势力见到这一幕，也是微微变色，但最终却并没有任何人出手相助。

他们都很清楚，随着神阁之主的陨落，北界的局势必然会发生巨大的变化，眼下曼荼罗突破到了半步上位地至尊，实力远胜其他的地至尊，从此往后，恐怕在这北界，大罗天域便会取代神阁，成为北界最强大的势力。

所以这种时候，幽冥宫与玄天殿自然不可能为了一个失去地至尊强者坐镇的神阁，与大罗天域为敌。

“呵呵，我万圣山当年可被你神阁杀了不少弟子，如今也该好好算算了！”那万圣老祖望着被凝固的诸多神阁强者，苍老的声音在此时多了一丝冰寒。

话音落下，万圣老祖又看向曼荼罗，笑道：“不知道大罗域主打算如何处置这些余孽？”

曼荼罗漠然地看了一眼那些神阁强者，所谓成王败寇，她对于这些神阁人马，并不怜悯，若是能够斩草除根，她自然不会留情。

不过，在她准备出手时，她突然瞧见牧尘的目光似乎有些奇特，当即微微一顿，道：“你认为该当如何？”

牧尘闻言，倒是一笑，道：“这些人中，能否留一人给我？”

“哦？”曼荼罗讶异地看了牧尘一眼，旋即无所谓地点点头，“你想保谁？都随你。”

“多谢。”

牧尘手指指向了神阁人马之中的一道人影，笑道：“我保她。”

天地间各方强者的目光皆在此时顺着牧尘的手所指处望了过去，那道倩影居于神阁诸多强者末尾处。

而这道倩影，赫然便是曾经与牧尘在死亡遗迹中联过手的澹台琉璃。

在这批神色仓惶的神阁强者中，澹台琉璃的实力虽然并不出众，但当众人看向她时，眼中却都有惊讶之色浮现。

因为他们发现，少女自始至终都神色平淡，甚至即便眼睁睁地看着神阁之主陨落了，她都没有任何绝望，甚至，若是看得仔细，能够看见她嘴角细微地翘起，那分明是一副极其欣喜的模样。

这般模样，与周围那些绝望灰暗的神阁强者一比，有一种相当鲜明的反差。

不过，此时这原本一脸悠然，丝毫不将接下来的结局放在心中的澹台琉璃，瞧见牧尘将手指指向她时，那一对美眸中有一抹错愕之色浮现了出来。

显然，她没有料到牧尘会在这种时候对她伸出援手。

“她？”

曼荼罗讶异地看了澹台琉璃一眼，对方的实力极为普通，放在神阁诸多强者中并非强者，不过在她身上，曼荼罗却察觉到了一股奇特的波动。

“战意的力量吗？她是战阵师？”曼荼罗眉尖一挑，战阵师在北界较为稀少，这样看来的话，此女倒是有被收编的资格。

“可别小看她了，如果这石岛上她也出手的话，恐怕我也不可能获得那一滴完美级别的灵神液。”牧尘说道。

他这话可是不假。毕竟别人或许以为没有军队在身旁，这澹台琉璃就是废人，可他却知晓，当初在死亡遗迹中，澹台琉璃与他一样都获得了一半的战意神盘，而此物一旦催动，就算是八品至尊都能够抗衡，所以如果澹台琉璃在石岛上也祭出她那一道战意神盘，那么牧尘不仅不可能夺得那古老陶罐，恐怕自身也将会陷入危机。

当然，澹台琉璃会如此做显然也是因为她对神阁的仇恨，所以她不愿意见到神阁之主完成突破，不然的话，她这一辈子恐怕都无法复仇。

曼荼罗听得牧尘此话，也是微微一惊，旋即那看向澹台琉璃的目光倒是缓和了许多，虽然她不太清楚个中详情，但既然牧尘这么说了，那恐怕连他们大罗天域，都受了此女一个人情。

“既然如此，那她也算是对我大罗天域有份恩情，我大罗天域自然会保下她。”曼荼罗冲澹台琉璃一笑，道，“而且只要她愿意，我大罗天域随时敞开大门，到时候我大罗天域第十一王便属于她。”

此话一出，那招揽之意便再清楚不过，周围其余的顶尖势力闻言神色也有点变化，毕竟他们都很清楚一位战阵师所拥有的潜力，不过此时再给他们一个胆子，他们也不敢去和大罗天域争夺，所以当即都只能遗憾地摇了摇头。

而澹台琉璃听了也是一怔，旋即脸上露出犹豫之色。

“澹台姑娘，若是担心你家人的安危，待得此番事了，我大罗天域就会派人前往神阁将其接回，我在这里向你保证，你家人必定安然无忧。”牧尘见到澹台琉璃脸上的犹豫，顿时说道。

听到牧尘的保证，澹台琉璃这才轻咬银牙，蛲首一点道：“若是能够救我家人，我必当全力效劳！”

“澹台琉璃！”

“你这叛徒！亏我神阁全力栽培你，助你成为战阵师，你这白眼狼竟敢如此！”

周围那些神阁强者见到这一幕，顿时怒声喝道。特别是那四位阁主，眼神凶狠地看向澹台琉璃，想来如果不是因为此时被凝固了行动，恐怕早已雷霆出手将其斩杀。

听到他们的怒斥，澹台琉璃则是红唇掀起一抹讥讽的弧度，她寒声道：“栽培？你神阁当年见我有战意天赋，竟是暗中派人屠杀我的家族，逼得我不得不投靠你们神阁借此获取庇护，而你们却依旧不放心，更是将我妹妹毒成废人，试图用此来永久逼迫我效忠神阁，呵呵，这种栽培，我可是一直铭记在心，所幸苍天有眼，今日就该是你神阁还债的时候了！”

澹台琉璃的声音中，充满着寒意以及浓浓的怨毒，如今神阁自身难保，她终于能够释放心中的怨恨，再也不用心怀顾忌。

澹台琉璃这般冰冷怨毒之言，倒是将那神阁四位阁主说得哑口无言，当即只能眼神阴狠地盯着澹台琉璃。不过还不待他们再度开口，只见曼荼罗袖袍一挥，恐怖的灵力威压弥漫而出，令那四位阁主一声闷哼，嘴角甚至都有一抹血迹浮现出来，当即惊骇得再也不敢开口。

“呵呵，恭喜大罗域主又得一员得力大将。”那万圣老祖望着这一幕，再度笑眯眯地开口，言语间显然有拉近关系的意思。

曼荼罗对于万圣老祖倒没有什么不满，当即回以一笑，而后其视线直接看向其余数位一直未曾说话的地至尊，道：“既然眼下神阁之主已经陨落，那神阁也无存在的必要，不知道诸位认为，这神阁的疆土，应当如何分配？”

此言一出，万圣老祖、柳天道、妖帝等人眼神都是一凝。这神阁可是北界曾经最强的顶尖势力，其底蕴以及库藏必然极其丰厚，这是天大的馅饼，只要能够啃上一口，那对于自身势力的增强，可不是一星半点。

以往大狩猎战后那败亡的顶尖势力的地盘，并无确切的规定，基本上是谁拳头大，那谁就抢得多，所以以往的大狩猎战，最后基本都是神阁获益最多。

不过那是以往，如今情况却是截然不同，大罗天域的实力已经远远超越了其他顶尖势力，所以万圣老祖等人如果还以为曼荼罗会心平气和平均分配，那就实在是太过天真了。

数位地至尊对视一眼，最终还是万圣老祖温和地开口道：“不知道大罗域主有何想法？”

曼荼罗瞧着这些家伙的态度，也是微微一笑，但那开起口来，却是丝毫不客气：“我大罗天域要神阁一半的疆域以及库藏。”

一半?!

听得曼荼罗这狮子口，万圣老祖等人面色微变，如此说来，那他们其他的这些顶尖势力，就只能瓜分神阁的另外一半了？那算下来，最终到手的，恐怕不足一成。

牧尘与九幽也在此时暗暗咂舌，这神阁的一半库藏，恐怕不下千万至尊灵液，这可是极为恐怖的一笔收入，足以让大罗天域肥上一圈。

而且，那神阁一半的疆域，甚至比如今大罗天域的所有地盘都要多，这如果吃了下去，大罗天域必然会膨胀成为北界最强的势力。

“大罗域主，你这胃口，未免也太大了一些吧？”幽冥宫主眉头一皱，沉声道。

“诸位，这北界的规矩，莫非你们还需要我说得更清楚一些吗？”然而曼荼罗对于五位地至尊的质询目光，却是全然不顾，淡漠道。

在这北界，强者为尊，谁的拳头大，谁分得的蛋糕就越多，以往各大顶尖势力也是以此为基准，而现在，大罗天域俨然取代了神阁成为北界最强的势力，所以他们自然有资格获得最大的蛋糕。

万圣老祖等五位至尊闻言，沉默了下来，只是那眼神中显然有些不甘。

“诸位也不用如此气馁，我接下来还有一件事与你们商讨。”曼荼罗瞧见沉默以对的五位地至尊，再度一笑，开口说道。

“还有何事？”

曼荼罗眼皮一抬，道：“我打算与诸位达成一个同盟协议。”

“同盟协议？”五位地至尊面色齐齐一变，旋即皆是忍不住一声冷笑，“怎么？莫非大罗域主也是打算学那神阁之主？想要将这北界一统？”

曼荼罗不屑地撇了撇嘴，道：“这种无聊的事情我还没那闲情去干。”

听得此话，万圣老祖五人才悄悄松了一口气。如果曼荼罗真是打算效仿那神阁之主的话，那想来这北界必然会动荡起来，到时候就连他们这种顶尖势力，都没绝对的信心能够挺过去。

曼荼罗屈指一弹，只见那星空镇魔塔闪现出来，她淡淡道：“你们应该知道，这星空镇魔塔能够感应远古天宫的所在。”

“不过我想你们也知晓，类似远古天宫这等遗迹，一旦现世，必然是惊天动地，到时候恐怕整个天罗大陆所有顶尖势力都会蜂拥而至，所以这个蛋糕，我大罗天域，还没那能力吃下去。”

当曼荼罗此话一落时，万圣老祖等五位地至尊心脏都是猛地一跳，双目之中更是有光芒绽放出来，那一双双眼睛，泛着滚烫，死死地盯住曼荼罗。

曼荼罗淡笑道：“所以我想与你们达成一个同盟协定，那便是待到我探测出远古天宫遗迹时，我们可以一起联手，如此一来的话，到时候在远古天宫的收益，我们都可雨露均沾。”

“不知道我这提议，你们以为如何？”

当曼荼罗最后一字说完，万圣老祖等人的眼睛都红了许多，他们死死地盯着曼荼罗，而后难以置信道：“你竟然允许我们分一杯羹？”

那远古天宫是多大的机缘？寻常地至尊恐怕根本无缘得见，然而眼下，曼荼罗竟然舍得将这等机缘均分出来？

“机缘虽好，不过也得有自知之明，我大罗天域还没强到能够独自吞下远古天宫遗迹的地步。”曼荼罗一笑。他们北界在这天罗大陆，仅仅只是一隅而已，因此光凭他们大罗天域，还没资格与天罗大陆上那些最顶尖的势力一争雌雄，所以，她需要拉拢北界这些顶尖势力，如此一来的话，才能够与天罗大陆上那些最顶尖势力抗衡。

“怎样？我的提议，你们可有兴趣？”曼荼罗再度问道。

万圣老祖等人闻言，对视一眼，旋即一咬牙，毫不犹豫道：“只要大罗域主肯让我们分一杯羹，那我等必然全力相助！”

曼荼罗闻言，这才轻笑出声，她满意地点点头，道：“那就这样说定了。另外，这神阁的分配？”

“就依大罗域主！”万圣老祖等人果断说道，再没有丝毫不甘，这神阁的库藏，与那远古天宫遗迹比起来，简直不值一提！

“那就多谢了。”

在那后方，牧尘见到曼荼罗等人只是简简单单的言语交谈便将这神阁的命运定下，当即也有些唏嘘。他亲眼看见地至尊这种超级强者的话语权，强如那神阁，一旦神阁之主陨落，便直接从猛虎变成肥羊，瞬间便毫无反抗余地地被分割，这等残酷，让人有些感叹。

同时这也让牧尘心中非常清楚，他的力量还差了太多，他的路，还很长，不过他始终相信，迟早有一天，他也会拥有这种力量。

只是，他还需要时间。

呼。

牧尘仰起头，深深地呼了一团白气出来，不管如何，这一次的大狩猎战，总算是彻底落幕了，但让人庆幸的是，当此战落幕后，他们大罗天域，依旧屹立在这北界之中。

而且，以后，它还会愈来愈强！

第15章 九幽雀族

轰动整个北界的大狩猎战，终于在历经数月之后，真正落幕，而在其落幕之时，整个北界，都被那最后的结果掀起惊天动地的反响。

神阁之主陨落！

当这消息传开的时候，整个北界都被震慑得无法言语，所有的势力听后都目瞪口呆，他们实在难以相信，那几乎站在北界最顶尖的强者，竟然就这么陨落了。

虽说每一次的大狩猎战都会有顶尖势力的陨灭，但在那大狩猎战开始的时候，恐怕任谁都没想到，此次葬灭的，竟然会是这北界最强大的势力。

于是北界为之震动，进而紧接着动荡起来，因为谁都明白，神阁一旦失去了神阁之主的坐镇，那必然会衰败下来，以他们如今的实力，已经不足以镇守如此庞大的家业了。

而这份丰厚的家业，将会引来群狼环伺。

不过这一次，再度出乎所有人意料的，对于神阁疆域的争夺，却并未如同以往那般弄得天翻地覆，血流成河，反而一切都在那悄无声息中，尽数完成瓜分。

而外界的诸多势力随着观测，然后再度震惊地发现，那神阁将近一半的疆域，竟然都落入了大罗天域的手中。

到了这种时候，北界的诸多势力才明白，这一次的大狩猎战，究竟谁才是真正的赢家。

而也就是在这时候，曼荼罗成为半步上位地至尊的事情以及那发生在大狩猎战中的诸多隐秘之事，也在整个北界不胫而走。

半步上位地至尊?

诸多势力在听到这则消息时，无疑都倒吸了一口凉气，想来他们都非常清楚，这代表着大罗天域的实力，已经超越了其他所有的顶尖势力。

从此以后，恐怕这北界多强并列的局面将会结束，而大罗天域则将会一跃而上，成为最强大的势力。

而局势变化成这般模样，那诸多势力也开始明白过来，面对这北界最为强大的顶尖势力，他们应该采取何种谦从的态度。

以后，在这北界中，大罗天域，无疑将会成为隐形霸主，再也无人敢轻易招惹他们。

而在大罗天域的声望在北界迅速膨胀的同时，牧尘的名字，也在不知不觉间被传扬开来，因为从那些传播的消息来看，此次大罗天域能够在大狩猎战中成为最大的赢家，若非牧尘出力之巨，恐怕如今的结局，便会截然不同。

另外，在那大狩猎战中，牧尘更是一跃成为战阵师，率领着大罗天域的军队所向披靡，最后甚至连那神阁的一位阁主，都奈何他不得。

而那神阁方毅，幽冥宫的幽冥皇子这些曾经是年轻一辈中的顶尖人物，却都在此次的大狩猎战中，沦为了牧尘的陪衬。

于是，当大罗天域坐稳了北界第一势力的位置之时，那所谓的龙凤录上，牧尘也轻松登顶，取代了曾经的方毅，成为真正的龙凤录霸主，也是如今北界年轻一辈中的巅峰之人。

而以他展露出来的种种惊人战绩而言，他这北界年轻一辈第一人，整个北界，再无人能够说出丝毫质疑的话来。

而在整个北界都因为神阁的败落而处于震荡之中时，大罗天域犹如沸腾的油锅一般，自从大狩猎战结束那一天开始，就未曾真正安宁下来。

因为他们需要接收神阁那将近一半的疆域，这等庞大地盘，就算是以大罗天域之强，都很难一时半会全部吃下来。

而且在那些神阁疆域内，一些势力则是不愿易主，暗中施展手段将局面变得混乱，这样更是加剧了大罗天域收编神阁疆域的难度。

不过这些问题，当三皇亲自率军出马，直接将一方暗中作乱的势力连根拔除之后，这些动乱，便再也难成气候。

毕竟要说这些势力对神阁有所忠诚，那也不见得，只不过是担心大罗天域掌控之后，将会改变他们的利益而已。

而这些，当大罗天域展现出血腥手段后，他们才明白过来，眼下这等大势，根本不是他们这些势力能够抵挡的，唯一能够做的，便是老老实实归附，否则的话，恐怕在这北界，都难有容身之所。

于是，随着时间的推移，大罗天域的声威越来越盛，那些投靠而来的势力也越来越多，从而令大罗天域可调动的力量也是今非昔比。

所以，在将近一个月的时间内，大罗天域便逐渐将神阁将近一半的疆域吃下，虽说偶尔还有动乱，不过却都渐渐平息下来。

而在逐渐吃下了神阁将近一半疆域的大罗天域，无疑也变得庞大了许多，不过好在曼荼罗以及三皇都还算理智，虽然麾下投靠而来的强者规模越来越大，但却并未轻易给予重位，一些重要的位置，直接从大罗天域以往的老一批高层之中挑选，免得到时候内部出现问题，反而令大罗天域困难重重。

不得不说，只要等大罗天域安然度过目前这个阶段，逐渐将庞大地盘以及麾下强者尽数消化掉，那么大罗天域所拥有的力量，必然会傲视整个北界。

那时候的大罗天域，将是北界名副其实的真正霸主！

大罗天域，大罗天，九幽宫。

如今的九幽宫，随着大罗天域的扩张，也变得比以往更为雄伟，而且整个宫内的强者数量，也是规模大涨。

在大罗天域扩张之中，九幽宫获得的好处，显然在诸王之中居首位，麾下城市，直接从当初的百来座，猛增到六百多座！

如此丰硕的收获，直接令九幽宫的规模居于诸王之首，即便是强如修罗王他们的麾下，都再也无法媲美九幽宫。

不过对于曼荼罗对九幽宫的恩泽，其余诸王也无法多说什么，毕竟谁都清楚，这一次他们大罗天域能够成为大狩猎战中的赢家，牧尘居功甚伟。

更莫说，在那最后，牧尘甚至连那星空镇魔塔都交给了曼荼罗。

所以，即便他们也眼热九幽宫的扩张，但却并无多少怨言，因为这一切，都是九幽宫或者说是牧尘应该得的。

掌握数量如此庞大的城市，虽然让九幽宫上下惊喜不已，不过随之而来的便是更为麻烦的接收。好在有唐冰这位九幽宫的大管家协助，再加上这段时间有不少投入九幽宫的诸多强者，因此，在经过了整整一个月的收编后，九幽宫才逐渐将那六百多座城市尽数掌控在手中。

而拥有了这六百多座城市，九幽宫每年光是这些城市的供奉，便达到数十万至尊灵液的规模，这比起以往的凄凉境地，不知道好了多少倍。

九幽宫深处，这里依旧是九幽宫中的禁地，唯有少数人，才能够进入这里。

而此时，在那深处的一座殿顶之上，牧尘负手而立，他望着九幽宫外围处，那里不断有流光飞过，显示出此时的九幽宫，依旧处于一种极端忙碌之中。

在九幽宫收编着数量庞大的诸多城市时，牧尘同样没有闲着。毕竟这些城市不会全部都顺心归从，所以中途牧尘也不得不率领着九幽卫登门拜访，将那些阻碍尽数扫清，所以这一个月下来，就算是牧尘经历了大狩猎战这等残酷争斗，都感觉有点吃不消。

不过好在通过这番努力，总算是将九幽宫的局面给稳定了下来，接下来只要不出岔子，九幽宫的壮大，已经指日可待。

“真是今非昔比啊。”

牧尘立于殿顶，他遥望着如今气势如虹的九幽宫，忍不住一声感叹。想他两年前初来大罗天域时，这九幽宫几乎要被逼得解散，谁能想到，两年之后的九幽宫，竟会壮大如斯。

“是啊，不过这里面起码一大半的功劳都是属于你的。”

一道轻笑声自牧尘的身后响起，他毫不意外地偏过头，然后便见到娇躯修长纤细的九幽笑吟吟地立于其身后。

九幽上前一步，与牧尘并立，她同样盯着远处，微微有些恍惚道：“没想到这短短两年的时间，你竟然成长了这么多。”

两年前，牧尘初来大罗天域时，那时候连至尊法身都未曾凝练出，然而现在，他却已经成为北界年轻一辈的第一人，这等进步，让人不得不为之惊叹。

“多亏了九幽姐引路。”牧尘微微一笑，如果不是九幽指引他来到大罗天域，恐怕此时的他只能游荡在大千世界中，无依无靠。

九幽闻言只是轻轻笑了笑。

牧尘盯着九幽，却察觉到她的笑容略微有点勉强，当即眉头微皱，轻声道：“怎么了？”

九幽犹豫了一下，最终还是无奈地叹了一口气，道：“我接到族内传来的消息，五日之后，天雀长老便会前来大罗天域接我回族。”

牧尘闻言，瞳孔顿时一缩。

那九幽雀族，终于要来了吗？

五日时间，眨眼即过，而待那第五日来临的时候，九幽雀族的人也如约抵达了大罗天域。

大罗天，迎客殿。

九幽雀一族在这大千世界的灵兽种族中，也能够算作底蕴深厚的大族，所以当他们来到大罗天域时，就连曼荼罗都给足了面子，暂时将修炼放下，亲自出面迎接。

殿前，曼荼罗负手而立，在其身后便是三皇以及牧尘和九幽二人，只不过此时的九幽有些心不在焉，一旁的牧尘知晓她在担心着什么，但此时多说无益，还是等那九幽雀族的人来了，再看看他们对此事究竟是个什么态度吧。

“放心吧，九幽雀一族虽强，但我大罗天域也不是什么软柿子，他们休想在我眼皮底下蛮横无理。”曼荼罗看了牧尘和九幽一眼，说道。

以她的眼力，自然知晓九幽在担心什么，九幽与牧尘之间有血脉链接，那是一种同生共死的契约，如果一人生死，那另外一人恐怕也得随之而去。

一般说来，这种血脉链接在这些灵兽种族中并不罕见，只不过这大多都是作用于两方血脉高等的灵兽之间，如此一来，双方都能够从中获益，但眼下牧尘并不属于那所谓的高等血脉的灵兽。

而且这些拥有特殊血脉的灵兽种族，对于人类素来都有些轻视，因为在正常情况下，同等级的灵兽，战斗力一般都要比同等级的人类战斗力更强一些，它们拥有各种天赋以及生来就比人类强大的肉体。

在他们看来，大部分人类身体孱弱，极容易在尚未成为真正的强者之前便夭折，所以与人类达成血脉链接会让他们极为抗拒，这在他们看来，这样做除了污染灵兽纯净血脉之外，根本就没有任何益处。

在一些保守的灵兽种族中，甚至一旦有灵兽与人类达成了血脉链接，会直接被视为叛逆随即被抽尽浑身血脉而死的。

正因为这样，所以九幽才会一直忧心忡忡。她倒是不担心九幽雀族会对她如何，她父亲便是九幽雀族的族长，再加上她天赋绝佳，地位尊崇，在族内基本无人敢对她如何，但她却担忧一旦九幽雀一族知晓此事后，会对牧尘采取什么手段。

不过眼下听到曼荼罗的保证，她也稍微安心一点，当即冲曼荼罗感激地点点头，刚欲说什么，神色突然一凝，抬起头来，只见那遥远的天边，突然有一道流光闪电般掠来，仅仅数个呼吸间，便化为一头双翼缠绕着雷电的紫色巨鸟，携带着狂风呼啸而至。

紫色巨鸟悬浮在大殿上空，而后数道光影从天而降，直接落到了曼荼罗等人前方的空地之上。

“呵呵，老夫天雀，九幽雀一族长老，今日叨扰之处，还望大罗域主勿要见怪。”在那数道光影出现时，一道苍老的笑声随之响起，而在这道笑声传开时，一股惊人的灵力威压也铺天盖地席卷而来，向这片天地突然间压了下来。

光芒渐渐消散，数道人影出现在了迎客殿前方，而那领头一人，乃是一名身着青袍的老者，在其青袍之上，有云雀浮现，举手投足间散发着强悍的压迫感。

那股惊天的灵力威压，就源自于他。

而在这位青袍老者身后，还有数道人影，其中最引人注目的则是一名身躯修长的青年，他同样是一袭青衫，模样倒是颇为英俊，剑眉薄唇，眼神之中有一种利剑出鞘般的锋锐，令人不得不瞩目。

在曼荼罗身后，三皇察觉到这股灵力威压，眉头都是一皱。来人这般行径，略显霸道，这是打算试试他们大罗天域究竟有多少能力吗？真是有些先兵后礼啊，看来今日之事，不会太过简单了。

“原来是九幽雀一族的天雀长老，贵客来至，我大罗天域自然是要尽力招待。”

而在三皇皱眉间，曼荼罗只是微微一笑，也不见她有什么动作，只是一语传开，有一种平和的波动弥漫开来，瞬间便将那从前方席卷而来的惊人威压平复了下去，甚至连压抑的天地间，都再度恢复了清净平和。

她这般轻巧手段展现出来，顿时令那青袍老者眼神一凝，他的视线凝聚在曼荼罗身上，片刻后才眼神凝重道：“没想到大罗域主竟然已经触及上位地至尊的层次，看来要不了多久，便能够彻底踏入了，真是可喜可贺。”

这位天雀长老眼下的实力乃是处于下位地至尊，地位在九幽雀一族之中颇为尊崇，按照他的估计，这大罗天域的域主顶多也就与他处于相同的层次，如果到时候谈话不合要动手的话，他应该也能够借助神兽之躯占据上风，但眼下这情形，曼荼罗的实力超出了他的预料。

一位上位地至尊，就算是放在他们九幽雀一族中，那也是最顶尖的层次，没想到这屈居一隅的地方势力，竟然会有这等强悍人物。

曼荼罗小脸上有笑容浮现出来：“天雀长老过奖了。”

她自然知晓这些灵兽种族的高傲，而且看之前这架势，显然是来者不善，若她不是此次大狩猎战中获得了突破，恐怕这天雀长老，就不会是这般谦逊的脸色了。

天雀长老和善一笑，然后他便看向了后方的一道人影，当即笑道：“小九幽，老头子我不远万里过来接你，你还要躲着不成？”

在那后方，九幽见到天雀长老目光射来，只能无奈地走了出来。

天雀长老一见到九幽走出，那沧桑的双目中就有精芒暴射而出，他上上下下地打量了一下九幽，下一刻，他那苍老的脸上便有惊喜的笑容绽放了出来：“果然是九幽冥雀，你这妮子，还真的觉醒了这一道血脉，真不愧是吾族数千载以来血脉最佳之人啊。”

牧尘见到这一幕，有些疑惑地问天鹫皇：“九幽雀一族觉醒九幽冥雀很困难吗？”

听这天雀长老话中的意思，似乎这九幽雀一族中能够觉醒的血脉并不少一样。

“呵呵，九幽雀本身只是灵兽种族，不过它们的进化体，却能够进化出不同的分支，比如九幽炎雀，九幽寒雀等等，而九幽冥雀，则是这些分支中最为稀罕的。因为进化成了九幽冥雀，那就说明其体内拥有不死鸟血脉，万一日后有机缘的话，就有可能真正进化成为不死鸟，可是真正的超级神兽，而且在超级神兽中都算是顶尖的存在。”天鹫皇呵呵笑着解释。

“据我所知，这千载以来，九幽是九幽雀一族中，唯一一个能够进化成为九幽冥雀的。”

牧尘闻言忍不住暗暗咂舌，他以往只知道九幽天赋不错，但却没料到，她在九幽雀族中竟然稀罕到这种程度。

在牧尘与天鹫皇低语时，前方的九幽却只是冲着天雀长老勉强一笑，然后道：“多谢长老前来接引，既然人到了，我们便准备回族吧。”

她话刚落，天雀长老身后那位英俊青年则是微微一笑，道：“九幽殿下，回去的事不急，我们此次前来，其实另外有事。”

“你是谁？”九幽语气微冷道。

“在下柳青，本族执法堂执事。”那英俊青年笑道。

“柳青？”九幽美目一凝，对这个名字倒有几分熟悉，当年她离开九幽族时，此人便是族内年轻一辈中的佼佼者，没想到如今竟成为执法堂的执事。

“呵呵，小九幽，你也别为难柳青这小子了，”天雀长老笑了笑，他那原本浑浊的双目，渐渐变得锐利起来，“你乃是吾族千载以来血脉最优秀者，你的命牌留在宗祠之内，只是前些时候，我们却发现你的命牌略添了一丝浊意，那是血脉被沾染的原因所导致，所以老夫此次前来，欲要将事情搞清楚。”

九幽俏脸微白，道：“那是我曾经被重创过，所以才有那般痕迹，待得日后自然会被消除。”

天雀长老却摇了摇头，淡淡道：“在老夫第一眼看见你的时候，就明白你与人有了血脉链接，所以你也不用隐瞒，而且你也放心，这个世界上，谁若是敢强迫你与你签订血脉链接，那我九幽雀一族，必会与其不死不休！”

“你只需要将那血脉链接者告诉老夫即可！”

话说到最后，已经严厉得有杀意悄然弥漫。

九幽银牙紧咬，玉手也紧紧握了起来，却是不曾言语。

天雀长老看了九幽一眼，然后眉头皱起，道："你若不说，老夫也能够感应得出来，在这里，能够拥有咱们九幽雀族血脉味道的人，可并不多！"

话到最后，他的声音已经犹如雷霆，轰然炸响在天际，那锐利得犹如撕裂天际的剑光般的目光，狠狠刺向了那站于后方的牧尘。

"小辈，你说老夫说得对吗?!"

天雀长老喝声如雷，震动天际，而其双目，则仿若出鞘利剑一般，携带着凌厉之意，洞穿空间，直接将牧尘笼罩了进去。

在他那样凌厉目光的注视下，牧尘顿时察觉到一股可怕的压迫席卷而来，那两道目光几乎要洞穿他的胸口，震得他体内气血都翻涌起来，喉咙间一抹甜意涌上，但随即便被他硬生生咽了回去，而后他抬头，双目毫不退缩地与那天雀长老对视，一股锋锐之气，自其眼神中迸射出来。即便他实力不如这天雀长老，但这等意志，却是并不逊色于对方。

"哼！"

那天雀长老见到这牧尘这小小五品至尊，竟然未曾直接跪下服软，反而还敢直视于他，顿时一声冷哼，就欲踏出一步，释放更为可怕的压力，将眼前之人制服。

"在我大罗天域之中动手，阁下未免也太不将本座放在眼里了！"不过，就在他步伐刚欲迈出之时，曼荼罗那蕴含着怒意的声音响起，而后那天雀长老便察觉到一股恐怖的压迫感直接向他笼罩而来，在那等压迫感下，他那抬起半步的步伐竟然无法落下去。

他虽说能够强行落脚，但在气机感应下，他却是知晓，一旦踏了下去，曼荼罗必然会强行出手。到时候，他即便能够全身而退，却必然会极为狼狈。

不管如何，此时的曼荼罗都是半步上位地至尊，比起他这下位地至尊，要强悍了很多，单打独斗，他根本没有什么胜算。

天雀长老的眼神一阵变幻，最终他那无风鼓胀的衣袍缓缓平息下来，那从他体内散发出来的可怕压迫渐渐平息下来。

压迫散去，天雀长老那蕴含着怒意与冰冷的目光转向曼荼罗，沉声道：

“大罗域主，此事对我九幽雀族极为重要，还望大罗域主能够看在吾族面上，将此人交给老夫，到时候我九幽雀一族，必定铭感在心！”

曼荼罗看了天雀长老一眼，淡淡道：“此事绝无可能，牧尘为了大罗天域立下过赫赫战功，谁想要在大罗天域动他，那就是要与我大罗天域为敌！”

她的话音虽然平淡，但其中那斩钉截铁之意，倒是令天雀长老瞳孔一缩，他显然没料到此事竟然会引得曼荼罗如此反感。

“大罗域主，你难道宁愿为了一个小小五品至尊，与我九幽雀一族开战不成?!”天雀长老厉声道。这大罗天域虽然有些出乎他意料的强横，但毕竟只是根基浅薄的势力，与他们这种底蕴深厚的灵兽种族根本无法相比，所以如果真要碰撞起来，对于大罗天域绝对是灭顶之灾。

“若是我大罗天域连自家立了大功的人都保不住，日后还有什么脸面屹立在这北界？还不如趁早解散算了。”曼荼罗冷笑道。

“而且，你九幽雀族虽然底蕴深厚，但想要吃下我大罗天域，恐怕也得准备有几位地至尊陨落，这其中或许就会有你天雀长老！”

话到此处，曼荼罗已经眼露杀意，强势到极点的言语更是将天雀长老气得面色铁青。不过，在暴怒之余，天雀也是暗暗心惊，在他看来，这大罗域主简直就是个疯子，根本不按常理出牌，随随便便一出言便是两败俱伤，鱼死网破的。他们九幽雀一族底蕴或许的确比大罗天域更强，但这也绝对架不住陨落几位地至尊。

这等层次的强者，就算是他们九幽雀一族万千载积累下来，也是屈指可数，损失一个，对他们而言都无异于伤筋动骨了。

“天雀长老！”

在天雀长老面色阴晴不定，浑身滔天气势有再度勃发的迹象时，九幽也怒叱出声，道：“我当年被人重创，若非遇见牧尘，恐怕如今早已自燃成灰，说来他也算是我九幽雀族的恩人，你如今这是打算恩将仇报不成?!”

天雀长老沉声道：“九幽，我知晓你重情，不过报恩也要分不同的方法，你乃是我九幽雀一族千载以来血脉最为纯净者，即便是要缔结血脉链接，那也应该是同样拥有高等血脉的神兽，而眼下这小子普普通通，怎么能受得了这般福分？这于他而言，有害无益！”

“普普通通？”曼荼罗冷哂一声，道，“如今牧尘在我北界那龙凤录上，排名第一，整个北界年轻一辈，恐怕无人能够将其超越。”

天雀长老与其身后那柳青闻言皆是怔了一下，眼中浮现了一抹讶异之色，想来都没想到牧尘竟然还能有这等成就。

“嘿，这北界也算是浩大，没想到这年轻一辈却如此无能，这五品至尊的实力，若是放在吾族年轻一辈中，充其量只能勉强给个尚可的评价，至于问鼎，简直可笑。”天雀长老很快便回过神来，当即不屑地撇撇嘴，显然对于这北界那所谓的龙凤录的含金量充满质疑。

牧尘听得这天雀长老不屑之言，却也不怒，只是一笑，道：“晚辈能成为这北界龙凤录第一，倒的确是侥幸使然，至于晚辈究竟有没这等资格，长老倒是可以派人一试。”

面对天雀长老的咄咄逼人，牧尘并未一味地龟缩于曼荼罗的庇护之下，他明白曼荼罗一旦与九幽雀一族正面扛上会带来何等的压力，所以眼下出言，也要将这等压力分担一些。

不过牧尘并不是狂妄，对方再怎么说都是地至尊级别的超级强者，要抹杀他就是翻手间的事情，所以他仅仅只是说派人一试。

而眼下这里，如果这天雀长老真想要派人试试他的斤两，显然只有那位叫作柳青的青年比较合适。此人并不简单，按照牧尘的推测，他实力应该与九幽相仿，但如果真要交手的话，对方恐怕也不见就能取得压倒性的优势。

那天雀长老听到牧尘此言，目光则是一闪，冷笑道：“你这小辈倒也滑头，老夫如果真铁了心要出手，谁都保不了你，不过你有胆主动站出来，那老夫今日还真是要看看，你这小辈，究竟有什么能耐！”

“柳青！”

“在！”那模样英俊，眼神锋利的青衫青年，立即沉声应道。

“十回合内，将他擒下！”话音一落，那天雀长老看向曼荼罗以及三皇，“这小辈间的切磋，想来你们总不会插手了吧？”

待他确定了这小子平平凡凡，到时候将消息传回族内，必然会引来诸多长老震怒，他们九幽雀族的千载天才，绝不能因为这般无能人类就损坏了血脉，那时候动静大了，看这大罗天域是不是还敢硬来。

曼荼罗与三皇皆是眉头一皱，而后不再言语，这天雀长老毕竟代表九幽雀一族，他们也不好过于抗拒，既然他想要让那柳青出手，那就由得他吧。

曼荼罗瞥了那柳青一眼，此人的确并非寻常人物，想来在那九幽雀一族年轻一辈中也算是佼佼者，但这九幽雀族未免也太高傲了一些，十回合想要擒下牧尘……一念至此，曼荼罗嘴角掀起一抹冷笑，这些年来，小看了牧尘这家伙的人，最终可都没什么好下场。

“还是大罗域主识大体。”天雀长老见到曼荼罗默许，这才满意一笑，然后他便冲着身后的柳青轻轻点了点头。

柳青见状，也点点头，然后缓步就要走出。

不过他身形刚动，九幽便挡在了他的面前，她俏脸冰寒地盯着柳青。

“九幽殿下请放心，我不会取他性命，只是让他稍微明白一些道理。”柳青看着九幽那冰寒双目，微笑道。

“九幽，此事你便不要再插手了！如果这个小子需要你来庇护，那也太过无能，此事就算是闹到你父亲那里，他也绝对不会任你胡闹！”一旁的天雀长老也沉声道。

九幽冰冷地看了柳青一眼，冷笑道：“我只是不想你待会面子丢光而已。”

柳青双眼微眯，不置可否地一笑，也没有多说什么，只是步伐迈出，绕过九幽，朝牧尘缓步而去。

随着他步伐的迈出，周围的人便能够感觉到，一股炽热而狂暴的灵力波动，正犹如火山一般在其身躯中凝聚。

而他本就锐利的双目，更是变得锋利起来，灵力鼓荡着衣衫，隐隐间，有清悦的轻吟声响起。

一股惊人的气势，缓缓从其体内散发出来。

三皇察觉到柳青这般气势，眼神微凝，从眼下这般气势来看，这柳青的实力，就算是在他们大罗天域诸王之中，也仅仅只有修罗王才能够压他一筹。

这九幽雀一族的年轻一辈，倒也的确有些本事，难怪这天雀长老会如此自信。

在众人的注视下，那柳青走到牧尘身前十丈，而后立定，他双目淡漠地望着牧尘，淡淡道："此番出手，只是想要你明白，人，贵在有自知之明。"

然而，听到他的话，牧尘却是犹如未闻，他面色平静，单手伸出，掌心微曲。

"大罗天域牧尘，请赐教。"

迎客殿前，牧尘与柳青对峙而立，两人眼神皆是锐利如刀锋，那自他们体内鼓荡而出的强悍灵力波动，引得周围空气都在震动着，发出嗡鸣之声。

那柳青望着面对自己竟然丝毫不显得气弱的牧尘，倒是有点讶异，他不明白牧尘这区区五品至尊的实力，自信究竟从何而来。

不过柳青也并未多想，不管这牧尘是忐忑还是勇武，这都与他没太大的关系，他现在需要做的，就是在十回合里将其擒下而已。

到时候，让这小子明白双方的差距，想来也应该会有一些自知之明，不要再试图在九幽这件事上胡搅蛮缠，老老实实让他们将这血脉链接破解，也免得引来灾祸。

"希望你真能有些本事，不然着实有些玷污九幽殿下那高贵的血脉了。"

柳青深深地看了牧尘一眼，再没有任何废话，他双掌猛然紧握，顿时一股炽热而狂暴的灵力波动自其体内爆发出来，热浪滚滚，天地间的温度迅速随之升高。

砰!

就在天地间温度升高时，那柳青脚掌猛然一跺，大地都颤抖了一下，仿佛有火焰在柳青脚下炸裂开来，坚硬的青石板上裂缝蔓延，而其身影，竟是化为一抹虚影，暴射而出。

柳青速度快得肉眼难以观察，仅仅瞬间，便出现在了牧尘右侧，当即双指并曲，犹如剑指一般，火红的灵力凝聚而来，直接令其双指变得赤红起来，一缕深红色的火焰在其指尖跳跃，呼啸而出时，竟然连空间都被那等高温灼烧得扭曲起来。

这柳青一出手，竟没有半点留情的打算，这一道指风莫说是寻常五品至尊，就算是六品至尊的强者被击中，恐怕半截身体都会被那等高温直接刺穿出血洞来。

“呵呵，柳青这赤炎灵指倒是愈发炉火纯青了。”那天雀长老见到柳青这雷霆一击，满意地点点头。

而在一侧，曼荼罗和三皇九幽等人则都冷眼旁观，未曾接话。他们对牧尘颇为了解，如果真将他当作寻常五品至尊来看，那恐怕就得倒大霉了。

赤红双指仿佛一抹残影倒映在牧尘漆黑瞳孔之中，下一刻，他双指也猛然并曲，毫不犹豫地暴刺而出。

而在其双指刺出的时候，他的身体表面，有金光散发出来，隐隐间，似有龙吟声响起，只见一道紫金龙纹，竟浮现在其双指上，金光勃发。

“龙凤体，真龙之纹！”

仿佛黄金所铸般的双指直接洞穿了虚空，然后与那赤炎指光硬生生对碰在一起，顿时灵力冲击波爆发开来，两人所处的地面，直接崩塌了，坚硬的青石板碎裂，进而化为青灰。

双指对碰，那柳青原本泛着冷笑的眼神猛地一凝，因为那对碰之时，对面传来的狂暴力量，远比他想象的强悍。

而且，牧尘的双指也坚固得出乎他的意料。他本身乃是神兽体质，双指的锋锐程度，比寻常神器还要强横，一般说来，就算是那些专门精修肉身的同等级人类强者，也很难与其如此硬碰。

“这家伙的肉身竟然如此强悍？我就不信，你真能与我相比！”

柳青眉头一皱，旋即一声冷哼，指风如电，竟化为无数道残影，瞬间笼罩了牧尘周身所有要害，那一道道残影，皆携带着刺耳音爆之声。

唰！唰！

不过面对他攻势的加剧，牧尘竟然也针锋相对，金光涌动间，那指影铺天盖地席卷而出，与那呼啸而来的道道残影硬抗在一起。

砰！砰！砰！

指影对碰，灵力爆炸开来，指风肆虐开来，将那附近的地面切割出一道道深深的痕迹，不过痕迹却是各有不同，那柳青的痕迹，充满狂暴与炽热，痕迹之处，竟有融化的迹象，而牧尘的痕迹，则是锋锐无匹，光滑如镜，犹如切豆腐一般。

咚！

劲风肆虐，待那最后一道残影相撞时，一股狂暴的冲击波爆发开来，将两道贴近的身影震得倒射而出。

牧尘的脚掌贴着地面倒射出数十丈，而后他才面色凝重地抬起头来，他望着前方的柳青，柳青的眉头也在此时紧紧皱了起来。

“怪不得能够成为这北界年轻辈第一人，的确是有些本事。”柳青缓缓抬起手掌，只见其手背之上，竟出现了一条条浅浅的血痕，他手掌轻抖，赤红火焰浮现出来，伤痕很快便消失而去，显露出神兽体质超人的恢复能力。

牧尘见状，也是一笑，他的手指处，一滴滴鲜血滴落下来，不过待金光涌动后，指尖处的血迹也消失得一干二净。

他这龙凤体，比起神兽之体，只强不弱。

先前的交锋，他借助龙凤体之力，将柳青那等凌厉攻势尽数接了下来，不过对于柳青展现出来的实力，他也略微有些惊讶。

按照他的估计，恐怕此时的柳青，已经处于了六品至尊巅峰的层次，这若是放在诸王之中，也仅仅只比修罗王弱一点而已。

这等对手，比起那方毅和幽冥皇子之流，实在是强悍了太多。

柳青盯着牧尘，经过先前的交锋，他眼中的轻视之色尽数散去，能够凭借五品至尊的实力就与他拼成这样，光凭这一点，就足以说明这牧尘不普通。

虽说他先前仅仅只是略作试探，但显然，牧尘也同样并未尽全力。

“有意思。”

柳青喃喃自语，而后他那双目之中，有灼热的战意涌了出来，也只有这等对手，才能够让他柳青有所正视。

柳青灼热的双目锁定了牧尘，他的衣袍突然在此时无风自动起来，衣衫猎猎作响，一股狂暴而炽热的灵力，犹如火山一般，猛然自其体内爆发开来。

滔天般的灵力呼啸着，最后那灵力在柳青身后凝聚，竟化为一只约莫数千丈大小的赤红巨鸟，在那巨鸟身躯之上，燃烧着熊熊烈焰，那等高温，竟是连天际之上的云层都悄然被蒸发而去。

柳青身躯一跃，出现在那赤红巨鸟背上，他手掌一握，只见火焰在其掌心间凝聚，转瞬间便化为一柄赤红长枪。

他手掌紧握长枪，这一刻，牧尘能够清晰地感觉到这柳青气势变得愈发惊人，他那目光射过来，竟令牧尘皮肤都隐隐刺痛。

此时的柳青，令牧尘感到危险。

那赤红巨鸟应该便是这柳青的神兽形态，看模样与九幽的九幽冥雀形态截然不同，如果牧尘的猜测不错的话，这柳青的神兽形态，应该便是那所谓的九幽炎雀了。

这九幽炎雀虽说比不过九幽冥雀的稀罕，但也算是颇为厉害的神兽，一旦催动，也有焚天煮海之力。

熊熊大火。

那九幽炎雀扇动着巨翼，整片天空仿佛都在此时燃烧起来，变得赤红无比，那九幽炎雀与立于其背上的柳青化为一体，吞吐之间，天地灵力随之变得沸腾起来。

“将你的至尊法身祭出来吧，否则你就没多少机会了。”柳青俯视着牧尘，道。

类似他们这种神兽，并未曾修炼至尊法身，因为他们所拥有的神兽形态，就是类似的手段，眼下柳青将自身神兽形态变幻出来，战斗力将会暴涨，若是牧尘还不动用至尊法身的话，的确很难再与其抗衡。

“如你所愿。”

牧尘闻言一笑，并未自视甚高地无视柳青，而是双手迅速结印，顿时璀璨金光自其体内爆发出来，短短数个呼吸，便有一尊巨大无比的法身出现在了其身后。

那至尊法身矗立于天地之间，脑后一轮金色烈日悬浮，庞大的身躯上，布满着玄奥古老的金纹，赫然便是那大日不灭身。

“好奇特的至尊法身，我竟从未见过。”那柳青见到牧尘所凝练而出的大日不灭身，眼中不由得划过一抹讶异之色，不过旋即便被他按捺下去，不论今日这牧尘有何等手段，结局都无法改变。

既然他已将神兽形态都催动起来，那么这场交锋，也该结束了，这牧尘能够将他逼到这一步，已经算是颇有能耐了。

无可奈何，天雀长老显然打算狠狠挫下这小子的锐气，也该让他明白，他这等能力，可没资格与九幽殿下缔结血脉链接。

此等庸人，就不应该耽搁九幽殿下的大好前程。

一念至此，柳青的眼神变得愈发锋锐，旋即他手中燃烧着赤红火焰的长枪，缓缓抬起，遥遥地锁定了牧尘的身影。

而在他视线锁定时，在那里，身躯修长的少年也抬起了头，那黑色的眸子，穿透空间而来，眼神中满是凌厉，却没有一丝一毫的惧意。

他牧尘这些年一步步闯来，什么生死局面没见过，光凭一个柳青，就想要让他服软，简直是异想天开！

两道锐利的目光在半空相碰，刹那间，有火花溅射开来。

战意昂扬！

第16章 真风威压

高空之上，两道庞然大物矗立，可怕的灵力犹如风暴一般一波波席卷而来，直接在天地间掀起狂风呼啸，天上的云层，也在此时被撕扯得粉碎。

虽说这片区域早已被曼荼罗封锁，不过此地毕竟在大罗天域之内，所以当这等惊人灵力波动爆发出之时，这片区域也很快骚动起来，在那远处，无数道光影呼啸而来，最后远远悬浮在天空，注视着眼前这场对峙。

他们并未闯入这片区域，因为他们看见了在场的曼荼罗，既然域主都在此地，那想来眼前的这场战斗在她的允许范围之内。

一些护卫悄悄松了一口气，然后便将注意力投注到远处的对峙之上，接着他们的眼中便有惊讶之色浮现出来。

“那不是牧王吗？”

“竟然有人与他交手，那人是谁？似乎从未见过，不过这等灵力威压倒是惊人！”

“这等灵力威压，必然是踏入了六品至尊巅峰，诸王之中，也唯有修罗王胜其一筹，此人究竟是什么来路？”

诸多的窃窃私语声在半空中爆发开来，自从大狩猎战结束后，牧尘的名气在这北界迎风直上，如今更是坐稳了北界年轻一辈第一人的位置，所以当这些大罗天域的强者突然间见到竟然有人在与如日中天的牧尘交锋，才会感到如此的惊讶。

“我听闻这段时间那九幽雀一族将会来人迎接九幽王回族，如果猜测不错的话，那青年应该是九幽雀族中的天才人物。”在场的终归还有大罗天域中的高层，所以信息也要知晓得更多一些，当即说道。

“这九幽雀一族倒的确厉害，眼前这人已是处于六品至尊巅峰，这等实力，放在北界任何一方势力之中都必然能够获得重视。”有人感叹道。

“此人非同凡响，也不知道牧王能否敌得过。”有人担忧道。虽说牧尘最近在北界风头一时无两，但毕竟其本身实力仅仅只是五品至尊，当然，如果他能够凭借他战阵师的身份催动战意的话，这九幽族的天才必然撑不过五个回合，但可惜眼下这场交锋，牧尘显然并不能动用战意。

若是寻常人试图以五品至尊的实力去抗衡一位六品巅峰的强者，或许在场的人都会为之嗤笑，但这若发生在牧尘身上，他们却会考虑这之中的胜率如何，因为对方这些年来类似的事情可没少做过。

所以，这场交锋，众人一时间也无法猜测最后的结局如何。

在牧尘与柳青的对峙引来那诸多大罗天域的强者关注时，两人却并未因为那些注视而有丝毫分心，他们的目光皆锁定着对方，眼中寒意流转，周身灵力仿佛风暴一般呼啸着。

柳青脚踏九幽炎雀，他的手掌缓缓紧握那柄赤红长枪，下一刻，其双目之中有赤红之色浮现出来，旋即他脚掌猛然一跺。

唳！

在其脚下，那庞大的九幽炎雀顿时爆发出轻天清吟之声，而后只见那九幽炎雀尖利长嘴张开，赤红色的火海顿时铺天盖地席卷而出，短短数息，便弥漫了天际。

“九幽炎雀法，赤海焚天！”

柳青手中赤红长枪遥遥指向牧尘，顿时那赤红火海便席卷而出，所过之处空间处处扭曲，远处的人肉眼看去，连视野都变得模糊起来。

咻！

火海席卷，瞬间便将大日不灭身包裹了进去，然而，面对这赤海的呼啸，牧尘却面色平静地立于大日不灭身头顶，而大日不灭身庞大的身躯上，也有金光绽放出来。

火海呼啸，而那大日不灭身却犹如磐石一般纹丝不动，它不仅未曾在那火海中逐渐融化，甚至浑身的金光，反而在那等高温的灼烧下，变得愈发的金黄，远远看去，仿若一座威严无比的金身。

柳青望着这一幕，眼神忍不住一凝。他这赤海之中的火焰，乃是其本命之炎，威力霸道，就算是六品至尊陷入其中，在祭出至尊法身后也会被逐渐融化，然而眼下，牧尘这至尊法身竟然岿然不动，反而有愈发明亮的迹象。

“这小子的至尊法身究竟是何来路？竟是如此霸道?!”柳青眉头皱了皱，一声冷哼，再没有多少犹豫，单手迅速结出了一道奇异印法。

嗡!

随着他印法的变化，只见那席卷在大日不灭身周围的赤红火海中，突然有火焰凝聚，迅速化为无数道火焰翎羽长剑，这些火羽犹如火剑一般，上面布满火焰的纹路，燃烧之间，有极其炽热的波动散发出来。

而当这些火焰翎羽长剑成形时，那立于大日不灭身上的牧尘眼神微凝，从那些翎羽之上，隐隐察觉到一些危险的波动。

柳青远远地盯着牧尘，他淡漠地笑了笑，而后屈指轻弹，直接将这记杀招催动。

嗡！嗡!

漫天剑身震动的声音响起，突然间，那悬浮在火海之中的无数道火羽长剑瞬间诡异地消失了。

牧尘见到这一幕，瞳孔忍不住一缩，因为在这些火羽长剑消失的时候，竟然连他都未曾察觉到丝毫异样的波动。

那种感觉，仿佛那些火羽长剑真的凭空消失了一般。

“不对，不是消失，是融入了火海之中！”

不过牧尘紧接着便洞悉了其中的玄机，就在此时，那大日不灭身周围的金光突然暗淡了一下，也就是在这时，只见数十道火光诡异地出现在牧尘的周身，火光之中，一柄柄火羽长剑虽然炽热，但那森寒锋锐，却是让牧尘皮肤都发麻了一下。

咻！

当这些火羽长剑诡异出现时，根本没有任何犹豫，直接快若闪电般向牧尘周身要害暴刺而去，那等速度，竟是连牧尘都有些反应不过来。

这些火羽长剑锋锐无匹，显然是那柳青倾力而为，这如果被击中的话，就算是牧尘肉身强大，身上也必然会多出几个血窟窿来。

剑光在牧尘的眼中倒映着，顷刻间，那剑锋便已触及牧尘的衣衫之外，不过就在这一瞬间，牧尘眼神陡然一厉。

大日不灭身天灵盖上，金光在此时喷薄而出，竟以一种闪电般的速度在牧尘的皮肤之外迅速化为一面面金色光盾。

砰！砰！

剑光与金盾相碰，顿时爆发出刺耳之声，而后两者便在灵力动荡中，皆化为光点消散而去。

"反应真快。"

那柳青见到他这般奇招竟然未能奏效，顿时讶异一笑，但旋即他再度屈指一弹："那这次呢？"

就在他声音刚落的瞬间，牧尘心头便是一凛，因为他见到，这一次，竟然有成百上千的火羽长剑诡异地出现在了他周身，仿佛一座剑阵一般，将他困在其中。

到此时，牧尘才明白过来，原来柳青喷出的这片火海，并不是试图用来将其焚烧，而是因为这片火海乃是他发动鬼魅攻击的媒介。

那些火羽长剑，能够消融在火海之中，然后随意地出现在这片火海的任意位置，所以即便牧尘有大日不灭身的保护，依旧无法防御这些防不胜防的火羽长剑。

除非他能够将这片火海抹灭，否则的话，这等攻势，必然连绵不断，直到将其变成刺猬。这等手段，足以将任何一位六品至尊生生困死在其中，这柳青，果然厉害。

不过，之前略显狼狈，仅仅是因为措手不及，而这柳青如果以为相同的手段可以再来第二次的话，那也太过轻视他牧尘了。

所以，这一次，当那数千柄火羽长剑电光般激射而来时，牧尘那犹如刀锋般的目光却直接跃过它们，遥遥锁定了柳青所在的方向。

擒贼先擒王，只要将这柳青击溃，这火海困局，自然不再起作用。

呼。

一团白气自牧尘的嘴中缓缓呼出，旋即他的双手闪电般变幻出一道道玄奥复杂的印法。

砰！砰！

而在牧尘印法变幻间，那无数道火羽长剑已经射来，旋即在他的周身，浮现出密密麻麻的金盾，双方猛烈对碰，剑气纵横，掠过牧尘的身体，竟让他身上出现一道道血痕。

但牧尘依旧面色淡漠，完全不顾那愈发减少的金盾，只是那印法变幻的速度越发迅猛，下一刻，他的双手终于陡然凝固下来，残影纷飞。

远处，柳青见到牧尘那凝固的印法，心中突然升起一股不安的感觉。

不过，还不待他深思，他便见到，牧尘上空的空间开始荡漾起来，而在空间荡漾中，可见到一朵巨大无比的妖异之花，在那里缓缓绽放。

那妖花通体暗紫，每一道花瓣之上，都铭刻着诸多古老的纹路，仿佛天地纹理一般，神秘莫测。

而随着那一朵妖花的绽放，顿时天地间的灵力都被疯狂吸收了过去，甚至连下方的那片火海，都在此时呼啸起来，化为一道道火焰洪流，直接被吸进了那妖花之中。

于是，妖花的颜色变得愈发鲜艳。

牧尘抬头，他长吐一口气，手指遥遥指向了远处面色极端凝重的柳青，他的嘴角轻轻一扯，手指凌空点下。

“来而不往非礼也，柳兄也请吃我一招。”

声音落下，那妖花的花心，顿时有暗紫神光涌动，那花心遥遥锁定了柳青，下一刻，终于在牧尘心中轻响的声音下，恐怖的冲击，喷薄而出，犹如灭世。

“大圆满神术，曼陀罗，灭天光！”

暗紫色的神光，陡然自那冉冉绽放的妖花花心喷薄而出，而在那一道紫光射出时，原本明亮的天地几乎是顷刻间便暗了下来，仿佛天地间的光线都被那一道紫光吞噬而去了一般。

那大罗天域内，众多强者都因为眼前这一幕忍不住变色，因为从那一道紫光中，他们察觉到了一股死亡的味道。

他们毫不怀疑，若是那道紫光是冲着他们而来的，那他们必然躲无可躲，唯有殒命当场!

“这必然是大圆满级别的神术！”有强者哆嗦了一下，一脸敬畏与羡慕地说道。牧尘的确不愧是如今北界年轻一辈第一人，这等大圆满级的神术都能够掌握，难怪即便是面对实力胜于自己的强者，他也怡然不惧。

谁都看得出来，面对牧尘这等惊天攻势，就算是六品至尊，也难以撼其锋芒!

在那迎客殿前，天雀长老见到这昏暗的天地，苍老的双目中也掠过一抹精芒，牧尘能够爆发出如此惊人的战斗力，显然有些出乎他的意料。

大圆满级别的神术的确厉害，但同样其修炼难度也相当之高，常人就算是侥幸得到了此等神术，恐怕也无法将其修炼而成。

然而牧尘不仅有足够的机缘获得此等神术，还能将其修炼而成，足以说明他的不简单。

所以当天雀长老在见到这一幕时，心中也难免对牧尘高看了一些，也收敛了之前对他的不屑情绪，至少，这牧尘的确有些本事，并不是一个需要被九幽庇护的庸人。

“此术虽然厉害，不过也莫要小瞧了我九幽雀族的天才。”

知晓牧尘这一道神术的厉害后，天雀长老却并未太过担忧。论起底蕴，他们九幽雀族不知道超过大罗天域多少，所以族内自然也有大圆满级别的神术珍藏，而柳青也因为曾经立过一次大功，从而获得了一卷大圆满级别的神术，并且将其修炼成功。

而在天雀长老心中念头转动间，在那高空上，柳青也面色凝重地望着那天地间唯一的紫光，旋即他深深地吸了一口气，眼神深处的轻蔑早已彻底消散。

他显然是没想到牧尘的反击，竟然会如此凌厉!

对方仅仅只是五品至尊的实力，但发动的攻势，却连他这六品至尊都心头泛寒，这个与九幽殿下缔结了血脉连接的人类，的确并非凡人。

不过，此子虽然不凡，但若以为他柳青是可以轻易对付的，那也想得天真了一些，你有大圆满级别的神术，我也有！

柳青目光闪动，下一刻，他的面色便变得肃穆起来，他的双手在此时闪电般合拢，残影纷飞，化出道道古老印法。

而伴随着他印法的变化，他周身突然间爆发出璀璨的灵光，赤红的火焰从其脚下的九幽炎雀庞大的身躯内熊熊燃烧起来，短短数息，那火焰便化为一团数千丈大小的火球，远远看去，犹如一轮炎日。

而那柳青的身影，则是屹立在那团炎日的中央位置。

神秘玄奥的灭世紫光洞穿虚空，一息之下就已临近，就在此时，那笼罩在柳青身躯之外庞大无比的炎日，却以惊人的速度缩小着。

刹那间，那数千丈大小的炎日，竟然化为人头大小，悬浮在柳青掌心之中。

这一幕，看得这片天地间不少大罗天域的强者眉心都忍不住跳了跳，因为他们都能够察觉到那一团赤红的火焰光球之中蕴含着多么可怕的破坏力。

柳青盯着手掌上的火焰光球，光球呈现赤红之色，表面布满了古老的符文，整个光球凝实得犹如一颗火红的水晶球，只不过这颗水晶球之中，却拥有毁灭的力量。

“天炎神术，大炎神珠！”柳青眼神在此时渐渐变得凌厉起来，他手掌缓缓抬起，一道冰寒之声，自他的嘴中缓缓而出。

“去！”

嗡！

那颗犹如水晶般的光球顿时一震，下一刻，竟化为一道赤光暴射而出，这道赤光洞穿了虚空，在天空上划出一道焰火，最后便在那无数道震动的目光中，直接与那呼啸而来的暗紫神光正面硬撼在了一起。

轰隆！

当两者撞击的瞬间，惊天动地的巨声随之响起，紧接着肉眼可见的巨大冲击波迅速肆虐开来，连那虚无的天空都在此时崩碎开来。

下方的那些建筑，原本也要在这等冲击下化为灰烬，不过曼荼罗却及时出手，屈指一弹，便有一层灵光覆盖了所有的建筑，那层灵光看似薄弱，但却在牧尘与柳青的全力攻击所形成的冲击下纹丝不动。

牧尘与柳青二人同样被那可怕的冲击波所波及，牧尘身形一动，那立于大日不灭身头顶上的身躯迅速下沉，潜入了大日不灭身之中。

而那柳青也是脚掌一跺，脚下的九幽炎雀立即将庞大的双翼遮挡在前方，犹如巨大的盾牌一般，在那上面，还有赤红的火焰在熊熊燃烧。

砰！

可怕的冲击撞击在两道庞然大物上，顿时大日不灭身身躯上的金光都为之一暗，而后庞大的身体被震得步步后退，每一步都在那天空上留下一道巨大的痕迹，下方的地面，更是出现巨大的塌陷。

唳！

而那九幽炎雀，双翼之上的火羽则在此时不断被震落，尖利的鹤鸣声不断响起，它庞大的身躯同样借助着后退之势，化去那可怕的冲击。

冲击波仅仅持续了数十息时间，待那最后一道冲击波散去时，天地间已经恢复了明亮，而那大日不灭身与九幽炎雀，都显得有些狼狈。

轰！

就在那冲击波刚刚散去的瞬间，那立于九幽炎雀之上的柳青面色微显惨白，但其眼中却有精芒掠过，只见九幽炎雀瞬间暴射而出，携带着滔天之炎，直奔大日不灭身而去。

不过，即使面对他这般穷追不舍，牧尘也没有丝毫后退之意，心念一动，那大日不灭身便踏空而出，犹如黄金铸造而成的巨掌，直接向那扑来的九幽炎雀狠狠拍下。

九幽炎雀双翼迎上，碰撞之间，天空都震荡起来。

两道庞然大物直接在高空中厮杀起来，每一次的对碰，都会引来金戈铁马之声，震耳欲聋。

咚！

又是一次硬撼，柳青盯着那再度出现在大日不灭身头顶之上的牧尘，此时的牧尘面色有点苍白，显然之前的对碰对他造成了不小的伤害。

"真是个难得的对手！"

柳青眼中战意涌动，此时的他，已经彻底将牧尘当作了同等级的人物，最开始的轻视早已消失得干干净净，取而代之的，甚至还有一抹佩服。毕竟能够借助五品至尊与他拼成这样，这一点，他觉得换作是他的话，也未必做得到。

不过越是如此，他下起手来，却越是凌厉。

所以，在一次硬撼中，柳青脚掌一点，竟是冲天而起，只见在其背后，一对燃烧着赤红火焰的巨大羽翼伸展开来，他浑身的灵力，在此时变得更为强横。

他双翼一振，身形化为残影，直奔牧尘而去，声势骇人。他看出了牧尘大日不灭身的强悍，若是这样斗下去，不知道会持续到什么时候，所以他直接本体出手，想要尽快结束这场战斗。

“想要速战速决，那就陪你！”

此时的柳青，速度之快，令牧尘面色微变，旋即他眼中光芒闪烁，洞穿了柳青的意图，当即双眼微眯，脚掌一跺，身形竟然主动暴射而退，脱离了大日不灭身的范围。

“哈哈，倒是有胆魄，不过你这速度，可不及我！”

柳青见状，顿时一笑，旋即他背后双翼一振，速度再度变快，欲要抢夺先机。

“是吗?!”

牧尘嘴唇在此时掀起了一抹弧度，旋即他印法突然一变，在其后背，顿时有金光绽放出来，紧接着，一道嘹亮的凤鸣之声，便在这天地间响起。

一对呈现紫金色彩的巨大凤翼，猛地自牧尘背后伸展开来，与此同时，一股奇异的威压之感，也自那凤翼之中自然而然地流露了出来。

那是来自真凤的威压。

在这一道威压出现时，柳青的面色为之巨变，双目之中，首次出现了一抹难以置信之色，那扑面而来的威压，竟令他体内血脉都在颤抖。

九幽雀族，从血脉角度而言，也算是拥有凤凰血脉，因为那远古不死鸟，便是凤凰一族之中的超级变异神兽。

在灵兽与神兽之中，高等的血脉拥有特殊的威压，面对这种高等威压，寻常灵兽神兽都会受到压制。

柳青的血脉，乃是九幽炎雀，也算是神兽，但此时突然间面对这种真凤威压，即便这一道真凤威压极淡，也依旧让措手不及的他显得有些狼狈。

牧尘瞧得柳青微有失神，目光一闪，背后凤翼一扇，身影便化为流光对着后者暴射而去，不过，就在他刚刚冲出的瞬间，其瞳孔猛地一缩。

一道苍老的身影鬼魅般地出现在了他的面前，赫然是那天雀长老。

牧尘眉头一皱，道："天雀长老？你……"

他话音并未落下，便止了下来，因为他见到此时的天雀长老正眼露夺人精光，死死地将他给盯着，片刻后，天雀长老才一字一顿道："真凤威压？"

"天雀长老？"

天空之上，牧尘望着突然间出现将他阻拦下来的天雀长老，眉头忍不住皱了起来，莫非这老家伙见局势不妙，竟然要打算亲自出手了不成？

如此，也太不要脸了。

咻！

不过，就在牧尘皱眉间，他身旁也有破风声响起，只见曼荼罗、九幽、三皇等人也闪现而出，他们都望向天雀长老，显然对于他突然插手打破牧尘与柳青的交锋感到不满。

"天雀长老，我尊你为客，方才处处忍让，不过你也莫真以为，我大罗天域可以任你随意欺负。"曼荼罗语气冰冷道。

天雀长老见到曼荼罗动怒，也不敢怠慢，连忙道："这次倒是老夫逾越了，这一次的交战，牧尘的确表现非凡，这北界年轻一辈第一人，倒也有可信度。"

在天雀长老后方，柳青也急掠而来，他并未反驳天雀长老，因为先前的交锋，他的确没有取得多少优势。

牧尘能够凭这五品至尊的实力与他激战到这一步，足以说明他的优秀，先前的战斗如果持续下去的话，恐怕双方都将难以收手，稍稍失手，说不定便会出现重伤殒命之局。

牧尘听到天雀长老此言，紧皱的眉头同样松缓了下来。他并不想过于得罪九幽雀族，所以这种交锋能够点到即止自然是最好的，而且他也很清楚，就算再斗下去，他恐怕也很难真正战胜柳青。

这家伙六品至尊巅峰的战斗力，简直比在地至尊秘藏中所遇见的那天龙虎还要强一分，所以这场交锋再持续下去，顶多就是两败俱伤。

天雀长老将众人的怒意平息下来，这才再度紧紧盯着牧尘，开口问道："你身上这一道真凤威压，究竟从何而来？"

那自牧尘体内流露出来的那一道真凤威压虽然极淡，不过对于九幽雀族这种体内同样流淌着不死鸟血脉的种族而言，那淡淡的真凤威压，却是再明显不过的。

在灵兽界中，真凤就算是在超级神兽之中，都能够算得上是顶尖层次，而每一头成年的真凤，都拥有堪比天至尊的可怕力量。

这等存在，即便是在凤凰一族内，也是稀罕到了极点，而类似的这种真凤威压，即便是寻常的凤族与凰族都不曾具备，所以，当天雀长老与柳青在察觉到牧尘身上竟然能够出现这种威压时，才会如此动容与难以置信。

牧尘闻言，倒是一怔，旋即道："这是我自龙凤天内修炼而来的龙凤体。"

那所谓的真凤威压，他却是并没有什么感觉，而且往日他催动龙凤体与人对战时，对手也并未受到这一丝极为淡薄的真凤威压所影响。

看来，这所谓的真凤威压，似乎只有九幽雀族这种拥有一丝不死鸟血脉的后裔，方才能够有所察觉，这样说来的话，那他应该也还有一丝真龙威压，不过想来这应该就只有那些拥有龙族血脉的神兽才能够有所察觉了。

"龙凤天？"

天雀长老眉头一皱，道："是北界那龙凤天？那里老夫倒是听说过，据说其中有真龙真凤陨落，我们也曾经派过族人进入其中，虽说有所收获，但却从未如你这般，拥有一丝真凤威压。"

"这是在那龙凤天内，登上了龙凤梯第十梯的人才能够获得的机缘，而牧尘他是数百年内，唯一一个登上第十梯的人。"曼荼罗淡淡道。

天雀长老闻言哑然，看其模样，想来也知晓那龙凤天内的龙凤梯，那第十梯，他们当年派出的那些优秀族人，也并未成功过，没想到，眼前这个牧尘，却能够办到。

"天雀长老，先前牧尘与柳青的交锋，你既然已经有了结果，那此事可以不再计较了吗？”九幽美目盯着天雀长老，说道。

天雀长老闻言，却是淡淡一笑，然后摇了摇头。

“你！”九幽见状，顿时柳眉倒竖，银牙紧咬。

“小九幽，你应该知道，这件事情，关系重大，就算是老夫，也不可能做得了主。”天雀长老眼神严厉地盯着九幽，道，“你乃是我九幽雀族数千载以来血脉最为纯净者，在吾族之内，你是最有可能觉醒不死鸟血脉，最后完成进化，成为真正的远古不死鸟的。”

“你是九幽雀一族未来的支柱，所以任何会阻碍你前行的障碍，我们九幽雀一族都会倾尽全力为你扫除！”

话到此处，他微微扫了牧尘一眼，其中的凌厉与决绝，连牧尘心头都泛起一股寒意。

曼荼罗听到此话，神色也是一凝，看来连她都有些低估了九幽在九幽雀一族之中的重要程度，如果真如天雀长老所说，那么九幽未来就极有可能成为堪比天至尊般的可怕存在，而为了一个未来的天至尊，足以让九幽雀一族给予她近乎病态的保护。

毕竟，整个九幽雀一族，这数千载以来，都未曾出现过一位天至尊！

而眼下，牧尘与九幽的血脉链接，会被九幽雀一族当作一个隐患，毕竟牧尘万一遇险殒命，那么九幽即便能够保得性命，那必然也会付出极重的代价，说不得，就再也无法完成最终的进化，那种后果，对于九幽雀一族而言，的确难以承担。

如此的话，今日这事，倒还真是有点麻烦了。她虽然不惧九幽雀族，但也不得不承认，这种传承万载的灵兽种族，的确要比大罗天域的底蕴深厚无数倍。

大罗天域完全依靠她一个人在支撑着，如果她陨落了，大罗天域顷刻间便会消失，但九幽雀族却不一样，他们虽然没有天至尊，但却拥有数位地至尊，所以，就算是天雀长老陨落了，对于九幽雀一族而言，也算伤筋动骨，但还远远谈不上毁灭。

九幽玉手紧握着，她紧紧地盯着天雀长老，片刻后深吸一口气，一字一顿道：“如果你们乱来的话，那也就别怪我乱来了。”

听到九幽这话里蕴含的浓浓威胁意味，天雀长老面色也忍不住一沉，他望着一脸倔强的九幽，似是想要发怒，但最终他还是苦笑着叹了一口气。

“小子，你就这样躲在后面吗？”天雀长老眼神转向牧尘，道。

牧尘轻轻将身前的九幽拉了回来，他冲着天雀长老淡淡笑了笑，道：“如果事情真的只能到最差的那一步，我可以允许解除血脉链接，我知道，这你们应该也是有办法的。”

如果真只有那一步可走，那他自然不会拖累九幽，因为那样的话，说不定还会牵连整个大罗天域，即便曼荼罗会出手保护，可那代价，或许连她都无法承受，那一幕，牧尘并不愿意看见。

“牧尘！”

九幽微怒，九幽雀一族当然是有办法解除这血脉链接，不过这样的话，必然会对牧尘造成极重的创伤。

“嘿，这还像个男人。”天雀长老则是嘿然一声，然后他眼神微微变幻了一下，道，“强行解除血脉链接，算是最下策，不过，倒也可以不用，只是这还得看你。”

听到天雀长老话语中的转音，牧尘心头也是一动，道：“天雀长老另有办法？”

一旁的九幽也美目灼灼地盯着天雀长老，只是那眼神中有些狐疑，她对血脉链接自然很清楚，除了强行破解外，可并没有其他的办法。

“要破解这血脉链接嘛，自然是没有其他的办法。”天雀长老笑了笑，他望着眼露失望的牧尘，再度一笑，“不过，如果你能够让九幽雀一族上下对此不反对，那此事自然能够揭过，而且到时候，你还能够获得九幽雀一族的友谊。”

牧尘闻言，顿时苦笑着摇摇头，虽然他还没和九幽雀一族接触，但从这天雀长老之前的反应来看，他们绝对不会允许他与九幽血脉链接的。

天雀长老此言，简直就是强人所难。

“废话一通！”九幽也明白其中的弯弯道道，当即银牙一咬，怒声道。

天雀长老却不在意愤怒的九幽，话音一转，道：“九幽，你可知道为何族内会此时将你召唤回去？”

九幽一怔，旋即皱着眉头摇了摇头，她只当是族内察觉到了她血脉出现了问题，不过听天雀长老此言，似乎还有其他的原因？

天雀长老见状，则是淡淡地摇头，道：“因为神兽之原要出现了。”

“神兽之原?!”

当神兽之原四字入耳，九幽瞳孔顿时一凝，那冷艳的俏脸变得阴晴不定起来，最后她沉默下来，看其模样，想来也知晓那所谓的神兽之原所代表的含义。

第17章 战约

“神兽之原？”

当牧尘听到这个陌生的名词时，眉头则是微微一皱，显然对于这个地方，他没有丝毫印象，所以，他也不明白，为何九幽会为此变色。

那柳青瞧见牧尘一脸茫然，出言为其解释：“在远古时期，这大千世界中曾经有一方超级庞大的大陆，名为神兽大陆，而当时整个大千世界中十有七八的灵兽和神兽种族，都居于这片大陆上。

“后来那域外族入侵大千世界时，也侵犯到了神兽大陆，当时爆发了一场无比可怕的战争，在那场毁天灭地的战争中，神兽大陆破碎，分散开来，不过即便如此，如今由它所分散而出的大陆，依然是这大千世界中的超级大陆之一。”

听到这里，牧尘顿时忍不住倒吸一口凉气，在破碎之后，都能够成为这大千世界中的超级大陆之一，难以想象，那所谓的神兽大陆在远古时期，究竟是何等的辽阔与浩瀚。

“据说在远古时期，那神兽大陆之辽阔，就算是一位至尊强者全力飞行数十年，都难以将其跨越。”柳青似乎知道牧尘心中所想一般，当即笑着说道。

牧尘嘴角微微抽搐了一下，显然是被震撼得无法言语。

“而那神兽之原在当初的神兽大陆上，也是一块奇地，在那片大陆上居住着不少极为强大的神兽，其中，甚至有不少超级神兽，这在当年，这片地域所具备的战斗力，算是整个神兽大陆三成左右的力量。”

牧尘暗暗咂舌，这神兽之原能够在这如此庞大的神兽大陆上占据这般地位，由此可见这之中究竟有多少可怕的存在。

“在那场浩劫战争中，就连那域外族都察觉到了神兽之原的强大，最后竟是联合了数十位域外族的王者同时出手趁神兽大陆不备，直接将神兽之原强行打碎，并且使用黑洞空间将其吞噬，如此一来，才逼得神兽大陆在接下来与域外族的战争中，节节败退，无数神兽陨落。

“而待到浩劫结束后，也有一些大人物出手，感应到了被黑洞空间吞噬的神兽之原，如此一来，每隔一些年月，那神兽之原便会出现，而众多灵兽种族便趁此进入那神兽之原，获取机缘。”

柳青说到此处，眼神也变得灼热了许多，他舔了舔嘴唇，道：“那神兽之原中陨落了太多远古先辈，据说，甚至连远古不死鸟都曾坐化其中，如果能够获得远古不死鸟的神血，那就可以令九幽殿下的血脉更为完美，到时候进化成为远古不死鸟的概率便会更大。”

牧尘心头这才一震，明白了为什么九幽雀族对这所谓的神兽之原如此看重，这样说来的话，这神兽之原，对于任何灵兽种族而言，都是一片梦寐以求的宝地。

“神兽之原的出现频率难以捉摸，只有在即将出现之前，才会有端倪出现，而每一次神兽之原的出现，都将会在众多灵兽种族之中引起极大的震荡。”

牧尘点点头，这神兽之原之中陨落了诸多神兽，只要能够获得一些神血，对于这些灵兽神兽而言，都将会有极大的好处。

在那一旁，九幽也逐渐回过神来，她美目盯着天雀长老，疑惑道：“神兽之原的出现，与牧尘有什么关系？”

“神兽之原之中虽然传闻有远古不死鸟陨落，但那毕竟只是传说，从未被证实过，而不死鸟也属于凤凰一脉，而牧尘拥有一丝真凤威压，如果能够进入神兽之原的话，或许能够帮助你找寻到远古不死鸟。

“另外，每一次神兽之原的出现，都会引来诸多灵兽种族中的天骄，而这之中，觊觎不死鸟神血的灵兽种族也不在少数，灵鹏族、天鹤族、龙雀族、雷鸦族等等，他们素来与我们九幽雀一族不和，如果遇见，恐怕难免大战。

“而且，到时候如果真的有不死鸟神血出世，不仅这些灵兽种族，甚至连凤凰一族的天骄，都会出手争夺。”

话到此处，天雀长老看向了牧尘，道：“如果你能够帮九幽获得不死鸟神血，那吾族之内，想来不会再有任何人会对你们的血脉链接有意见。”

九幽闻言，俏脸则变得有些难看起来。这天雀长老话倒是说得轻松，但她却明白此事究竟有多难，那进入神兽之原的，乃是各大灵兽种族的天骄，实力强悍无匹，更别提到时候还有凤凰一族的阻拦，这就算是她，都心有忐忑，更何况牧尘。

牧尘看了一眼俏脸难看的九幽，则是笑了笑，道：“如果真能够帮到九幽的话，我自然是会倾力而为。”

从九幽的脸上，他能够看出天雀长老提出的条件之苛刻，不过他却并没有断然拒绝，因为如今他并没有多少选择，而且，他也的确是想帮助九幽。这些年来，从北灵境走出，一直到北苍灵院，再到如今的北界，他受到了九幽太多帮助，而眼下，或许便是他有所付出的时候了。

虽然他也不知道自己能否帮助到她，但这个态度却必须得表达，否则，与牧尘的一贯的行事风格不符。

对于牧尘的爽朗，天雀长老也有点意外，那看向他的眼神变得缓和了许多，不过旋即天雀长老便笑道：“你也别答应得这么快，此事只是我的建议，究竟如何，还得族中有所商议才能够确定。”

“我们九幽雀族，能够将四位族人送进神兽之原，眼下已经确定了三个名额，九幽是其一，而这最后一个名额，族内尚在决议之中。”

天雀长老说到此处，看了看牧尘，道：“而老夫只能将你之事也报上去，至于是否能够争取到这最后一个名额，却还是得看你自己。”

“我？”牧尘一怔。

“如今吾族内，有资格争夺那第四个名额的人，共有两人，而这两人，皆是我九幽雀族中的天骄，虽说他们修炼时间要比你长不少，但按照我九幽雀一族的年龄来算，还是只能算年轻一辈，所以如果不出意外的话，那最后一个名额会落在这两人身上，而你想要获得那最后一个名额，就得展现出比他们更强的实力。”天雀长老道。

“不知那两位是何实力？”牧尘谨慎地问道。

“柳青不如他二人。”天雀长老平静道。

牧尘瞳孔顿时一缩，心中略有些震惊，想来他也没料到九幽雀族底蕴如此之强，强如柳青这等人物，在其族内，竟是连前三都进不了。

以牧尘眼下的实力，如果不借助战意的力量，顶多只能与柳青不相上下，如此的话，他一旦碰上九幽雀族那两位天骄，即便倾尽全力，胜算也并不大。

而且，即便他真的侥幸获得了那最后一个名额，在进入神兽之原后，他还将会面对更为强大的对手，那些对手，将会极其强大。

天雀长老望着面色凝重起来的牧尘，淡淡一笑，道：“以你现在的实力，争夺那第四个名额的成功概率，并不算大。”

而对于他这番言语，牧尘也无法反驳。

“不过距离进入那神兽之原，尚还有两个月的时间，如果你真确定你想要尝试一下的话，老夫可以帮你将人选确定的时间拖延两月。”天雀长老眼皮一抬，扫了牧尘一眼，道，“而你若是没有多少信心的话，此事就此作罢，至于你与九幽血脉链接之事，到时候就只能由族内长老会来决定处理方式了。”

牧尘闻言，则是微微沉默。

“此事你自己好生考虑，若是有了决定，我想，大罗域主可以将你送到九幽雀族。”

天雀长老见牧尘沉默，并未逼他立即给出答案，只是挥了挥手，转身而去，苍老的声音传来：“老夫会在族内等待你最后的答案。”

“九幽殿下，走吧。”柳青看向九幽，道。

九幽玉手紧握，然后她看向牧尘，红唇微微动了动，虽说没有声音传出，但牧尘却知道了她要说什么——“不要去，离开大罗天域！”

柳青与九幽化为两道流光急掠而出，迅速跟上离去的天雀长老。

牧尘望着他们远去的身影，手掌忍不住紧紧握拢了起来。九幽临走前让他离开大罗天域，显然是打算让他避开九幽雀族，或许这的确是另外一条路，待到以后他成长到连九幽雀族都无法忽视的地步，那这所谓的血脉链接，他们自然不敢再有什么异议。

但是，牧尘如果真的这么做了，九幽将会在其族内受到非议，即便她自己不在意，牧尘却绝对不能任由此事发生。

所以离开，是断然不可能的。

而且，不管那九幽雀族内的天骄有多厉害，都还没资格让他牧尘畏惧到这种程度，不然，这些年的生死历练，难道都练到狗身上去了吗？

一念至此，牧尘的眸子中，有凌厉之色迅速凝聚起来。

曼荼罗看向牧尘，道："你打算如何？"

三皇也在此时看向了牧尘。

牧尘紧握的手掌缓缓松开，他那俊逸的脸上，一抹锋锐之色浮现，旋即他微微点头，道："两个月后，去九幽雀族。"

话音虽轻，但却斩钉截铁。

对于牧尘的选择，曼荼罗的脸上并没有任何意外之色，她看了牧尘一眼，道："不过之前那天雀长老说得的确没错，你现在的实力，如果不借助战意的力量，想要夺取九幽雀族那第四个名额，恐怕并不容易。"

牧尘如今仅仅只是五品至尊，而在那九幽雀族中，争夺最后一个名额的两位天骄，比起那柳青还要强上一线，说不得，都触及七品至尊的层次。

如果再加上他们自身的神兽体质，战斗力更是不凡，牧尘想要从他们嘴中夺食，显然很难，再者，就算侥幸赢了，而他想要帮助九幽在那神兽之原中获得不死鸟神血，那就得面对其他那些神兽种族之中的天骄，其中说不得还有更强的存在，而这些，牧尘如今的五品至尊实力确实是有些相形见绌。

对于曼荼罗此番话语，牧尘也没显露出多少难堪之色，反而微微一笑，道："事实的确如此，不过，我不是还有两个月的时间吗？"

"嗯？"

曼荼罗，三皇闻言，眼神顿时一凝，而后双目明亮地看向牧尘。

牧尘瞧着他们的目光，轻轻点头。当初他在陨落战场中借助陨落源丹突破到了五品至尊，在之后的时间中他都未曾再度强行突破，而是选择蕴养体内灵力，而这几个月的时间，已令他体内灵力悄然达到了圆满的地步。

在最近的修炼之中，他能够感觉到至尊海内呼啸而起的灵力，那是一种圆润自如的感觉，当初突破时的那种生涩之感，已经彻底消融。

所以，现在的他，已经可以再度突破！

“只不过此事还需要域主帮忙。”牧尘目光看向曼荼罗，笑了笑，道。

“尽管说来。”曼荼罗小手一挥，倒是颇为豪气。

“此番突破，恐怕需要预备不少的至尊灵液，所以还得找域主暂借一百万至尊灵液。”牧尘笑吟吟道。

突破之时，必然需要极为庞大的灵力储备，而眼下陨落源丹早已消耗殆尽，那就只能使用至尊灵液，但这等修炼必不可少之物，牧尘眼下却是口袋空空。

虽然九幽宫最近势力大涨，并且麾下城市数量也暴增到大罗天域诸王第一，但这却并不代表牧尘就盆满钵满，因为九幽宫家业变大了，所消耗的至尊灵液更是不菲，再者，眼下可还没到那些城市上缴供奉的时候，而九幽宫也不可能在还没将这些城市彻底消化前，就暴露出试图压榨之心，不然的话，只会适得其反。

“一百万至尊灵液？行，回头我便派人送来。”对于牧尘的请求，曼荼罗没有丝毫迟疑，毕竟牧尘在那大狩猎战中立下天大功劳，这些功劳，可不是光壮大九幽宫就能弥补的。

“嘿，你可是我大罗天域的人，此番去九幽雀族也不能让那些家伙小瞧了，所以，你还有什么要求，也一并说来，我大罗天域尽数满足。”

牧尘瞧着财大气粗模样的曼荼罗，忍不住笑了笑，略作沉吟，倒也还真没客气，道：“既然如此，那就麻烦域主再帮我收集一些灵阵图吧，如果有可能，天品阵图自然最好。”

“天品阵图？”

当听得这四个字时，曼荼罗那金色眸子中顿时有精光掠过，旋即她上下打量了一下牧尘，缓缓道：“你现在竟然能够布置得出天品灵阵了？那岂不是说，现在的你，已经是天品灵阵大师？”

灵阵大师共分天地人三品，刚好对应至尊九品。以往的牧尘，即便布置出来四莲形态的妖莲屠灵阵，也仅仅只能够算作地品灵阵，那时候的他，还远未达到布置天品灵阵的程度，甚至，因为牧尘已经许久未曾动用过灵阵来对敌，导致就连曼荼罗都有些遗忘了牧尘灵阵师的身份。

而现在，待到牧尘提及此事时，他们才恍然记起，战阵师本就是灵阵师的分支，而牧尘在灵阵之上，拥有常人难及的天赋，不然的话，他又怎会在战意之上，进展如此惊人。

三皇眼神惊疑不定地扫视着牧尘，如果牧尘真的能够布置出天品灵阵的话，那就算是低级天品灵阵，也足以抗衡七品至尊。

对于曼荼罗以及三皇的惊疑目光，牧尘则是轻轻一笑，道："虽然还有些生涩，但却有了一些感应，如果能够有天品阵图研习的话，应该能够再取得一些进展。"

在之前将近一年的时间中，他虽然并没有着重修炼灵阵，但这却并不是说他将其荒废了，只是修炼的比重有所改变而已。

而且，在接触到战意之后，他发现两者其实有一些共通之处，在研习战意之时，他有时候对于灵阵反而会多出一些不同的领悟，从而导致他的灵阵造诣也在不知不觉间有所提升。

只不过之前因为时间紧迫，之后又立即投入到了大狩猎战中，导致牧尘一直没有时间去搜罗天品灵阵供他研究，而眼下，他要重新对它重视起来了，因为这将会成为他帮助九幽夺取远古不死鸟神血的重要底牌。

"看来你倒是藏了不少东西，难怪敢应了此事。"曼荼罗眼露奇光，心中悄悄松了一口气。这样的话，她才真的放心牧尘去那神兽之原，毕竟，那些各大神兽和灵兽种族中的天骄，都不是好相与之辈，那些人，将远比北界的年轻一辈更强。

"既然如此，这神兽之原倒是去得，那里对于你而言，其实也是一处大机缘，说不定，你这龙凤真经还能够在那里突破到第二层境界。"

"哦？"

牧尘听得此话，心头也是一动。那龙凤真经不仅让他修炼出了龙凤体，而且还赋予了他真龙和真凤之纹，虽说这只是第一层的境界，但却已经给予了牧尘非常大的帮助，真龙之纹赋予强大的攻击，并且能够在生死关头给予防御，而真凤之纹则能够提高牧尘的速度，在之前的诸多恶战中，它们已经帮牧尘立了不少的功劳。

龙凤真经的第一层境界，是激活真灵，那就是真龙、真凤之纹诞生之时。

而那第二层境界，则是化形。

顾名思义，到了那时候，这真龙、真凤之纹便能够脱离牧尘身躯的桎梏，从而拥有脱胎换骨的力量。

那无疑将会是一次质变！

到了那时，这龙凤真经的威力，才会逐渐体现出来。

以往，牧尘对此也多有幻想，但这龙凤真经的修炼实在太过艰难，即便他已费尽精力，但却始终无法触及第二层境界。

因为此法的修炼，需要大量各种神兽的精血，这在大千世界中获得并不容易，收集起来也极为困难，而那神兽之原中，却是拥有大量曾经陨落的神兽，甚至超级神兽，如果牧尘能够获得，真是极有可能将龙凤真经修炼到第二层境界。

“看来这神兽之原倒还真是非去不可了。”想到此处，牧尘也是微微一笑，自语道。

“天品阵图的事情便交给我吧，虽然时间有些仓促，但应该还是能够搜罗而来，只是要付出一些代价而已。”曼荼罗点点头道。

天品阵图价值不低，而且短时间内想要找寻到，自然得花费一笔不菲的至尊灵液。

“麻烦了。”牧尘点点头，也亏得如今他有大罗天域的支持，不然依靠他一人之力，此时怕早已焦头烂额。

“这两个月内，看来我也得开始将那一滴灵神液吸收了，不然的话，到时候带你去了九幽雀族，万一有所变故……”曼荼罗淡淡道。

虽然牧尘似乎准备充分，但曼荼罗也得有另外一手准备，那就是万一到时候牧尘争夺名额失败，而那九幽雀族又不想将他放走，试图软禁的话，那她说不得也要与九幽雀族的强者交锋一番了。

而那九幽雀族底蕴深厚，虽说其中并没有天至尊的存在，但如果曼荼罗无法真正突破到上位地至尊，恐怕他们的忌惮也不见得会有太多。

牧尘闻言，立即明白了曼荼罗的顾虑，当即抿了抿嘴唇，轻声道：“多谢了。”

他自然明白曼荼罗此举将会有多么冒险，毕竟那九幽雀族，可不是北界这些顶尖势力可比的，面对他们，就连他们大罗天域都显得颇为单薄，但即便如此，曼荼罗依旧选择支持他，这份心意，由不得牧尘心中不感激。

而此时他才明白，他将星空镇魔塔以及那最后一滴灵神液给予曼荼罗，究竟有多么明智。

若非他那般毫无保留的支持，也换不来曼荼罗如此坚定不移的友谊。

“这些矫情的话就不用说了，”曼荼罗挥了挥小手，道，“接下来的事情你都不需要再理会，你现在唯一需要做的，便是在这两个月内取得突破，晋入六品至尊！”

牧尘闻言，微笑点头，那黑色的眸子深处，有一抹深深的自信。

两月之后，一切都能够见分晓。

大罗天，深处。

一座孤峰矗立，此峰极高，几乎可以俯瞰半个大罗天，而这里，则是整个大罗天之中天地灵力最为浓郁之地。

以往，此处是曼荼罗独自修炼之地，寻常大罗天域之人，根本不能进入，不过这一次，为了给牧尘的突破准备最完美的条件，曼荼罗将此修炼地借给了牧尘。

此时，在那孤峰之上，有一间石室依山开凿而出，牧尘立于石室之前，他望着这片山峰周围弥漫的淡淡雾气，眼中却有一抹惊叹之色浮现。

因为这些雾气乃是灵力所化，这足以说明这片区域的灵力究竟有多么浓郁与精纯，显然，在这片区域之中，有不少聚灵阵或者类似的灵阵，将整个大罗天的天地灵力都吸拢而来。

“倒是一处绝好的修炼之地。”

牧尘微微一笑，不再迟疑，直接转身走进石室，而后将洞口封闭，在那宽敞石洞内的一方石床上，盘坐而下。

他并未立即着手突破之事，而是缓缓闭目，心神渐渐凝定，周身的天地灵力也化为雾气，顺着其鼻息以及周身毛孔，源源不断地涌了进来。

他需要将自身的状态修至最为圆满的地步。

而这一修炼，便是将近五日时间，待到那第五日来临时，牧尘紧闭的目光方才再度睁开，而此时他原本漆黑的双眼呈现一种晶莹的色彩，那是其体内灵力澎湃到了极点的表现。

牧尘能够感觉到，此时他的四肢百骸之内，都流淌着磅礴灵力，举手投足间，都拥有崩碎山岳之力。

“差不多了。”

牧尘喃喃自语着，旋即双目之中灵光绽放，他屈指一弹，顿时有虹光呼啸而出，最后仿佛一条沸腾的河流一般盘踞在这极为高大宽敞的石洞之内。

那一条河流呈现晶莹般的色彩，河水沸腾，弥漫而出的灵气，竟令空气都变得湿润起来，隐隐有幻化成水滴滴落的迹象。

这条河流，便是由那一百万至尊灵液所化！

牧尘抬头看了一眼这条灵力所化的河流，而后双手结印，嘴巴微张，顿时一道灵力洪流呼啸而下，直接顺着其嘴巴涌入他的身体。

磅礴的灵力，顿时在牧尘体内炸开。

不过牧尘此时却是神色平静，不慌不忙地变幻印法，驱使着这些磅礴灵力顺着经脉运转，最后经过炼化，源源不断地被吸入体内至尊海中。

至尊海内铺天盖地的灵力化为暴雨般倾盆而下，而整个海平面，也在此时以一种虽然缓慢，但却坚定的速度，缓缓攀升。

感受着至尊海内灵力的增长，牧尘神色不变，双目渐渐地闭上，此番修炼，还需要一些时间蕴养，待到那关键时刻来临，方可一举突破。

而眼下，他只需要维持着那源源不断的庞大灵力不断灌注进入至尊海便可。

牧尘心神逐渐平静，他开始摒弃外物，进入深层次的修炼状态当中。

而他这一次闭眼修炼，待到再度睁眼时，已是十日之后。

在这十日之间，百万至尊灵液被他吸收了将近五分之一，而这也令牧尘全身肌肤都在不断绽放着璀璨灵光，那从他体内弥漫出来的灵力也在不断起伏波动着，那是其体内灵力已经渐渐达到顶点的迹象。

“还不够。”

不过牧尘对此却是微微摇头，这离突破，依旧还有一些距离，于是他再度闭上双目。

在接下来的一段时间中，牧尘陆陆续续又睁开了两次眼睛，而他每睁开一次眼睛，那百万至尊灵液所化的河流便会减少一部分。

而待到他第四次睁开双目时，那原本沸腾奔腾的河流，已经化为溪流，体积更是缩小到了五分之一，而此时的时间，也已过去了整整一月。

此时牧尘周身的灵光，已经浓郁到了极致，在那灵光之下，甚至连他的身影都有些看不清楚，远远看去，犹如一轮灵光烈日。

一股极为强横的灵力波动，悄然荡漾而起，竟令这座石洞都在微微颤抖着，隐隐间有裂缝悄然蔓延。

牧尘深吸一口气，而后嘴巴一动，竟然犹如鲸鱼吸水一般，直接将那剩下的所有至尊灵液，一口就全部给吞了进去。

嗡嗡。

那自他体内爆发出来的灵光，顿时强盛到了难以形容的地步，而牧尘至尊海内的灵力，也在此时达到了鼎盛的程度。

已到突破之时！

牧尘双目第五次闭上，只不过他却知晓，当他再度睁开双目时，那时候的他，便将会真正踏入六品至尊的层次！

而他这最后一次闭眼，则是整整半个月！

孤峰之外，这片区域空空荡荡，在牧尘闭关突破时，曼荼罗便将此处封锁，禁止大罗天域任何人进入，免得干扰了牧尘的突破。

而此时，在那孤峰之外的天空，数道人影浮现了出来，那领头一人，正是曼荼罗，在其身后，则是三皇。

他们一露面，便将视线投向山顶那紧闭的石洞，在那石洞之外，因为有灵阵的隔绝，屏蔽了其中的任何波动，令外人难以探测。

“已经一个半月了，牧尘还没完成突破吗？若是再不出来，那九幽雀族内，恐怕就要决定名额了。”天鹫皇望着那紧闭的石洞，忍不住道。

他与九幽雀族有些渊源，所以也能够得知一些九幽雀族内的事情。在天雀长老将九幽带回族内后，那九幽雀族因为那血脉链接之事有极大的震动，其中一些性格激进的长老，甚至打算强行派出大军，对大罗天域施展压迫。

不过这些最终都被天雀长老劝阻了下来，当然，这之中还有九幽的决然态度，她那近乎固执的态度，令九幽雀族内那些激进的长老相对收敛了一些，毕竟九幽的父亲不仅是九幽雀族的族长，而且她本身，更是九幽雀族千载以来最有可能进化成为远古不死鸟的存在，所以九幽的意见与态度，也忽视不得。

但此事毕竟只是暂时拖延了下来，如果牧尘最终未能赶上那名额确定，恐怕连九幽雀族中那些因为九幽而选择观望的一些长老，都不得不选择默认一些强行手段以此来令九幽雀族一族的血脉恢复纯净。

而那个时候，对于牧尘或者大罗天域而言，恐怕都不会是一个好消息。

“突破之事本就难以估计，强行而为可没什么好处。”

曼荼罗闻言，却是神色平淡，她那金色眸子中寒光掠过，冷声道：“那九幽雀族如果连这点时间都没耐心，那也没什么好谈的，到时候真想开战，那就奉陪便是，我倒是要看看，它九幽雀族能在我手中陨落几位地至尊。”

话到此处，竟有一丝杀意流露出来，周围天地都在顷刻间暗淡下来，天地间的灵力竟一时间有些凝固的迹象。

一旁的三皇察觉到这丝杀意，皮肤也忍不住泛起一丝寒意，互相对视，眼中都有一抹震惊之色，此时的曼荼罗，比起一月之前虽然看似没有什么变化，但三皇却是敏感地察觉到，如今的曼荼罗，似乎变强了太多！

“恭喜域主真正晋入上位地至尊。”睡皇惊叹地摇了摇头，笑道。

显然，曼荼罗会有这般变化，是因为这一个月的闭关令她踏出了最后的半步，从那半步上位地至尊，成为真正的上位地至尊。

虽说这仅仅只是半步的差距，但睡皇他们却清楚地知晓这其中有多么巨大的鸿沟，这一点从那大狩猎战中就足以瞧出，那第四殿主的灵傀，直接以一人之力，抗衡了北界七大地至尊。

虽然这其中有七大地至尊彼此勾心斗角的缘故，但显然，如果到时候真要开战，只要曼荼罗下了狠心，恐怕这九幽雀族，还真是不知道会陨落几位地至尊，而这等代价，就算是以九幽雀族是无法承受的。

更何况，在曼荼罗的手中，还有一件真正的圣物，借助星空镇魔塔的力量，想来就算是在上位地至尊中，曼荼罗都不会算是弱手。

轰!

就在三皇为曼荼罗的突破而感到惊叹欣喜时，突然间，眼前的巨大孤峰竟是微微一颤，紧接着，一道清啸之声，犹如滚滚惊雷一般，陡然自那山峰之中传出，最后轰隆隆地回响在这天地间。

砰!

而啸声传出，那石洞的洞口顿时炸裂开来，碎石溅射，一道光影便在三皇等人惊喜的目光中暴射而出，最后凌空立在了天空中。

三皇目光看去，只见牧尘凌空而立，此时的他浑身灵光涌动，那黑色的眸子犹如宝石一般，精芒暴射，震人心魄。

望着此时的牧尘，三皇顿时如释重负地松了一口气，因为他们自然能够察觉出来，现在的牧尘，比起一个半月之前，强横了一倍不止。

显然，牧尘已经完成了突破，正式踏入了六品至尊!

“呵呵，恭喜牧王，踏入六品。”三皇笑道。

牧尘眼中精光渐渐收敛，他望向曼荼罗以及三皇，笑了笑，而后飞掠上前。

曼荼罗瞧得他掠来，原本脸上的寒意消散而去，她小手一握，只见数道光芒闪现而出，最后化为五卷色泽不一的卷轴。

“这是你要求给你找寻的阵图，其中有两卷，乃是天品阵图。”

听到此言，牧尘心头顿时大喜，而后目光便投向了眼前那五卷散发着奇异波动的卷轴。

第18章 赴约

五道散发着奇光的卷轴悬浮在牧尘的面前，那五道卷轴之内，都有玄奥的波动散发出来，在那卷轴表面，更是拥有繁复得令人目眩的纹路。

天品阵图。

牧尘的眼神立刻变得火热起来，这种等级的阵图，可算是他这些年来首次所见，当即他再也忍耐不住，手掌一握，五道卷轴便落在了他的掌心之中。

灵力自牧尘掌心绽放，直接涌入那五道卷轴之中，而后他便察觉到大量的信息犹如风暴般涌入他的脑海。

地品高级灵阵，青莲灵剑阵。

地品高级灵阵，天罗阵。

地品高级灵阵，不灭金钟阵。

首先出现在牧尘脑海中的，乃是三卷地品高级的灵阵，这种等级的灵阵，就算是六品至尊都会极其忌惮。

而这三道灵阵，一为攻击型灵阵，一为捆缚灵阵，一为防御灵阵，都拥有不俗的威力，显然曼荼罗收集时颇为用心。

不过这三道灵阵并非牧尘最为心动之物，当即心神一动，便有金光自其脑海中绽放出来，光芒之中，有文字浮现出来。

天品低级灵阵，天山神印。

天品低级灵阵，诛神阵。

牧尘闭目感应着脑海中涌入的庞大信息，最后缓缓睁开双目，眼中的喜色掩饰不住地涌出，他紧握着手中的卷轴喃喃道："天品灵阵。"

虽说这天品灵阵仅仅只是低级品阶，但一旦布置开来，就算是遇见真正的七品至尊，都能够将其重创。

"我倒是想要给你收集一些品阶更高的阵图，但时间太过紧迫了，这等阵图，大多都落在一些灵阵师的手中，而灵阵师又是将阵图视为生命的人，轻易都不会用来交易。"曼荼罗道。

"足够了。"

牧尘点点头，以他如今的实力，要布置出这天品低级灵阵，也会有点勉强，因此他还需要诸多的观摩体悟，才有可能真的将这等灵阵布置出来。

所以说就算是曼荼罗此时给牧尘找来了天品中级或者高级的灵阵图，牧尘都不可能将其布置而出。

"这两卷天品灵阵图，最后一卷尤为强横，购买它的价值，超过了另外一卷天品灵阵的一倍之多。"曼荼罗看了一眼牧尘掌心最左边的一卷卷轴道。

牧尘眼中光芒一闪，便知晓曼荼罗所说的是那一卷名为诛神阵的灵阵图，他浏览着脑海中的信息，片刻后他的眼神猛地一凝。

"这卷诛神阵是残阵并不完整。"牧尘缓缓道，但其眼中的神光，却在此时变得极为强烈。

"这是远古时期的古灵阵，总共应该有三卷，而这诛神阵只是其中之一，若是三卷聚齐，就算是上位地至尊，也可灭杀。"

一旁的三皇听得此言，脸上顿时都浮现出一抹震惊之色，能够灭杀上位地至尊的灵阵，那难道是传闻中的宗师阵不成？

"不过可惜，这诛神阵算是三卷中最弱的一卷，所以才有所流传，至于另外两卷，倒是极为罕见，想要凑齐的概率不大。"牧尘摇了摇头，略微有点遗憾。

这三卷诛神阵如果能够聚齐，恐怕其价值不会逊色于星空镇魔塔这等圣物，毕竟对于灵阵宗师而言，这种宗师级别的灵阵才最为诱人。

"但即便这诛神阵只是三卷中最弱的一道，其威力，依然比寻常天品低级的灵阵要强，难怪其价值会比同等级的灵阵图更高，倒是物超所值。”牧尘笑了笑，看来他回头得好好研习体悟一下这所谓的诛神阵了。此阵在手，必然会是一个极为不错的杀器，这样的话，如果去了那神兽之原，他也多了一些底气。

而此番突破，令牧尘信心增加了不少，以他如今的实力，即便不动用灵阵，要胜那柳青都不算难事。

“距离两月期限，还有半个月时间，你再静修十日，到时候，我们便前往九幽雀族！”曼荼罗看向牧尘，道。

“好。”

牧尘点头，他此时刚刚突破，的确需要数日时间适应体内暴涨的灵力，同时他也要趁这段时间，将到手的灵阵图尽数体悟一番，才有可能真正将其布置出来。

有了决议，牧尘也就不再耽搁，他身形一动，直接化为一道流光掠回九幽宫，而后落入了九幽宫深处幽静之地。

而在接下来的十多天中，牧尘再未曾踏出九幽宫一步，他的所有时间，都全部投注在了适应体内灵力以及体悟那天品灵阵之中。

在体悟那天品灵阵的过程中，牧尘也在逐渐试探着布置天品灵阵，不过最开始的时候，他的尝试基本次次失败，而每一次失败时，那自九幽宫深处猛然爆发开来的狂暴灵力冲击，都令九幽宫内不少强者心惊胆战，他们能够察觉到，那等灵力爆炸，就算是六品至尊都无法承受。

不过这些失败，在持续了足足十日时间后，便陆续减少，那种失控型的爆炸，更是只有零星几次，直到最后的一两天，爆炸彻底消失，而与此同时，在那九幽宫深处，突然有滔天般的灵力冲天而起，灵光铺天盖地绽放间，似乎有什么极为可怕的东西正在酝酿。

这种变化，引得九幽宫内诸多强者心惊肉跳，不少人都注视着九幽宫深处，不过在他们提心吊胆之中，那酝酿之物最终并未释放开来，反而悄无声息地消失而去。

这种情况让诸多强者面面相觑，最后只能将之当作牧尘的尝试依然失败，而后惋惜轻叹。

而在众人为此惋惜间，在那九幽宫深处的一座庭院中，牧尘则是负手而立，他望着半空中渐渐消散的灵力波动，目光微微一闪，旋即笑了笑，那般模样，并没有失败的沮丧，反而有一抹领悟之意。

“天品灵阵吗……”牧尘低头望着修长白皙的双掌，轻笑一声。

这将近半个月时间的诸多尝试，虽说失败居多，但也让牧尘开始体验到了天品灵阵之力，这等力量的确远比地品灵阵更强大。

倒也不枉费他在那诸多失败中亦然不放弃的努力。

在牧尘感叹之时，那庭院之外突然有细微的脚步声传来，他当即一笑，不待她们出声，便率先道：“进来吧。”

进入庭院的两道倩影，赫然便是唐冰与唐柔两姐妹。唐冰这两年尽职尽责地干好了九幽宫大管家这份有前途的职业，原本就冷傲的女孩，有了更为高冷的气场。

而唐柔则是一如既往的温柔害羞，即便与牧尘很熟悉了，见到牧尘时依旧有些小脸泛红。

“你这些天是打算把咱们九幽宫给拆了呢？”唐冰走进来，直接白了牧尘一眼，道。

对于平日行事格外认真，特别是在九幽宫中的任何事情都是一板一眼的唐冰，牧尘也只能干笑一声，虽说如今他在大罗天域中地位极高，但对于唐冰两姐妹，他仍然是将她们当作真心朋友。

“域主让我们来通知你，明日就准备动身前往九幽雀族。”唐冰行事依然干脆利落，见面便将正事说出。

牧尘闻言眼神微微一凝，旋即轻轻点头。

唐冰轻咬了咬贝齿，俏脸上的那种冷傲也在此时渐渐散去，她盯着牧尘，低声道：“九幽姐还能回来吗？”

九幽宫是九幽一手创建的，而她们更是由九幽提携起来的，她们将这里视为自己的家，但她们也知道，如果九幽不得不离开九幽宫，就算牧尘依旧能够将其支撑起来，但这里，却会少了一种感觉。

牧尘望着情绪有些低落的唐冰，一旁的唐柔已是双眼通红，他微微沉默，想来这段时间九幽的离开，对于她们而言，是一种极大的打击，虽然平日里她们倒是表现坚强未曾表露出来什么，但眼下在牧尘也要离开之时，软弱依然还是显露了出来。

牧尘望着眼前俏丽的姐妹，伸出手掌轻轻拍了拍她们柔嫩的肩，俊逸的面庞上，令人温暖的笑容浮现出来，道：“放心吧，我会将九幽带回来的。”

唐冰和唐柔见到牧尘脸上的笑容，他的话虽然温和，但她们却能感觉出他话语之中所蕴含的那一丝坚定。

于是，两姐妹都展颜一笑，用力地点了点头。

“对了，你将这个带走吧。”

唐冰突然将皓腕上的一道光镯取了下来，递给牧尘，道：“这里面有一百五十万至尊灵液，是我这段时间尽可能收取而来的，我想对你应该会有一些帮助。”

牧尘望着眼前那乾坤镯，倒是略微有点惊讶。他很清楚唐冰这个大管家当得有多称职，这九幽宫的所有至尊灵液的使用都在她的计算之中，以便令九幽宫这个如今渐渐庞大起来的势力能够顺利而健康地运转下去。

以往，牧尘想要从唐冰这里弄一些至尊灵液出来，都是难上加难，所以此时当他见到这个素来一毛不拔的女孩竟然给了他这么大一笔至尊灵液，难免会感到惊讶。

“如果九幽宫连你和九幽姐都没了，那留着这些至尊灵液运转下去还有什么意义？”

唐冰似乎知道牧尘心中所想一般，抿了抿红唇，旋即她又瞪了牧尘一眼，道：“别以为我不知道你暗中骂了我多少次小气鬼。”

牧尘莞尔，他也并没有拒绝，因为这笔至尊灵液对于他而言的确颇为重要，只是他在收起乾坤镯时，再度轻声道：“我会带她回来的，一定会的！”

“我们相信你。还有，你、你也一定要小心。”这次说话的，却是害羞的唐柔，她那大眼睛盯着牧尘，美目之中，满是信任。

牧尘深吸一口气，他缓缓抬头，望着当初九幽离开的方向，手掌也紧握了起来。

九幽，看来这次不能听你的话了啊，这九幽雀族，我一定得去！

大千世界浩瀚无尽，生灵无穷，而灵兽种族，则是其中之一，因为这等灵兽种族大多都天赋异禀，在寿命上拥有着极大的优势，在如此悠久的寿命下，足以让这些灵兽种族堆积出强大的底蕴，让诸多人类势力都颇为忌惮。

灵兽种族，算是整个大千世界所有生灵之中血脉最为复杂的生灵，而他们的力量，来自于血脉，所以一些血脉力量极为强大的种族，又被称为神兽种族，拥有这种血脉的种族，其族人生来就具备令天地畏惧的强大力量。

不过也有一些并非神兽种族，但却拥有堪比神兽种族潜力的灵兽种族，而九幽雀族，正是其一。

这一种族，与凤凰一族同出一脉，他们拥有远古不死鸟的血脉，一旦觉醒，就算是在凤凰一族内，都绝对算得上是顶尖的存在。

所以，正因为如此，这一族对于血脉看得尤为重要，一旦族内有纯净不死鸟血脉的出现，必然会被他们严加保护，任何试图污染者，都将会被他们视为大敌。

九幽大陆，虽说这是一片大陆，但其面积却仅仅只与北界相当，不过这片小型大陆，却在这大千世界中拥有不小的名气。

而这种名气，自然来源于这片大陆的主人，九幽雀族。

作为在那无数灵兽种族中名气不小的种族，九幽雀族所拥有的实力与底蕴，在整个大千世界中的确算得上是处于一流的层次。

要知道就算是如今的大罗天域，虽然在北界号称顶尖势力，可如果放在浩瀚无尽的大千世界中，却是连一流都谈不上。

这种等级的势力，可不是仅仅靠一位地至尊就能够支撑得起来的，即便曼荼罗的实力，已经真正踏入了上位地至尊，但真正的一流势力，更看重的是底蕴，而或许至少要等大罗天域再度诞生一位地至尊时，才能够勉强跻身于大千世界的一流势力行列之中。

因此，在这大千世界中，九幽雀族的名气，比起大罗天域来，可要强悍了太多，所以这九幽大陆的知名度，也远非大罗天域可比。

不过，在这九幽大陆中，真正令大千世界中无数势力重视的，却并非是这片大陆，而是那位于大陆中心的九幽界。

那是一片独立于大千世界之外的位面空间，也是九幽雀族的祖地。

据说在那极为远古的时期，九幽雀一族也是自下位面而来，初始并不起眼，不过当这一族在出现了数位惊才绝艳的先祖之后，才令九幽雀族在大千世界无数灵兽种族中确立了自己的地位。

在九幽雀族最为强盛的时代，这一族，可是保持了整整三代都有天至尊的出现，那时候的九幽雀族，就连凤凰一族都极为重视，以平等地位相处。

而那九幽界，据说便是九幽雀远古时代的下位面，只是后来被九幽雀族中的大能使用通天手段将其与大千世界构成连接，从而变成了九幽雀族的祖地。

这种事情，在大千世界中屡见不鲜，毕竟大千世界中连接着无数的下位面，而那些能够突破位面桎梏，从下位面来到大千世界的强者，除了极少数一些是侥幸之外，绝大多数都拥有惊天的天赋以及意志，这些骄子般的存在，只要在这大千世界能够适应下来，他们便会绽放出相当夺目的光彩。

在这数千载之内，最为瞩目的，莫过于那无尽火域的炎帝，以及武境之主的武祖。

这两位，不仅如今屹立在大千世界的巅峰，而且他们麾下的势力，也跻身大千世界超级势力之中，称霸一方，引得八方敬畏。

而据说，那炎帝与武祖在之后也同样出过手，强行打通了他们所来自的下位面，并且将那位面通道安置在了无尽火域与武境之内，以此形成庇护，任何势力都不敢心生觊觎。

九幽雀族打通九幽界，显然也是如此一般的想法。

而牧尘此次的最终目的地，便是这九幽界。

九幽界，九幽山。

这座山岳，庞大得无法形容，它悬浮在九幽界中，几乎犹如一片大陆，而这座巨山，也是这九幽界中的圣地。

同时这里，也是九幽雀一族的祖地，据说在那极为遥远的年代，第一只九幽雀，便是自这里诞生。

而如今，在这座巨大的山岳之中，却有无数古老的钟鼓之音齐齐响起，万鸟齐鸣，震慑天地。

在这座山岳中央的位置，只见一座巨峰犹如擎天柱一般矗立，在那山顶之上，云雾缭绕之下，一个巨大无比的青石广场显露出来，广场四周的山崖上，有无数道身影，他们的身上，都散发着强横的灵力波动。

而广场正中央所对的位置，则是一面更为陡峭的山崖，只不过此时这些山崖却化为一座座巨大的石座，在那些石座之上，皆有一道身影端坐，磅礴浩瀚的气息，令天地都有些颤抖。

这些石座上的身影，皆是九幽雀族中的长老。

视线再度看向那座青石广场，只见其中竟有两道身影静静盘坐，在这两人周身，皆有强大的灵力荡漾，他们的眉宇间，也有傲意浮现。

那并非是倨傲之色，而是对自身实力有强大自信时才浮现的傲然。

而此时的这两道身影，皆是抬头，目光射向那一道道古老的石座，那里正有激烈的争吵之声传出，这些族内地位甚高的长老们，显然在此时因为一些事情出现了分歧。

所以，不仅是他们两人，广场周围那无数九幽雀族的族人，都在关注着。

“真是胡闹！九幽乃是我九幽雀族千载才出现的不死鸟纯净血脉，这是吾族再度恢复巅峰荣光的机缘，怎么能由一个人类将其破坏！”一名青袍长老面色铁青厉声说道。

“照我说来，理应立即将那牧尘擒来，然后以吾族秘法，强行将他与九幽的血脉链接解除！”

“说得不错，那大罗域主虽然有点能耐，不过老夫倒是不信她敢为了一个小子与我九幽雀族为敌！”另外一名长老也沉声说道。

在那另外一侧，天雀长老则是紧皱眉头道：“那牧尘天赋并不简单，他身怀一丝真凤之威，想来也是有大机缘的人，我已答应过他，只要他能够胜得了姜犽和秦玄二人，那就允许他代表我九幽雀族进入神兽之原帮助九幽获得远古不死鸟的机缘！”

听得此话，之前那青袍长老顿时嗤笑一声，道：“天雀，据你所说，那小辈不过区区五品至尊的实力，这等实力，连姜犽二人都能够轻易碾压，若是让他代表我九幽雀族进入神兽之原，有没机缘老夫不知道，不过这后腿恐怕会扯得不小，到时候耽搁了大事，谁来承担？”

“再者，眼下都已过了将近两月，那小辈依然未曾有前来我九幽雀族的迹象，由此可见此人畏惧之心，这等心智软弱之辈简直玷污了九幽那纯净血脉！”

天雀长老见到语气刻薄凌厉的青袍长老，面色也有些不太好看，而后他也懒得再去争吵，而是将目光投向了这片区域最中心的位置。那里有一座金色石座，而此时，一名面色平淡的中年男子端坐着，虽然他没有任何的动作，但却自有一股可怕的压迫感散发出来，仿佛连周围的空间都凝固了下来。

他就是如今九幽雀一族的族长，天荒。

在他的身侧，还有一道修长倩影而立，正是九幽，此时的她望着眼前的诸多长老的争吵，俏脸也有些苍白，玉手紧紧地握着。

“族长，此事还望尽快定夺，眼下早早从姜犽与秦玄二人之中确定最后一个名额才是正事，毕竟神兽之原马上就要出现了，我们总不能一直等着那个躲起来的小辈。”那青袍长老也看向天荒族长，开口说道。

诸多长老视线投向天荒族长，在那之外，无数九幽雀族族人，都将视线射来，等待着族长亲自开口，结束这持续将近两个月的争辩。

天荒族长面色不动，他双目微眯了一下，然后看了一眼身旁俏脸苍白的九幽，沉默了片刻，淡淡道：“此人于九幽有恩，而天雀长老又给了承诺，那我九幽雀族自然是要信守，一日之内，他能够出现在九幽界，并且战胜姜犽和秦玄二人，那第四个名额，就交予他。”

话到此处，他声音一顿，眼神则是悄然间变得凌厉了许多：“然而，若是此人试图畏惧逃避，那我九幽雀族决然不允许此等软弱之辈玷污血脉，届时本族倾力出手，将其擒回，若是那大罗域主试图阻拦，我九幽雀族，不惜开战！”

他的声音犹如雷鸣一般轰隆隆回响在整座九幽山，而诸多九幽雀族人听出他话语中所蕴含的杀意，皆是神色一凛。

而诸位长老眼神闪烁，最终也再未说话，显然是认可了天荒族长的决定。

立于天荒族长身侧的九幽，则是美目中光芒一闪，旋即她咬了咬牙，只要牧尘暗中离开了大罗天域，就算是九幽雀族也很难从大千世界中将其寻出来，而待到日后牧尘真正成长起来，那时候族内对其也会多出一些忌惮，不敢再肆意乱来。

想到此处，她心中也悄悄松了一口气，想来此时的牧尘，应该已经远离了大罗天域了吧。

然而，就在她心中念头刚刚闪过的时候，在其身侧，那天荒族长突然抬起头望向半空，那深邃的目光中，有精光掠过。

就在他抬头看去时，这片区域的天空突然扭曲起来，而后一道空间漩涡迅速成形，在那漩涡之中，两道身影，缓步走出。

突如其来的变故，引得这片区域无数道目光陡然投射而上，然后带着惊愕之意，望着那渐渐浮现的两道身影。

在那两道身影渐渐清晰时，所有人都能够听见一道清朗之声，在这古老的九幽山中回荡了起来。

“晚辈牧尘，见过诸位前辈。”

当那一道年轻的声音传出来时，这片天地间那无数道目光也猛地一下投射而去，然后那九幽雀族的诸多族人便见到，两道身影，自那漩涡之中，缓步走了出来。

那两道身影，一高一矮，矮的是一名黑裙小女孩，她有金色的双眸，那眼眸中充满着淡漠以及一种令人心悸的压迫感，从她身上散发出来的威压，让诸多九幽雀族的强者心头都忍不住一震，那种威压，竟比他们族内的一些长老都还要更为强大。

而在那黑裙小女孩身侧，便是一名身躯修长的男子，他有着极为年轻的俊逸面目，黑色的眸子犹如星空，脸上的清朗笑意，即便在面对眼下云集的九幽雀族的诸多强者，却依然是不畏不惧。

“他就是那个牧尘？与九幽殿下缔结了血脉链接的人类？”

“这家伙竟然还真有胆子来我们九幽雀族，真是自寻死路，莫非他还真以为凭借天雀长老给予他的承诺，他就能夺得名额，侥幸逃命吗？”

“简直可笑，那两个名额可是姜犽与秦玄才有资格争夺，这牧尘想要从他们嘴中夺食，真是不知天高地厚。”

“区区人类，也想与我九幽雀族的骄子相争，不自量力。”

当那诸多的视线汇聚在牧尘身上时，顿时这片天地间有诸多声音响起，绝大部分九幽雀族的族人，都面带审视与嘲讽地盯着牧尘，在这短短两个月的时间中，牧尘这个名字，在他们九幽雀族中，可早就传得人人皆知。

特别是牧尘迟迟未敢出现，更是令他们认为他是畏惧软弱，试图逃避责任之辈。再加上因为牧尘的缘故，九幽的不死鸟血脉也有了一些浊意，更是令九幽雀族中的大多数人，都对牧尘多了一分敌意与不满。

而在这片广场周围爆发出那诸多嘲讽之声时，在那广场的正前方，那些石座之上诸位九幽雀族的长老，也在此时将那凌厉的目光投向了牧尘了。

“你就是那个牧尘？”

之前质疑天雀长老的那位青袍长老，凌厉目光犹如刀子一般扫视了牧尘一圈，旋即冷声道：“没想到你还真敢来，也罢，今日既然来了，那就待到你与九幽之间的血脉链接解除了再走吧！”

其余的诸位长老，也目光带着审视地盯着牧尘，虽然这段时间族内因为这牧尘的事情争吵了许久，但他们却是第一次见到牧尘真人。

就是这个小辈，与他们族内千载岁月以来，不死鸟血脉最为纯净的九幽缔结了那血脉链接吗？这般看来，也没什么出奇的地方，如此普通，完全无法与他们族内的骄子相比。

在那最中央的石座上，天荒族长也在打量着牧尘，只不过他的眼神更为深邃，平静的脸上也没有任何情绪，让人看不出他的喜怒。

一旁的九幽此时也从牧尘的出现所带来的惊愕中清醒过来，旋即她暗自苦笑一声，不过不知为何牧尘的出现，不仅未能让她感到失望，反而内心深处，有一丝极淡的欣慰之意。

虽然她的理智让她觉得，此时的牧尘只有远离了九幽雀族才是最为安全的，但内心的情感，却因为牧尘的出现而为之喜悦。

九幽偷偷地瞟了一眼自己的父亲，她心中清楚，今日的事情，很大一部分都取决于父亲的态度，如果他真的看不上牧尘的话，恐怕他也不会允许一个普通的人类将九幽雀族最完美的血脉破坏。

不过天荒族长阅历非凡，即便如今见到牧尘，也并没有任何的情绪表露，所以这让九幽有些忐忑，不知道父亲对于牧尘究竟是抱着什么样的看法与态度。

在这片天地间，那些九幽雀族的族人嘘声四起时，半空之中，曼荼罗眸子中则是寒芒一闪，她盯着那青袍长老，冷笑道：“牧尘乃是我大罗天域的人，既然我将他带来了九幽雀族，就一定会将他带回去。”

青袍长老闻言，不由得讥讽一笑，道：“真是好大的口气，到了我九幽雀族的地方，可还轮不到你大罗域主撒野，老夫倒是好心奉劝你，此事莫要过多沾惹，不然的话，我九幽雀族的怒火，你大罗天域可承受不起！”

在这青袍长老说话之时，他猛地自那石座之上站起，顿时恐怖的灵力威压铺天盖地席卷开来，天空都在此时昏暗了下来，狂风大作，呼啸而来。

在那青袍长老身后，滔天般的灵力，化为一只巨大无比的炎雀，扬天嘶鸣间，威压惊天。

显然，这青袍长老是打算直接借势压人，抢先将曼荼罗的气势压制下来，如此的话，一旦曼荼罗示弱，那以牧尘的实力，将再也没有资格反对他们九幽雀族对他的任何处决。

那铺天盖地弥漫而来的可怕压迫，令牧尘面色微变，身躯上仿佛压有一座大山一般，令体内灵力的运转都变得滞涩起来。

"哼！"

不过就在那压迫感越来越重时，一旁曼荼罗的小脸沉了下来，她一声冷哼，一步跨出，在她那一步跨出的瞬间，只见她脚下的空间，竟然犹如玻璃一般碎裂开来，肉眼可见的涟漪冲击爆炸开来，短短数息，便将那青袍长老上空灵力所化的巨大炎雀笼罩。

砰！

冲击波肆虐开来，那炎雀竟发出了一道哀鸣之声，最后在那无数道震撼的目光中，轰然爆炸开来，而那青袍长老面色猛地巨变，身躯一震，身形倒退了一步，脚下的石座，崩碎出一道道裂纹，即将碎裂。

青袍长老周围数位九幽雀族长老见状，面色都忍不住一变，失声道："上位地至尊?！"

那天雀长老瞳孔同样在此时一缩。在两月之前他见到曼荼罗时，后者虽然已经半步踏入了上位地至尊，但却尚未稳固，然而谁能料到，短短不过两个月时间，曼荼罗就已经成为真正的上位地至尊！

这等实力就算是放在他们九幽雀族内，也超越了诸多长老，足以和族长比肩！

在那首位之上，天荒族长眼中也掠过了一抹奇光，他深深地看了曼荼罗一眼，终于缓缓开口，低沉的声音，犹如大山一般雄厚："没想到大罗域主已是踏入了这般层次这等实力，居于那天罗大陆北界，倒真是屈居了。"

天荒族长的声音传出，然后声音竟化为实质的声波在天空上扩散开来，而随着其声波的扩散，那自曼荼罗身上散发出来的毁灭般冲击，悄然消散而去。

曼荼罗见到这一幕，金色眸子微微眯了一下，神色中也多了一分忌惮，从这天荒族长的出手来看，对方显然早已踏入了上位地至尊的层次。

“天荒族长过奖了。”曼荼罗淡淡道，“不过今日我将牧尘带来九幽雀族，只是因为与天雀长老之间的约定，希望贵族能够按照约定行事，否则即便我大罗天域比不过九幽雀族，但真要撕破脸皮的话，我想对我们双方而言应该都并没有任何好处。”

那青袍长老闻言，面色有点铁青，不过也无法辩驳，以曼荼罗这般实力，的确值得他们九幽雀族重视。

天荒族长面色依旧淡然，他的视线，首次从曼荼罗身上转移看向了一旁的牧尘，声音没有任何波澜道：“你便是牧尘？”

牧尘在面对九幽雀族的那些长老时能够怡然不惧，不过在面对那天荒族长时，不知为何却是稍微有点心虚，毕竟对方是九幽的父亲。

“晚辈牧尘，见过天荒族长。”压下心中的一点心虚，牧尘连忙恭敬抱拳。

天荒族长淡淡道：“你与九幽之间的血脉链接，毕竟是你们在生死关头时所缔结，所以这也怪不得你，不过九幽的血脉对我九幽雀一族极为重要，眼下她血脉受到浊染，有可能会影响她以后的进化。”

牧尘听到此处，心头也是微微一沉，他并没想到，这血脉链接竟然会给九幽带来这些弊端。

“但若是九幽能够在此次开启的神兽之原中，获得不死鸟神血，这些浊染不仅能够尽数清除，而且还会将她的血脉彻底强化。”

天荒族长看了牧尘一眼，道：“但神兽之原之中，机缘争夺极为惨烈，各族天骄都会进入其中，即便是我九幽雀族，也占不到丝毫优势，此等竞争，你能想象？”

牧尘轻轻点头。

天荒族长挥了挥手，道：“眼下血脉链接之事，你有两个选择，其一便是按照你与天雀长老的约定来行事，你若是能够取得名额，助九幽血脉完美，那血脉链接之事，我九幽雀族，将不会计较，并且你也将会获得吾族最大的友谊，当然，此事之难，想来你也应该心知肚明。

“而如果你对此并没有什么信心的话，那念在你曾经救过九幽性命的分上，我可以不伤你性命，只是，你必须在我九幽雀族内，待上十年！”

话到此话，天荒长老那淡然的神色，也渐渐变得锐利起来，他盯着牧尘，道：“现在，你能告诉我，你的选择是什么吗？”

天地之间，无数九幽雀族的族人都抬起头，盯着天空上那一道年轻的身影，他们都想知道，少年的选择将会是什么。

在他们看来，族长已经给予了牧尘最为优厚的条件，那第二条简直就是放了他一命，虽说是软禁十年，但却保全了他的性命，同时也让九幽能够不受到血脉链接的牵连。

广场之中，那两道盘腿而坐，眼神之中有傲气流露的男子，也是淡然抬头，盯着牧尘的目光中，浮现出一抹嘲笑之意。

这般软弱之辈，还是选择那能够保全性命的第二条吧，不然的话，想要从他们手中夺取名额，简直就是异想天开。

天地间的目光汇聚而来，牧尘则盯着天荒族长，然后他冲着一旁的九幽微微笑了笑，下一刻，他身形一动，竟出现在了广场之上，看向那两道傲然的身影，抱拳一笑。

“两位，大罗天域牧尘，前来讨要名额。”

（第十五册完）

大主宰. 15

作者
天蚕土豆

总策划
周政

总监制
曾筱佳

项目总监
许逸

视觉策划
木子棋

封面设计
彭意明

封面、内插绘制
鱼

版式设计
李映龙

特约编辑
詹烨倪

出版者
湖南人民出版社

平台支持

原创文学门户
起点中文网
www.qidian.com

图书在版编目（CIP）数据

大主宰. 15 / 天蚕土豆著. —长沙：湖南人民出版社，2015.6（2019.11）
ISBN 978-7-5561-0361-4

Ⅰ. ①大… Ⅱ. ①天… Ⅲ. ①长篇小说—中国—当代
Ⅳ. ①I247.5

中国版本图书馆CIP数据核字（2014）第185621号

大主宰. 15（斗破苍穹）

著　　者　天蚕土豆
总 策 划　周　政
总 监 制　曾筱佳
责任编辑　彭富强　丁　雯
项目总监　许　逸
特约编辑　詹烨倪
封面设计　彭意明
版式设计　李映龙

出版发行　湖南人民出版社［http://www.hnppp.com］
地　　址　长沙市营盘东路3号
邮　　编　410005

印　　刷　湖南天闻新华印务有限公司
版　　次　2015年6月第1版
　　　　　2019年11月第2次印刷
开　　本　710mm×1000mm　1/16
印　　张　18
字　　数　310千字
书　　号　ISBN 978-7-5561-0361-4
定　　价　34.80元

凡购本社图书，如有缺页、倒页、脱页，由发行公司负责退换。